闽南师范大学“文化诗学理论与实践”重点项目成果

本丛书得到闽南师范大学出版基金资助

闽南师范大学文化诗学研究丛书

文化中的文艺美学

沈金耀 著

中国社会科学出版社

图书在版编目(CIP)数据

文化中的文艺美学 / 沈金耀著. —北京：中国社会科学出版社，2016.12

ISBN 978-7-5161-8881-1

Ⅰ.①文… Ⅱ.①沈… Ⅲ.①文艺美学—研究 Ⅳ.①I01

中国版本图书馆 CIP 数据核字(2016)第 213453 号

出 版 人　赵剑英
责任编辑　冯春凤
责任校对　张爱华
责任印制　张雪娇

出　　版　中国社会科学出版社
社　　址　北京鼓楼西大街甲 158 号
邮　　编　100720
网　　址　http://www.csspw.cn
发 行 部　010-84083685
门 市 部　010-84029450
经　　销　新华书店及其他书店

印　　装　北京君升印刷有限公司
版　　次　2016 年 12 月第 1 版
印　　次　2016 年 12 月第 1 次印刷

开　　本　710×1000　1/16
印　　张　15.5
插　　页　2
字　　数　216 千字
定　　价　58.00 元

凡购买中国社会科学出版社图书，如有质量问题请与本社营销中心联系调换
电话：010-84083683

闽南师范大学文化诗学研究丛书

目　　录

丛书总序

“文化热”已多次被宣判“过时了”，但它总是在更多的领域顽强地冒出头来！它渗入各学科研究，且未有穷期。究其原因，就在于文化本是人类自身的影子，甩也甩不掉。无论是物质的，还是精神的，只要涉及人们的行为方式，都可归入“大文化”。这种海纳百川式的品格正是它的生命力之所在。也因为它的深、广、大，所以不可能被一次性地认识，因此它总是潮汐般时起时落，永不停息。潮汐过后，沙滩上似乎平白如故。然而，从长远看，它却不断地改变着大海与陆地的疆域。

自20世纪80年代改革开放以来，西方各种文学思潮也相继涌入中国，可谓“你唱罢来我登场”，只是“各领风骚若干年”。不过即使在西方，各种思潮此起彼伏、变动不居，也是常态。人们认识事物总要从具体、个别到整体，通过不断分析、归纳、综合，站在新高度俯瞰整体。从“分野中峰变，阴晴众壑殊”始，至“会当凌绝顶，一览众山小”终。是的，各种理论思潮激烈地碰撞、化合，需要一个更大的“力场”。文化，作为中介与互动、互构的攸关方，成为理想的力场。文化诗学高唱于形式主义、结构主义、解构主义、西方马克思主义、女权主义、后殖民主义、现代主义、后现代主义等五光十色的思潮交错横流时代的后期，并非偶然，它至少反映了学术界需要进行一次从外部研究到内部研究、微观研究到宏观研究的大整合的需求。文化诗学大有可为。居于这一认识，漳州师范学院（现已改名闽南师范大学）比较文学研究所决定改名为文化诗学研究所，并于 2000 年 11 月由《文艺理论研究》编辑部、山东大学《文史哲》编辑部和福建省漳州师范学院联合发起，漳州师范学院文化诗学研究所承办，在漳州召开了我国第一次文化诗学学术研讨会。此后，我所成员在《文学评论》、《文艺理论研究》、《文史哲》、《文艺报》、《福州大学学报》及本校学报发表了一系列论文。会后十五年来，人员或有变动，但队伍不散，目前仍有十来位研究员坚持本项研究工作。由于我们内部经常就某些主题切磋，并与兄弟院校多次进行交流，所以，虽然尚未形成总体相对固定的理论框架，各种不同的专业话语也让人难免有“杂”的观感，合而未融，但已有了核心的共识。诚如首任所长刘庆璋教授所指出：“我们认为，‘文化诗学’在‘诗学’前冠之以‘文化’，首先在于突出这一理论的人文内核，或者说，在于表明：人文精神是文化诗学之魂。”“同时，尽管‘文化诗学’这一理论术语是美国学人最先提出来的，但它对于我们中国学人来说，倾心于此论，可以说是我们民族长期文化积淀形成的文化基因使然。因为，自‘诗三百’起始的中国古代文化，就充满了诗性精神，诗与文化的联系之紧密达到了整个文化被诗化的境界。”① 我们又进而认识到：文学与文化系统之间是一种双向建构的关系，所建构的归根到底是人文，是人性。现在，我们以丛书的形式发表我们初步的研究成果，以求教、就正于同道学人，以期推进本学科建设，诚盼读者诸君不吝赐教。是为序。

林继中

于闽南师大文化诗学研究所

① 刘庆璋：《文化诗学学理特色初探——兼及我国第一次文化诗学学术研讨会》，《文史哲》2001 年第 3 期。

导　论

人之为人，起始于开创性的创造活动，创造性的活动使得人类不断发展。艺术的根本要义就是一种创造性的技艺。[①] 所以，人的生存离不开文学艺术，离不开文学艺术的审美活动。在近代学科分立的情境中，艺术审美活动被当作与俗世生活不同的、高雅的、非功利的活动领域，文学艺术作品被描述为静观的审美对象，是在基本生活需求满足之后的高雅消遣。但从古至今，纵观人的文学艺术活动，我们发现，文学艺术对人而言不仅仅是一种仅供静观的审美对象，人的生存充满艺术性和诗意，文学艺术活动实际地起着教化人的功能。对此，孔子早有论述："兴于诗，立于礼，成于乐。"这个高度重视艺术教化作用的育人方案值得当代人深深体会。

如今，艺术因素渗透于生活的各个环节，我们的环境、工具、用品、服饰、身体除了实用因素之外，其构成更多的是为了满足艺术审美的需要。另外，由于现代传媒的发达，人们极为方便地欣赏、创作、运用各种艺术作品，艺术审美活动越来越明显地成为生活的有机构成，艺术审美因素渗透于生活的各个环节。如果考虑到文学艺术审美活动对人的塑造，每一个负责任的家长、在教学第一线的教师、公益性文化机构的工作者都必须认真思考文学艺术审美

① 艺术的"藝"字，原为埶，甲骨文的字形是一个人手执树苗小心栽种，这一技艺在现在看来没什么大不了，但在远古的先民那里，这就是一个开创新时代的创举。"艺"的字源，也说明了艺术是指称人类的创造性活动。

活动对人的影响、对人的教化。每一个对自己负责、将自己当人来塑造的人，也都不得不思考文学艺术对自己的影响与塑造。因此，不少学者对文学艺术活动进行系统的思考，于是有了艺术哲学、美学、文艺美学等理论的出现，这些理论尽管名称不一样，但都从不同角度深入地思考艺术在人的活动中的重要作用。

艺术审美可能使人提高境界，也可能使人沉迷享乐，对人的塑造亦是如此。在专制社会，人更多的是被塑造的，在现代社会，人的自我塑造显示出更多的重要性，因此，人们有必要自觉思考如何塑造自己的问题。艺术审美活动是方便的，人人都可以参与的活动方式，所以每一个有文化的人都应该、也有必要反思艺术活动对自己的塑造。本书要强调的是，在新的时代，不仅是专家、学者，而且是所有的人都应该思考文学艺术对人的生存的影响，这是在新的时代中不断拓展文艺美学研究的必要性。

基于以上的考虑，本书围绕个体的艺术审美活动过程及其可能出现的问题展开各个环节的论述。

我们从现实生活中的文艺美学这个基本设想展开我们的思考。即，我是一个生活于现世的人，人的生存格局是一个整体，各个方面应均衡发展，在这样的前提下，文学艺术在人的生存格局中处于什么地位、有什么功能？当我愿意从审美的角度对待艺术时，我会遇到一些什么问题，我们应该如何思考、解决这些问题？本书以这些问题作为主线展开论述。

艺术境界是一个虚灵的空间，但不仅仅这样，艺术总是生活于现世的人所作，最终必须有益于现实生活中的人。所以我们必须从人的生存需要出发讲文艺美学，这样的文艺美学应是“生活中的文艺美学”。现实中的人也在不断地塑造自己，追求自我完善，人的生存就是一个不断“文化”（作动词理解，塑造、培育、追求完善的意思）自己的过程，所以“生活中的文艺美学”也是“文化中的文艺美学”。

人生活于社会中，总在不断地创造各种物质和精神成果，这是我们一般所说的文化，人也在不断向上（向善）的维度培育、塑造自己，这样的自我塑造过程就是一个文化自己的过程。所以文化这个词有两个基本意义，一是人们创造的各种文化成果，一是人在创造各种文化成果的同时不断文化自己。本书在这种文化意义上讲“文化中的文艺美学”。所谓“文化中的文艺美学”，试从人的自我塑造的角度思考文学艺术的功能、个体的艺术审美经验，阐释文艺美学的基本命题。

第一节　文艺美学与相关学科的关系

文艺美学是中国特有的学科名称和理论形态，形成于 20 世纪 80 年代，它与文艺学、美学、艺术哲学等有密切关系。文艺美学的学科归属在理论上一直是个众说纷纭的问题。有的认为它是文艺学下属的一个学科，有的认为是美学下面的一个分支，有的认为是文艺学与美学交叉的新学科，有的认为文艺美学就是艺术哲学。

一　文艺学与文艺美学

在中国的大学学科体制中，文艺学是一级学科中国语言文学下属的一个二级学科，文艺美学是文艺学的一个研究方向，有人也称之为文艺学下属的三级学科。随着许多大学文科开设文艺美学课程，在研究生培养中设立文艺学专业文艺美学研究方向，文艺美学的学科设置在实际上已被解决。

“文艺学这个学科名称是 1949 年新中国成立以后从俄文翻译过来的。实际上正确的名称应是文学学，大概是因为‘文学学’不太符合汉语的构词习惯，人们也就普遍地接受文艺学这个名称了。”① 这个“文学学”是对文学本体的研究，所以又可以分为文

① 童庆炳主编:《文学理论教程》（第五版），高等教育出版社 2015 年版，第 3 页。

学理论、文学史、文学批评三个分支。但在文学院或中文系的科室设置中，文艺理论教研室承担文学理论的教学工作，文艺学专业的研究生培养也主要是由文艺理论专业的教师承担。

这种学科设置是将文学史与文学理论、文学批评相对分开，所以在中文系里说文艺学时主要指的是文学理论、文学批评的研究和教学。而文艺美学是作为文学理论的一种理论视角来理解的，是文学理论中运用“美学”的方法研究文学活动的审美特征的理论形态。王一川就持这样的观点：“从今天的学科格局和学科视野的综合角度看，文艺美学主要是中国语言文学界从艺术视野考察文学审美的方式。在学科格局上，它固定地归属于文艺学（文学学）；而在学科视野上，它从上述固定点向艺术学和美学开放。文艺美学实际上相当于艺术整体视野中的文学美学研究。不妨得出如下结论：文艺美学是文艺学或文学理论的一个分支，是在艺术视野中研究文学审美的学科。”①

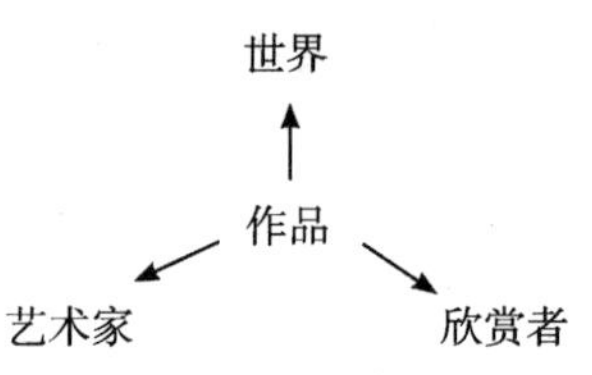

艾布拉姆斯的图式

文学理论，它对文学的研究、思考主要从作品与世界的关系、作品与作者的关系、作品与读者的关系、文学活动与文化传统的关系着眼。艾布拉姆斯说：“每一件艺术品总要涉及四个要点，几乎所有力求周密的理论总会在大体上对这四个要素加以区辨。”② 艾布拉姆斯的图式体现了文学研究的各种关系，思考文学应涉及的各个因素，我们还可以从历史的角度考察这四个要素在不同时期的具体形态。侧重研究作品与世界的关系，可以提出艺术的模仿说，认为艺术（文学）是对世界的模仿、再现、反映或象征，以此为基本关系展开其他关系的研究。侧重作品

① 王一川：《今日文艺美学的限度与开放》，《当代文坛》2006 年第 6 期，第 7 页。

② ［美］艾布拉姆斯：《镜与灯——浪漫主义文论及批评传统》，郦稚牛等译，北京大学出版社 1989 年版，第 5 页。

与艺术家的关系，可以提出表现说，认为作品是作家内心世界的表现。如果将作品看成是独立的自足体，所提出的往往是形式主义的理论，如新批评、俄国形式主义批评等。侧重研究欣赏者与作品的关系，最有代表性的理论是接受美学、读者反映理论。侧重研究文学活动与历史文化的关系，是历史主义的理论视角，注重现实与文学文本的互构关系则为新历史主义的主要特征。文艺美学的研究涉及以上各种关系，但其旨趣是注重研究各种关系的审美特性。

二　美学与文艺美学

什么是美学？这也是一个有不同看法的问题。18 世纪 50 年代，鲍姆嘉通首次将美学作为独立的学科："美学（美的艺术的理论，低级知识的理论，用美的方式去思维的艺术，类比推理的艺术）是研究感性知识的科学。"① 黑格尔认为美学的正当名称是"'艺术哲学'，或更确切一点，'美的艺术的哲学'。"② 在当代西方学界，流行的观念认为美学是研究美和艺术的科学。德国当代哲学家沃尔夫冈·韦尔施列出几种重要的百科全书关于美学的解释："什么是美学？百科全书给出了明确的答案。《美国学术百科全书》说：'美学是哲学的一个分支，其目标在于建立艺术和美的一般原则。'与此相应，意大利《哲学百科全书》认为美学是'将美与艺术作为对象的哲学学科'。法国的《美学辞典》将美学分别定义为'美的玄思'和'艺术的哲学和科学'。德国《哲学史辞典》解释为：'美学一词已成为哲学分支的代名词，研究的是艺术与美。'简言之，美学意味着艺术性，解释艺术的概念，且特别关注美。"③

中国学界一般也是将美学理解为"研究美、艺术、审美意识

---

① 鲍姆嘉通：《美学》，朱光潜译稿，引自北京大学哲学系美学教研室编：《西方美学家论美和美感》，商务印书馆 1980 年版，第 142 页。

② 黑格尔：《美学》第一卷，朱光潜译，商务印书馆 1979 年版，第 3～4 页。

③ ［德］沃尔夫冈·韦尔施：《重构美学》，陆扬、张岩冰译，上海译文出版社 2006 年版，第 86 页。

的本质特征、发展规律的一门科学"[①]。"美学作为感性学，作为一门关于美的科学，研究美、美感和艺术，具有非常开阔的视野。"[②]这些观点是在中国较为流行的观念。

在近现代，人们关于美学的理解似乎更倾向于黑格尔的观念，将美学理解为艺术哲学或主要研究艺术的科学，如韦尔施在他的《重构美学》中结合当代审美趋势提出建构"超越美学的美学"的主张，他所要超越的美学就是艺术论的美学，他已然将当代流行的美学理解为研究艺术的科学。尼古拉斯·布宁和余纪元合编的《西方哲学英汉对照辞典》美学条指出："如今'美学'一词限于研究来自艺术品鉴赏活动的经验。"[③]

在当代中国，倒是有许多学者将"美学"视为研究包括自然美、社会美、艺术美的学科，并认定这样的美学是"一般的美学"，所以还可以有特殊的美学，从而为"文艺美学"腾出空间。胡经之是中国文艺美学的倡议者，他认为："艺术活动离不开审美活动。但艺术活动又自成系统，从文学艺术家体验生活，到艺术创造，再到艺术为人所接受，均需按照美的规律进行。这种艺术活动的审美本质和审美规律，应该获得系统的研究。为了和其他美学相区别，我把这称之为文艺美学。"[④] 钱中文指出："经验告诉我们，'文艺美学'作为一门学科，是将各个门类的艺术打通起来，综合研究的一门学科，或是以一门艺术为主，兼及其他门类的艺术。文艺美学为我们提供、开辟了新的学术领域。"[⑤] 如果这样界定文艺美学的研究对象，那它和黑格尔所说的美学也很相似，文艺美学也

---

① 王向峰主编：《文艺美学辞典》，辽宁大学出版社 1987 年版，第 5 页。

② 彭富春：《哲学美学导论》，人民出版社 2005 年版，第 3 页。

③ 尼古拉斯·布宁、余纪元合编：《西方哲学英汉对照辞典》，人民出版社 2001 年版，第 29 页。

④ 胡经之：《文艺美学论》，华中师范大学出版社 2006 年版，《自序》第 4 ~ 5 页。

⑤ 钱中文：《文艺美学：文艺科学新的增长点》，《文史哲》2001 年第 4 期，第 62 页。

就是艺术哲学。有不少人认为文艺美学就是艺术哲学①，但胡经之、钱中文等学者并不认为文艺美学是艺术哲学，而是倾向于将文艺美学当作一门新兴的学科。

胡经之在2002年发表的文章中明确地说文艺美学："这不是传统的艺术哲学，也并非过去说的文艺理论，而是和美学、文艺学相交叉的新兴学科。"② 曾繁仁也认为："文艺美学是20世纪80年代以来产生的一个正在建设中的新兴学科。它既不是美学与文艺学的分支，也不是两者之间的中介，更不同于传统的艺术哲学，而是既同文艺学、美学、艺术学密切相关，但却同其有着质的区别的新兴学科。"③ 这种观念在一些较有影响的高校教材中得到表达，也一定程度上在学科设置和研究机构的设置中得到体现，成为一个在中国较为流行的观念。

三　中国的文艺美学

在中国的语境中，文艺美学确实是一个新兴的学科，是一个具有中国特色的学科。

它兴起于20世纪80年代。1980年春，中华全国美学学会成立，在会上胡经之提出艺术院校和文学系科应开设文艺美学课程，发展文艺美学学科，提议得到中国美学前辈王朝闻、朱光潜、伍蠡甫等专家的支持。随后胡经之在北大开设文艺美学课程，招收文艺美学研究方向硕士研究生，写出一系列文章，主编文艺美学丛书等。80年代初，全国其他高校也相继开设文艺美学课程，招收文艺美学方向研究生。

---

① 如姚文放、谭好哲等学者，参见姚文放：《论文艺美学的学科定位》，《学术月刊》2000年第4期，第19页；谭好哲：《论文艺美学的学科交叉性与综合性》，《文史哲》2001年第3期，第43页。

② 胡经之：《发展文艺美学》，《三峡大学学报》（人文社会科学版）2002年第4期，第5页。

③ 曾繁仁：《回顾与反思——文艺美学30年》，《华中师范大学学报》（人文社会科学版）2007年第5期，第96页。

但中国的文艺美学这个学科，是否合理，国内外都有不同的看法。杜书瀛在《文艺美学诞生在中国》一文中介绍当时苏联学者鲍列夫的不同看法：

> 我认为，文艺美学的出现使得美学研究更加专门化，更加细密和具体，这是美学研究的进步，是一件好事。但是有的美学家不这么看。1988年我和同事访问莫斯科的时候，曾同当时的苏联科学院高尔基世界文学研究所高级研究员、美学家尤·鲍列夫就这个问题交换过意见。我对鲍列夫说："中国学者提出文艺美学这一新的术语，也可以说是一个学科。您怎样看这一问题？苏联有无类似的提法？"鲍列夫说："我认为'文艺美学'，还有什么'音乐美学'，其他什么什么美学，这种提法不科学。苏联也有人提什么什么美学，但我认为并不科学。正像（他指着桌子）说'桌子的哲学'、（指着头上的电灯）'电灯的哲学'等等不科学一样，这样可以有无数种'哲学'。同样，如果有'文艺美学'、'音乐美学'，那么也可以提出无数种'美学'，这就把美学泛化了、庸俗化了。"而我的意见同鲍列夫相反。在我看来，文艺美学不是美学的泛化和庸俗化，而是美学自身的具体化和深化。[①]

国内学者王德胜也认为文艺美学作为一个学科，它在逻辑上、学理上很难将它与一般文艺学、美学相区分，所以它无法作为一个独立的学科，因此"我们与其说'文艺美学'是一种新的美学或文艺学的分支学科形态，倒不如说，文艺美学研究是中国美学在自身现代发展之路上所提出的一种可能的学理方式或形态，它从理论层面上明确指向了艺术问题的把握。"[②] 这是国内较有代表性的一

① 杜书瀛：《文艺美学诞生在中国》，《文学评论》2003年第4期，第158页。

② 王德胜：《文艺美学：定位的困难及其问题》，《文艺研究》2000年第2期，第47页。

种意见，值得认真理解。

在国外没有一个与中国的文艺美学相当的学科，文艺美学是在中国特定的历史情境中产生的。20 世纪 50—70 年代，在中国占主导地位的文学理论不重视文艺的审美特征，更多的是从政治、历史、社会出发理解、阐释文学。美学界讨论的热门话题还是“美”的本质是什么、什么是美的定义等抽象问题，对艺术现象较少真切的阐释。在 80 年代的美学热中，文学理论学者也努力开拓自己的思考领域，参与美学话题的言说，而标明从文艺实际出发思考美学问题不失为一个良好的策略。另外，中国传统的美学思想多与艺术相关，以艺术点评、散论的方式表达，学界普遍认为中国的美学有着与西方不同的理论形态，更适于称之为文艺美学。[①] 在这样的情境中提出建立文艺美学学科既有现实动因也有历史文化因缘。所以，不拘于逻辑论证，而从历史的角度看，中国的文艺美学作为一种新的学科或理论形态的出现是合情合理的。

不管对文艺美学的学科性质如何理解，中国的大学学科设置、课程设置已有了“文艺美学”，我们现在没必要继续纠缠文艺美学的学科归属问题，而更应该思考现有的文艺美学（不管将它定位为艺术哲学、文艺学分支、交叉新兴学科、美学或文艺学理论形态等等）能做什么、怎么做，如何在现有的基础上取得具有创造性的学术成果。

---

① 这一点后来得到充分体现，如陈望衡的《中国美学史》大量讨论各个时期的“音乐美学”“汉赋美学”“书法美学”“诗歌美学”“古文美学”“书画美学”“诗词美学”“戏曲美学”“小说美学”等。陈望衡：《中国美学史》，人民出版社 2005 年版。又如王文生的《中国美学史：情味论的历史发展》就明确提出他的中国美学史是：“以无关实用而集中表现美、创造美感的文学艺术为研究对象；以总结文艺创作经验的美学思想为其内容；以介绍美的知识而又给予文艺以指导为它的目的。”这是一种鲜明的文学美学论著。王文生：《中国美学史：情味论的历史发展》，上海文艺出版社 2008 年版，第 2 页。

第二节　文艺美学的旨趣

不管是否将文艺美学当作艺术哲学，文艺美学对艺术的思考总是带有哲学思辨的性质和特点。它不得不思考什么是真正的（或美的）艺术，艺术的本质是什么，艺术对人的生存而言具有什么价值等具有形上意味的问题。对文艺的反思更接近哲学的思考，但与对纯理性意识的反思又有所不同（比如说哲学是“思想思想”），文艺美学思考的对象是理性与感性统一的文艺活动，是对人的整体性意识活动的反思。

这样的思考与科学理论是不一样的，“任何科学理论都是关乎特定的、具体的经验领域，并且常能以数学的精确性来描述和预测自然现象或某些社会现象。”① 从对一个物体的质量测量到制造航天飞机，科学的理论总要精确地描述现象、解决具体问题，这类问题不管多复杂都是具体的问题。人类要面临无穷的具体问题，这些知识性的具体问题，可以在某种理论范式中不断解决，这类问题的解决标志着人类知识的不断增加，但这类知识并非人类智慧的完整体现，人若只是思考这些具体的、技术理性问题，人就会迷失自己的本性。人类有足够的聪明制造核武器，人类更需要有如何消除核武器的智慧。人的“形上”之思正是启发人的智慧的需要。

哲学的根本问题，是一种没有最终结论的问题，对文艺的根本问题的思考也得不出最终的结论。但人类需要这样的问题，需要永远思考一些这类型的问题，以此激发人类思想的活力，引导人们永远追求更为美好的境界。② 我们所说的生活中的文艺美学的旨趣是深入地思考艺术在人的生存中的作用与功能，把握艺术的基本特征

---

① 王德峰：《哲学导论》，上海人民出版社 2000 年版，第 2 页。

② 参阅黄克剑：《形上之维的更生与语言的可能承诺——一种回应“解构”而重返“形而上者”的尝试》，《世界哲学》2010 年第 3 期，第 83 页。

及对人的生存的影响，探讨生活的文艺美学的基本立场和方法。想想最原始时人类的艺术活动、在人类文明整体中艺术的作用、人类以前及现在如何使用艺术这个词，这些问题想想是很有意思的。当我们力求把握艺术的本质，给艺术下一个定义时，“艺术是什么”便成了引导我们不断思考的形上问题。我们对此问题的思考，既要借鉴现有各种理论对艺术本质的把握，更应以艺术存在为文艺美学思考的最终依据。

一　艺术是人类生存的原创性环节

艺术作为人的生存的方式之一，它处于人类生存的原创性环节。

一说艺术，我们已然理解为流行的雕塑、绘画、音乐、文学等经典形式，现代汉语中的“艺术”一词也如此使用，但汉语中的“艺”字，与此有关的义项应是才能、技艺，再往上追溯，“藝”与“埶”通，“埶，种也。”（《说文解字》）“埶”字，甲骨文像一个人手捧树苗跪在地上小心地栽种。栽种树苗，看似简单的劳动，在人类发展史上，第一次的栽种是划时代的创举，或许，由此而来的“艺”字，正暗示着这一人类活动的原创性。从源头上思考，人之为人正在于人的原创性活动，后人将含有原创性活动的才能、技艺称之为“艺”，近代人又用艺术概称绘画、音乐、文学等富有创造性的活动。当人在最初的、原始的环节上创造自己的世界，此时没有任何既存的理论、模式、定理可以作为创造的依据和借鉴，只能在无法论证、无所依傍的处境中提出世界的构想，这是根本意义上的创造性活动，人类的祖先凭借种种原创性的技艺，创造了各种文明成果，人们后来将这些最具原创性的行为命名为“艺”。人类后来的各种艺术，承接、保存了人类最具原创性的精神与活动方式。我们在人类文明中也可以看到，艺术性的活动以至后来的独立的艺术活动是人的活动的有机构成，是人类整体活动中最为根本的原创性环节。从艺术的起源看，使人成为人的根本特征是劳动，劳动在本质上是使人通过对劳动成果的直观获得主体性意识，在实际形态上劳动的标志是工具的制作和使用。而最初的工具即包括艺术性的创造在里面。在文明充分发展的社会时期，人们还是用“艺术”称赞最富创造性的人类活动，如政治艺术、军事艺术、篮球艺术之类。在这个意义上同样可以说，艺术是人类生存的原创性环节。

人以人的方式存在着，人的方式即文明的方式，是有文化的生存方式。在文明的时代，在人的生存方式中，各种存在方式构成人的整体生存，艺术是重要的一部分，各种具体形式的艺术构成人类不可或缺的生存方式，只是不同时代的艺术活动方式不一样罢了。古代儒家的经典构成（诗、书、礼、易、春秋）及教育内容（礼、乐、射、御、书、数）已显示艺术的不可或缺。在对人的“兴于诗，立于礼，成于乐”的培养格局中，艺术（《诗》）的运用被放在起始的环节上。西方学者，如鲍姆加通、康德、黑格尔、席勒、克罗齐、海德格尔等各从自己的理论出发论证了艺术在保证人的精神、意识完整性方面的重要作用与不可缺失。马克思论述的人类思想掌握世界的四种方式，艺术是其中的一种。再从人类文化的结构层次、人类意识的结构层次、人类认识方式这几个角度看，我们也可以认为，艺术是人类存在的方式之一。

各种艺术形式（文学是语言的艺术）高度发展之后，艺术成为人类不可或缺的生存方式，人类以这一方式葆有、呵护、激发人类活动的原创性。个体的人生，其创造性生存也无法从先在的理论、观念、公式制定一个生存的意义。其生存的意义必须从一个无法找到理论依傍的构想开始创生，这与艺术活动的原创性相似。人的生存开始之后，人的意识觉醒之后，或许可能借鉴各种理论、人生哲学来规划自己的人生道路，但在那起始点上，却无法想明白了才开始自己的人生，人生的意义只能在生存中创造。人生的各种选择，往往是艺术性地（具有源始创造性地）进行选择。所以，可以说具有创造性的艺术活动，是人生创造性选择的演习。例如，中国传统图画极其强调它的原创性。张彦远的《历代名画记》中开篇指出："夫画者，成教化，助人伦，穷神变，测幽微，与六籍同功，四时并运，发于天然，非繇述作。"[①] 这个说法指出图画的重要功能与六籍（即诗、书、礼、乐、易、春秋六经）相同，并强调了绘画的原创性。其原创性表现为"发于天然"，"非繇述作"，即图画的创作不是根源于已有的经典著作，而是产生于天然的原创。艺术的原创性对于人的生存极为重要。人的生存是一种不断筹划未来的存在，艺术活动展现人的生存的可能性，揭示人的生存的理想境界，是真正的人的生存不可或缺的生存方式。

正是在各种艺术活动中，人的各种能力也得到培养和完善。耳朵成为有音乐感的耳朵，眼睛成为懂绘画和雕塑的眼睛，因而人的感官成为人的感官。各种人的感官的形成，是人之为人的确证，其中艺术的功能极为重要。人的生存首先是感性的生存，美的艺术在文明的不同阶段以特有的方式维护人的感性的权利，呵护人的感性的完整性，使本能欲望既作为创造动力又不断成为人性的（有智慧的）生存筹划，由此纠正人的各种思想情感偏见、维护人的意识的健康，不断恢复人的意识的自由。当身处文明社会受制于各种思想、理论、习惯时，由于艺术对人类意识自由的修复，我们才得以超功利地对待自然、创造自己的世界；也正由于艺术的原始创造性，我们才得以超越各种理性的局限，完整拥有自己的世界。是艺术让人的意识恢复完整性、让事物得以本真的呈现，从而人类得以继续展开自由的创造性活动，使人类活动的原创性不至于在繁杂的文明中被湮没。

没有艺术，人不是完整的人，我们须在这样的意义上理解艺术与人生的关系。这是一个重要的问题，我们在后面还将从其他角度继续讨论这个问题。

① 张彦远：《历代名画记》，俞剑华注释，上海美术出版社 1964 年版，第 1 页。

二　艺术存在是文艺美学的立论依据

我们如何思考艺术的问题，是从艺术存在出发，或是从某种艺术本质观念出发？艺术的原创性特征使得艺术活动不断突破人的理性对艺术的把握，所以我们应该意识到艺术存在是文艺美学思考的起点，在这个基础上对艺术本质与艺术经验的思考得以贯通。

在人的理性思维的习惯中，人们力求用理性思维方式对某类事物或某种事物作出抽象的规定，对待艺术也是如此，许多美学或文艺美学力求对艺术的基本特征作出界定，试图回答“艺术是什么”，在“艺术是……”的句式中表达作者所理解的艺术的本质特征，然后在这样的基础上研究各种艺术现象，这是从基本概念出发的艺术研究方法。在这种方法中，首先我们从何得知“艺术的本质”？从别人或其他理论接受过来的，或是自己想出来的？不管怎么得来的，关于艺术的本质是什么的观念是人建构出来的，它只是在某个特定的历史时期被建构起来的。在这种思维范式中，后学者往往被引导接受一个“正确”的艺术观念，并由此展开对艺术的“思考”。如周来祥说：“艺术的审美本质是整个文艺美学理论体系的逻辑起点，不首先把艺术之所以为艺术的独特本质搞清楚，其他问题

达·芬奇：《岩间圣母》

毕加索：《三个乐师》

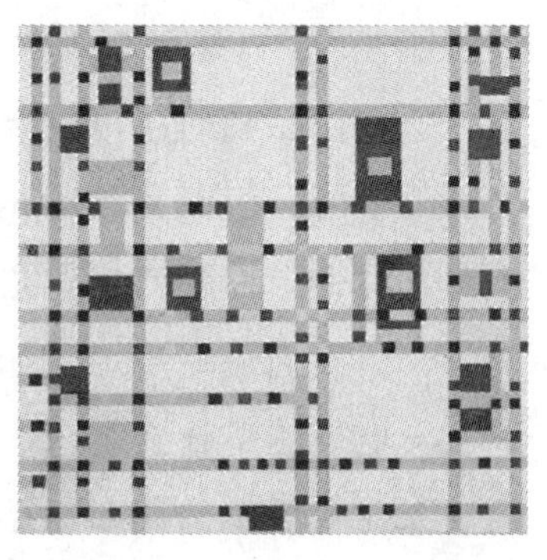

蒙德里安:《百老汇爵士音乐》

就失去理论基础，整个理论体系就无从建立。”[1] 这个说法是对的，任何一种理论体系，总要以某种基本观念作为逻辑起点。但这种说法已先行设定了“艺术的独特本质”是“审美本质”这样的观念，尽管这是目前为止被广为接受的艺术观念，其实它也是人建构出来的观念。或许这样的艺术观念，其合理性是建立在对既存艺术的实际考察的基础上，但我们还是要进一步思考，艺术存在着，艺术的原创性导致人类的艺术活动不断有新的发展，并不断突破原有的理论概括，生活中的文艺美学的研究，是以既往的艺术品、艺术行为为依据呢还是以不断发展变化的艺术存在本身为依据？

艺术与人的生存共在。艺术不等于固定的存在物，艺术存在着。在各种艺术概念之前艺术就存在着，而且各种关于艺术的定义总会被新的艺术创作、新的艺术活动方式突破。各种艺术创作总有力求突破既存艺术观念的冲动和企图。比如达·芬奇的《岩间圣母》画的是在一个固定视点上所看到的景象，力求在平面的画布上表现出三维的立体空间，体现了古典写实主义的绘画观念。而毕加索的《三个乐师》，却不追求在平面的画布上表现三维空间，而是将不同时间、不同角度所看到的形象特征加以分割、选取并重新组合，强调画面的平面构成，这是立体主义的绘画观念。如果说毕加索的画还保留一些形象基本特征的话，蒙德里安的《百老汇爵士音乐》则不表现事物形象特征，画面只是方形大小色块构成和平面空间的分割，这是号称冷抽象绘画的观念。至于波洛克的作品，一反传统绘画创作的深思熟虑、精心构想，他以偶然性、随意

① 周来祥：《文艺美学》，人民文学出版社 2003 年版，第 11 页。

性“画画”，只是用颜料在画布上随意挥洒，这已是非画之画了。也许这些作品我们还可以接受为艺术品，它们毕竟还是画家在画布上画出来的。但画家杜桑的作品《喷泉》用一个现成的小便盆签上名，写一个标题就当作艺术品了。这在当时很前卫的人看来也是胡闹，但我们退一步想，如果他不是胡闹，而是富有深意的行为，那么，他表达了什么观念、提出了什么问题？他是不是表达了这样的观念：生活中的许多物品，也是可以作为艺术品看待的，尽管不一定非小便盆不可。时隔百年（杜桑的那件作品创作于1907年），现在生活环境、生活用具的艺术化已十分普遍，甚至出现了日常生活审美化的倾向，我们不是在一定程度上接受了杜桑的艺术观念吗？许多现代艺术创作，其基本出发点就是要突破既存的艺术观念，提出新的艺术观念。文艺美学的思考，不能拒绝这些新的探索，必须辨析各种艺术观念的合理性或不合理性，阐释各种艺术观念的意义并评价其自身价值，因此不能依据现成的某种艺术观念而驱逐其他艺术观念。

波洛克作品

由此我们看到，我们不可能把握一个永恒的“艺术本质”而一劳永逸地解决“艺术是什么”的问题，这是一个常问常新的问题。我们这里的例子还只是在西方绘画这个层次上讨论“艺术观念”（杜桑因为是画家而取得艺术家的身份），如果我们在更大范围讨论艺术，那各具形态的艺术要找出一个共同的本质特征是极为困难的。我们很难找到一个能笼罩所有艺术品的艺术本质特征，任何艺术观念只能是就某一时期、某一部分艺术作品所

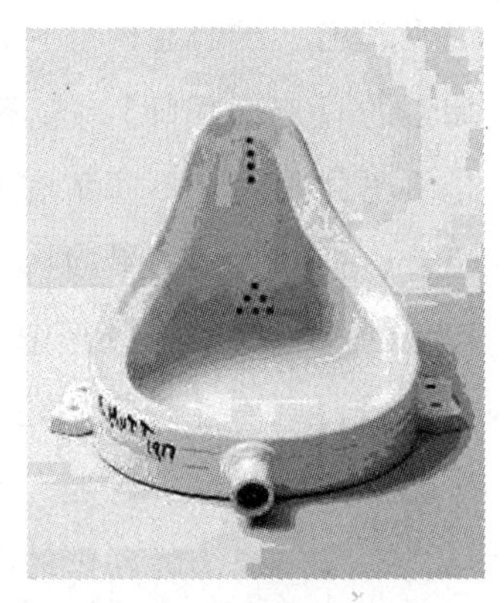

杜桑：《喷泉》

得出的所谓本质特征。所以当我们从某个艺术观念出发建立理论体系时，所讨论的就只能是根据这个观念所概括的一部分艺术作品和艺术行为。任何艺术观念都不能作为理论探讨的最后依据。

因此，我们应该更源始地思考艺术，从艺术存在出发研究艺术。通俗地讲，就是不以某种关于艺术本质的概念作为研究艺术的绝对前提，而是以艺术存在作为研究的根本依据。文艺美学思考的展开首先应该根据艺术存在反思我们现有的艺术观念，辨析我们所确定的艺术观念其合理性的依据，其适用范围及自身的局限性。

如果差异极大的东西都要称为“艺术”，那就不仅要问“艺术是什么”，还要问“为什么是艺术”，为什么这样的作品会被当作艺术品，为什么那些怪诞的行为会被当作艺术行为。由此而追问艺术作品的根本依据，并更深入地思考艺术。

三　艺术品的存在方式

当我们转换思路，思考“为什么是艺术”时，我们思考的对象指向具体的艺术作品，切入点是思考这样稀奇古怪的东西为什么可以是艺术品？面对它时，我们有什么感受，有什么想法，有什么领悟？分析这些现象，就是对艺术审美经验的分析。

所以，我们可以先行指出文艺美学以艺术审美经验作为思考的主要对象，所谓的艺术的审美经验可分解为创作艺术品的经验和欣赏艺术品的经验。在现有的文明社会，文学艺术有自己相对独立的活动领域、自觉的艺术观念、活动方式，是自觉的艺术。因此，在一般的艺术活动中，什么是艺术品似乎是不成问题的。但是，当我们不只是服从习惯而认可各种艺术品，而是注意到所谓艺术品的千奇百怪，关注艺术的原创性，面对超越各种现成理论阐释的“艺术品”时，我们就不得不思考这些东西为什么是艺术品。思考这个问题先须了解艺术品的存在方式。

在我们通常的艺术活动中，我们熟悉也比较容易认可的艺术品的存在方式可以由“创作者—艺术品—接受者”近似地表达。但是，这样的描述已包含一种假设，即假设创作者创作的是艺术品，假设接受者所接受的是艺术品。严格说，如果我们假定创作者与欣赏者所面对的就是艺术品，他们所进行的也就是艺术审美经验，那这样的存在方式应该描述为“艺术创作主体—艺术客体—艺术接受主体”。

可是，人不一定是艺术主体，“艺术品”也不一定是艺术客体。人在实际生存过程中，在特定的情境和活动方式中成为不同的主体，可能是道德主体、政治主体、经济主体或教育主体等等。即使面对公认的艺术品，看着、想着，也不一定就是艺术审美主体，如果只想着这东西能卖多少钱，这东西能帮我达到什么目的，此时的人就不能称之为艺术审美主体。一件“艺术品”，放着、挂着、藏着，没人观照它，没人当它是艺术品，它也不是艺术客体。只有在艺术意向性的关联中，人和物才相互呈现、建构为艺术主体和艺术客体。

在不同的意向性中，人和物呈现为不同的主体和客体。因此，我们有必要考察一下艺术意向性这个概念。这一问题将在第二章展开论述，接下来我们先说明一下文艺美学对艺术审美经验的反思。

第三节　艺术审美经验的反思

关于文艺美学的各种说法有所不同，但都有一个基本相同的地方，就是研究文学艺术，研究人类的文学艺术活动。人类的艺术活动可以从不同的角度、用不同的方法、侧重不同的方面进行研究，如心理学、社会学、伦理学、宗教学、政治学、历史学、经济学、传播学等。但任何一种方法、角度、理论都无法笼罩文学艺术活动的一切，这是人的思考的局限性。另外，人类的文学艺术活动是无比丰富、不断创新的，因此也要求不断有新的方法、角度、理论来研究艺术，阐释人类的文学艺术。文艺美学只是其中的一种。如果强调文艺美学是从艺术实践出发研究艺术审美，那自然它研究的重点是艺术的审美经验。

一 艺术审美经验

我们可以在一般的哲学意义上把握“经验”一词的基本意义，所谓艺术审美经验即指人们对艺术对象的感知、体验、享受，如果我们认可艺术活动包括理性思维在内的话，也应考察艺术创作、接受过程中的理性因素。

美学对艺术的研究，严格说是对人的艺术活动的思考。人类的艺术活动是与人类相伴而生的活动。人类早期，也有不少关于艺术的论述，但未形成所谓的学科，没有对艺术进行系统、广泛、深入的思考，原因在于早先艺术活动的纯朴、单纯，它本身已能使人获得情感、精神的满足，似乎尚无必要思考一些枯燥的问题。随着人的生存方式的复杂、丰富，艺术活动也显现了各种各样的特性和功能，于是，艺术是什么、艺术活动的功能是什么、什么是美的艺术、艺术活动在人的生存中具有什么意义等等，都需要有所反思，因此需要有“美学”或“艺术哲学”这样的科学。[①] 这也是自从人类能自觉思考之初就讨论艺术问题，然而直到两百多年前才有美学这样的学科建立的原因。

人在世生存着，人的艺术活动在逻辑上是由创造作品、欣赏作品构成。在艺术活动中人们也许会有各种各样的创作目的、创作意图，对艺术品的接受也有各种各样的意图和目的。为了满足各种各样的目的、意图，人类也就造出了各种各样的“艺术品”。但人类似乎形成了一个共识，真正的艺术品是美的艺术，艺术活动本质上是一种审美活动，创作、欣赏艺术品本质上是一种审美经验。文艺美学，理所当然的是研究人的审美经验。

① 黑格尔说：“往日单是艺术本身就完全可以使人满足。今日艺术却邀请我们对它进行思考，目的不在把它再现出来，而在用科学的方式去认识它究竟是什么。”《美学》第一卷，朱光潜译，商务印书馆 1979 年版，第 15 页。

黑格尔说美学是“美的艺术的哲学”，我们所说的文艺美学，也应该是美的艺术的学科。那么，我们如何研究艺术？这是文艺美学或美学面临的问题。黑格尔说有一种方式是从个别的作品出发，以经验作为研究的出发点；另一种方式是以理念作为研究的出发点，完全运用理论思考的方式认识美本身，深入理解美的理念。但黑格尔主张：“要至少是初步地说明美的哲学概念的真正性质是什么，我们就必须把美的哲学概念看成上述两个对立面的统一，即形而上学的普遍性和现实事物的特殊定性的统一。”① 黑格尔的说法是合理的，也是我们现在研究艺术应该借鉴的方式。

中国的文艺美学在创立之初，就明确自己的研究出发点是具体的文学艺术活动，是研究文学艺术活动中的审美经验，有意识地与理性主义的关于美的玄思的美学拉开距离。但是，即使注重研究文学艺术的实践，也不能回避对美的本质等问题的思考，因为当我们说文艺美学的研究对象是文学艺术活动时，自然要有一个对“文学艺术活动”的认定，这不能不涉及对文学艺术活动的本质特征的把握。当要反思审美经验时，我们首先要界定什么是审美经验，而在界定审美经验时即以对美的本质特征的理解作为理论依据。所以，尽管我们说文艺美学研究的对象是审美经验，但研究者对艺术的本质特征、审美特性总有先在的认识和把握。只是在现代思想背景中，我们也要意识到美、艺术的所谓的本质特征并非永恒不变的定性，关于美和艺术的本质观念是人们在历史文化过程中建构起来的。但这种建构起来的观念，在实际研究中不管承认不承认，它总是先在地作为思考的前提范导着人们的研究。所以，自觉的文艺美学沉思必然对艺术的本质特征有所思考，对审美经验的研究也应该是分析具体审美经验与理论思维的统一。

每个人都有自己的审美经验，因为审美活动是与生俱来的活动，各种艺术活动也是出自人的天性的活动方式。绘画（或涂

---

① 黑格尔：《美学》第一卷，朱光潜译，商务印书馆1979年版，第28页。

鸦)、唱歌、跳舞、讲故事、听音乐、看演出，是人们自然而然喜爱的活动。对艺术审美经验进行描述、分析、阐释有助于人们更好地认识艺术及艺术活动，发展人们的审美意识。每个时代也有各自流行的审美活动范式，如汉赋、唐诗、宋词就构成了一个时代的主导艺术范式，而一些世代相传的具体审美活动方式并非都有利于人的生存，如中国古代妇女的缠足，因此对社会审美活动范式除了描述分析之外，还有必要进行反思。对现实的审美趋势同样也有必要进行思考，以免陷入审美迷误。

当我们说文艺美学是“美的艺术哲学”时，也就意味着还有非美的“艺术”，比如粗俗的表演、粗制滥造的艺术产品等不美的“艺术”，或纯为某种政治、宗教、伦理说教而创作的不是以审美表现为主要目的的艺术。但文艺美学对艺术的思考着重在于反思人的审美经验，阐释各种审美经验，使人对什么是真正的艺术有深入的认识，为人们选择健康的审美活动方式提供理论依据。当代社会随着经济的发达，人们的生活水平的提高，生活的审美化倾向也是一个明显的趋势，文学艺术活动与日常生活相互渗透，日常生活日渐艺术化，生活与艺术的界限已日渐模糊。所以，美学、艺术社会学、文化诗学理应对此有所反应，扩大研究的范围和内容，深入研究日常生活的审美化趋势。在这样的情势下，如果美学如韦尔施所言要“重构美学”，建构超越美学的美学，即建构超越艺术哲学的美学，那么，文艺美学倒应该坚守对文学艺术的研究。当我们看到艺术生活化与生活艺术化的潮流汹涌而至时，应该想到必须有美的艺术才可能有美的生活艺术化，生活的艺术化需要美的艺术做可靠的参照。如此看来，中国的文艺美学倒真是生逢其时了。美学尽管可以时尚地去研究生活的艺术化，但文艺美学还是应该坚守对文学艺术的深入研究，当然，这样的话它免不了身处边缘，它的研究对象主要是经典艺术的审美经验。坚守本分的文艺美学，它是进一步研究艺术的基础。当各种理论流派纷起时，当我们从伦理、宗教、政治、文化、历史的角度研究艺术时，对文艺作品的审美解读是这些研究的基础。可以说，文艺美学不能笼括所有的艺术问题，但其他关于艺术的研究必须以对艺术的审美感受和美学阐释作为基础和起点。

如果以文学艺术，特别是经典的文学艺术作品的审美经验作为文艺美学研究的主要对象，那现代的文艺美学，同时也要反思自己的艺术观念、美学观念。人类的艺术创作、艺术欣赏是不断创新发展、出奇制胜的，划时代的作品往往突破既有的艺术观念。文艺美学研究因此必须敏锐关注艺术创作的新发展，自觉反思自己的艺术观念，根据艺术创造的实际发展调整、完善艺术观念。

同时也应自觉反思美学基本观念。时下，审美化趋势已形成潮流，各种各样的美充满现实生活，形象美、环境美、行为美、心灵美、思想美、和谐美、人格美、服饰美、形体美、指甲美、饮食美等等，无所不美，当现实人生无处不被美化时，将审美境界当作人生最高境界时，真正的人生也就被人所共知的所谓“美”遮蔽了，“天下皆知美之为美，斯恶已”（《老子》第二章）。当审美观念被引用至泛滥时，就是认真反思美学基本观念的时候了，文艺美学或美学研究应返回审美的基本观念，阐释新情境中的审美观念，为重新引用打下良好的基础。

总之，文艺美学不是无所不包的学科，它研究的焦点是艺术审美经验，侧重经典文学艺术作品的审美经验的研究，重视对艺术观念、美学基本观念的反思。其他如社会生活的审美化之类，应让文化诗学、“重构美学”、文化哲学、文艺社会学去研究，各种学科形成既相互联系又有所侧重的关系。

二　对艺术文本的审美解读与审美经验反思的异同

如果说文艺美学研究的焦点是审美经验，那它与一般的文艺鉴赏论十分相近，但相近并不相同。文艺鉴赏论一般是介绍、阐释一个具体的艺术审美经验，如对某一诗篇、某一绘画作品的赏析，所述是作者自己对这一作品的审美经验，由此给学生或其他欣赏者以借鉴，让别人借鉴甚至模仿这一审美经验过程去体验某一作品。也许，聪明的读者可能在阅读鉴赏论著之后领悟审美经验的结构和特征，领悟艺术鉴赏的规律。而文艺美学则是重在对审美经验的分析、反思，它必须阐释什么是艺术审美经验，分析艺术审美经验的结构及其展开的方式，展示在审美经验中让作品真正存在的过程。

具体的文艺鉴赏可以或可能专注于某种接受者爱好的艺术样式，它所表达的审美经验可能是单一的，有偏好的，也可能不必或不愿理解别人的审美经验，而文艺美学的研究却必须认真理解尽可能多的审美经验，以使自己对审美经验的分析建立在坚实的基础上。所以，各种艺术鉴赏论是文艺美学研究应该重视的材料。

文艺美学的研究者，应力求理论自觉，反思自己的审美经验并在此基础上理性地理解众多的审美经验，描述不同时代审美经验的特点和规律，揭示特定情境中审美经验的自律性。对个人而言，通过文艺美学的研究提高艺术鉴赏水平，发展审美意识，培养对艺术文本的审美解读能力，在这个基础上进一步展开其他方面的艺术研究、文学研究。

文学艺术活动是人的活动，人是目的。因此对文本的解读又必须从文本走向历史，在人的历史背景中解读文本。对文本的解读人们往往自然而然地从政治、经济、宗教、道德的角度进行解读，但文学艺术专业的学生，审美解读是首要的，只有在审美解读的基础上进入其他解读，才能真正敞开作品的意义，实现作品的真正价值。只有这样，我们才能真正有对象地讨论艺术，讨论艺术品，从其他角度讨论艺术也才能有确实的基础。

人不能为审美而审美，审美境界不是人生的最高境界，但任何高尚、健康的人生境界必从审美境界开始。文艺美学的研究，也应该有助于我们适当理解、确定人生的审美境界。这或许是文艺美学研究的重要旨趣。

三　本书结构与审美经验的反思

艺术鉴赏论也是对艺术审美经验的思考与反思，它更多的是侧重于分析阐释具体作品的鉴赏解读，积累鉴赏技巧和方式，而文艺美学对艺术审美经验的反思不像鉴赏论那样具体、细致。文艺美学对艺术审美经验的反思侧重于提出一些基本范畴，建构反思艺术审美经验的基本框架，为艺术创作、艺术鉴赏提供理论上的方便与基本范式。艺术审美经验是一个完整、多层、连续的流动过程，对它的分析只能人为地设定一些基本的环节，由此展开论述。

首先，在人的自我塑造过程中，艺术审美活动具有重要作用，具体而言，它通过什么途径、方式，在什么环节对人的自我塑造产生影响？这是文化中的文艺美学首先要思考的问题。所以，本书的第一章讨论艺术活动与人的存在的关系问题。从对人的生存特征与艺术的审美特征出发，讨论二者的关系，讨论艺术审美活动在人的生存中的重要作用。艺术审美活动正是通过艺术审美经验而对人的身心产生影响，从而塑造人自身。而在艺术审美经验中，审美感受与诗意向往对人的影响有所不同，须做适当区别。这种区别，以往似乎没有得到更多的注意，在当代生活审美化的潮流中，审美化与诗意向往日益显出不同之处，所以当代的文艺美学应当对此做出回应，从人的自我塑造出发思考日常生活审美化的得失，阐释人的诗意向往在人的自我塑造中的更为深远的意义。

第二章，对什么是艺术品的考察，意在思考艺术审美经验的起始环节。这就是当一个人原意开始自己的艺术审美活动时，他/她遇到的第一个问题就是如何确定自己面对的东西是可以作为艺术审美对象的艺术品，确定之后如何真正进入这个艺术品展现的艺术世界。对这个问题的思考，我们须转换思考的方向。因为各种艺术观念都是人为建构的，所以我们不是从艺术观念出发界定艺术是什么，而是先尽可能地接受人类艺术活动中所拥有的各种艺术品，将问题转换为这些东西为什么是艺术品。由此，我们将发现，首先是我们愿意将某些东西当作艺术品来接受，将它们作为艺术品，并以对待艺术品的方式来感受、体验、理解、阐释它，这是在各种艺术活动中的艺术主体的艺术审美意向。正是人们在各种文化中形成的艺术审美意向，使得人们将某些东西当作艺术品，这是艺术审美经验的开端。当我们对某物愿意将它当作艺术品来接受时，进一步的问题就是如何才能真正进入这一艺术世界。我们可以发现，艺术品的自律性是真正进入这一艺术世界的通道，因此必须思考的是艺术品的自律性问题。每一艺术品的构成都有自己的规则，对它的接受也要求独特的方式，这是艺术品的自律性的基本内涵。然而这种自身构成的独特规则并非无所凭依，某种作品、某种艺术活动方式总是在特定文化语境、特定情境中出现的，这就显出艺术自律性的另一层意义，即艺术作品出现、艺术活动登场的必然性与独特性。在此，我们对艺术品“自律性”的考察范围有所扩大，除传统自律性概念所表示的独立自足的构成规则之外，一个艺术作品出现、产生、出场的时机、条件、场景也是独特的，也应考察这种独特性，这应当作为艺术自律性的另一方面的内涵。如果忽略艺术品这两方面的自律性，即使我们面对一件艺术品，也可能是视而不见，并非将它当作艺术品来接受。当人们领悟艺术作品自身构成与出场的自律性，也就开始了一个艺术审美经验。

第三章，讨论艺术主体在艺术审美经验中如何构成自己的审美意象。人对外界的感知总会形成各种意象，在这些意象的基础上建构自己对世界的认识、理解。艺术感知与其他感知的不同，不在于是否建构意象，而在于所建构的意象具有不同特征。所以，文艺美学应当思考的是这些不同的特征。人的感知之始，早已在某种观念的制约下有所偏向，以某种观念、方式处理外界的各种信息，所以各种感知方式建构的意象，在感性的层面已有片面性。审美意象，是人类有意识地保持最完整感性内容的意象建构方式。比如中国传统艺术中的计白当黑、虚实相生等感知方式，可以有效地提醒人们充分完整地感知事物，“知其白，守其黑”提醒人们意识到人的感知在澄明的同时也是有所遮蔽的。同时，艺术审美意象也是高度形式化的意象，对艺术形式意味的领悟、感受也是文艺美学应当重点研究的内容。

第四章，讨论艺术形式的审美价值。每一艺术审美意象具有什么意义和价值，都与形式因素有密切关系。构成艺术品的工具、材料、技巧（技术）对艺术审美意象的建构都有重要的影响，因此历史地形成了各种相对固定的“艺术种类”、“艺术品种”，这是一般描述中的规范形式，这些规范形式对人们的艺术审美活动（创作、鉴赏、传播等）又具有一定的规范作用，这是形式规范。艺术的规范形式及其形式规范都是艺术审美实践中需要重视的内容。有意思的是形式因素的意义和价值很难用概念化的言语来表达，所以，对形式因素的意义和价值，人们往往用“意味”称之，以描述其只可意会不可言传的特征。

第五章，讨论一些基本的艺术审美范畴。在艺术审美经验中，主体的艺术意向性、艺术品的自律性、艺术形式因素制约着艺术审美意象的建构，各种要素相互制约，形成一些具有相似特性的艺术审美活动范式，“美”“崇高”“丑”等一些艺术审美范畴是对这些范式的概括。这些范畴的作用并非规定人们对某些艺术作品非得如何创作、鉴赏不可，而是为人们的艺术审美经验提供一些基本的范式，让创作者和鉴赏者在这个基础上进一步发挥自己的主动性，更方便、细致地体验艺术品，在艺术审美活动中获得更丰富的感受和意义。

结语部分，我想说的是，经过以上的思考，我们应当意识到艺术审美活动在人的自我塑造过程中的重要意义，但也不能无限拔高审美的作用，人的生存是一种整体性的生存，除了追求感性的享受之外，还有更高层次的追求，何况文明时代人的感性也是被“文化”的，被各种流行话语塑造过了。所以，我们也应当有更合理、高尚、健康的诗意向往，以此引导人的生存，塑造健康的身体和感性。

四　理论思维与艺术感受相结合的方法

文艺美学研究文学（艺术）活动中的审美经验，自然用的是理论思维与艺术感受相结合的方法，这是文艺美学的基本方法。

因此对研究者而言，除必须掌握一定的理论方法外，要有尽可能丰富的文学（艺术）审美经验。艺术审美，一个重要的途径是自己从事某种艺术创作，由此才可能更深入地理解各种艺术审美经验。当然一个人无法直接从事所有种类的艺术创作，但深入研习某种艺术有助于理解其他种类的艺术审美经验，可以触类旁通、举一反三。另一个途径是大量解读各种艺术作品，在解读中提高自己的解读水平，积累丰富的审美经验。在这里如果要提点要求的话，那就是要重视文学经典及其他艺术经典的解读，人类历史长河中淘洗出来的经典作品，其中的智慧是无穷的、不断产生新意的，我们可以在经典的解读过程中理解什么是真正的艺术审美经验。必须有自己真切的审美经验并能理解他人的审美经验，由此才谈得上对审美经验的研究。

就理论方法而言，文艺美学研究不必限定某种理论方法。但在使用某种理论方法时，应注意某种方法的完整性，不能将文艺美学的论述弄成大杂烩，自以为思路开阔、博采众长，实则混乱芜杂、自相矛盾。在一般的论著中最好是直接进入关于文艺美学问题的讨论，不要谈自己用什么方法或应该用什么方法，但作为教材，还是要给学生一点方法上的提示。

首先，要提醒大家注意的是，人文科学研究方法是重要的，但不能迷信方法，同样的方法可以做出不同的成就，在人文科学研究中，功力往往比方法更重要。能称得上理论的方法它的特点就是普适性，要理解理论方法并不难，而且在人文科学研究中，最简易的方法往往是最有效的方法，学识、功力不同，同样的方法在不同的人手中可以发挥出不同的作用。

其次，不要空谈方法。要在认真阅读经典理论家的著作中深入体会理论家所用的方法及如何使用这种方法。当然在不同的学习、研究阶段我们可以有意识的集中阅读某位理论家的著作，以求更直接地有助于我们的学习和研究。

文艺美学，如果可以成为一种理论的话，那本质上也就是艺术哲学，所以什么是哲学这就是我们要有所了解的知识。文艺学的研究生应该认真读一点哲学理论著作，读一点哲学史著作。对什么是哲学、什么是哲学思考的问题、哲学的思维方法等有所了解。但是，我们也要看到传统的哲学思维的有限性。哲学思维，是典型的理性思维，但人类的思想不仅仅限于理性思维。现代思想更多的注意到人类思维的整体性，注意非理性思想在人的思维中的作用与价值。是人的矛盾性的生存，导致对人自身的把握需要非理性的思维方式，或者说非理性本来就是人的思维方式的组成部分。总之，我们无法排除非理性的思想内容。

当然，我们也可以根据研究的主要内容有针对性地选择一些理论著作深入阅读。

研究审美活动，首先要理解人与物之间如何建构审美关系、审美鉴赏具有什么特征、审美活动与其他人类活动相比具有什么独特的法则。对这个问题的思考可以借鉴康德对审美鉴赏的论述，借鉴黑格尔关于美的论述。我们可以阅读康德的《判断力批判》，如果从方法上着眼，他的《道德形而上学原理》也是很好的读本。黑格尔的《美学》体现了他的博大精深的思辨哲学的方法，在文艺美学研究之初，黑格尔的《美学》也是必读的参考书。一些中国古代的思想著作虽然没有专门论述美学的内容，但从现代美学的理论视角回顾中国古代思想论著，人们发现它们的思维与美学的思维更接近，所以有人称之为“诗性智慧”，《老子》《庄子》《论语》《周易》等中国古代思想原典，是我们重要的思想资源，其中的方法也是文艺美学应该重点借鉴的方法。至于像刘勰的《文心雕龙》、钟嵘的《诗品》、陆机的《文赋》等，也体现了中国传统智慧对文学艺术的思考，其中的思想方法也是我们应该借鉴的。

当前，国内各种文艺美学的论著有一个较为一致的看法就是文艺美学以文学艺术审美经验作为研究的重点或起点。如何分析审美经验，分析艺术的审美经验，现象学的一些理论著作是我们应该重点参考的文本。读一些胡塞尔的著作，了解现象学的基本观念和基本方法对我们的研究大有益处。杜夫海纳的《美学与哲学》《审美经验现象学》，英加登的《对文学的艺术作品的认识》等著作对审美经验的分析方法对我们的研究有较为直接的借鉴意义。与现象学有密切关系的伽达默尔的《真理与方法》对文艺美学研究的方法也有重要的启发意义。中国魏晋之后，产生了大量论述诗话、书论、画论的论著，还有大量点评式的短论，这些论述记录了作者的艺术审美经验，也体现了他们思考艺术的方法。如嵇康的《声无哀乐论》、宗炳的《画山水叙》、钟嵘的《诗品》、王国维的《人间词话》等对审美经验也有精彩的分析，其方法也是值得我们借鉴的。

人类文学艺术活动的功能、意义应该在人的存在中得到充分的阐释。如何阐释文学艺术与人的存在的关系，我们应该重点借鉴马克思主义的文艺理论和海德格尔关于艺术的论述。马克思主义和海德格尔的论著十分浩大，我们可以在阅读他们的一些重要著作中体会他们的讨论文学艺术的理论方法。如马克思的《1844年经济学哲学手稿》、海德格尔的《艺术作品的本源》《……人诗意的栖居……》等。在艺术与人的存在的关系方面，中国儒家、道家的美学思想是一个重要的理论资源，应该认真体会相关论著中的思想方法。

在文艺美学研究中，对本身的反思也是一个重要的内容。不仅各种文学艺术作品是在一定的历史情境中建构起来的，文艺美学本身及其各种基本观念也是人们在一定的历史情境中建构起来的。因此，文艺美学的研究不能一意孤行，有必要自觉反思自身的理论。针对这种反思，福柯的《知识考古学》所使用的方法也有借鉴意义。

文学艺术文本的产生是一定历史情境的产物，在审美解读的基础上还应该从其他（政治、社会、历史）角度解读作品，把握文本与人的生存的广泛联系。现代社会出现艺术与实际生活融合的趋势，因此胡经之在提倡文艺美学之后又主张文艺美学走向文化美学。① 在文学理论方面，新起的文化诗学也重在研究文学文本与社会生活的相互建构。但这些已是新的研究领域，文艺美学在深入研究文学艺术的审美经验之后，可以将接力棒交给这些学科，文艺美学的理论及方法应有自己坚守的领域，不必追赶时尚。

思考题：

1. 什么是文艺美学？

2. 文艺美学的基本方法。

参考书目与阅读文献：

1. 马克思：《1844 年经济学哲学手稿》，《马克思恩格斯全集》第三卷，人民出版社 2002 年版。

2. 黑格尔：《美学》，朱光潜译，商务印书馆 1979 年版。

3. 康德：《判断力批判》，邓晓芒译，人民出版社 2002 年版。

4. 王德峰：《哲学导论》，上海人民出版社 2000 年版。

5. 彭绮涟：《辩证逻辑基本原理》，华东师范大学出版社 2000 年版。（或同类著作）

6. 杜书瀛：《文艺美学诞生在中国》，《文学评论》2003 年第 4 期。

7. 曾繁仁：《回顾与反思——文艺美学 30 年》《华中师范大学学报》（人文社会科学版），2007 年第 5 期。

8. 王德胜：《文艺美学：定位的困难及其问题》，《文艺研究》2000 年第 2 期。

---

① 胡经之：《走向文化美学》，《学术研究》2001 年第 1 期，第 109 页。

第一章　艺术活动与人的存在

思想家、艺术家从根本上说，他们的思考和创作应该是为了人更好地生存，较为直接的目的则是对时代意识形态弊端的反思和批判，如康德就力求使他的哲学“能替一切人恢复其为人的权利”①。因为人类的艺术活动是人的生存的基本环节之一，所以对文学艺术的思考不管放在什么层面，它总是与人的生存密切相关的。各种文艺美学或美学的争论不能为争论而争论，最终都必须在与人的存在的关系上确认各种学说的意义。

由于对文学艺术审美活动基本特征的把握不同，对艺术审美活动与人生现实关系的阐释也有所不同，但没有什么严肃的理论试图从根本上切断文学艺术与人生的联系，这是我们应该注意的一个问题。当代美学理论家，如韦尔施、舒斯特曼还特别强调将现实生活纳入美学研究的范畴。②

恰当把握艺术审美与人的存在的关系，首先要对人的生存特征有一个了解，从而研究艺术审美在人的存在中的意义和功能。我们要阐释的是，文学和艺术永远探寻着人生的可能性与人性的完善，引导人生进向更为美好的境界，这是本章的基本思路。

---

① 转引自邓晓芒：《康德三大批判精粹·编译者导言》，人民出版社2001年版，第7~8页。

② 参阅德国沃尔夫冈·韦尔施《重构美学》，舒斯特曼《生活即审美——审美经验和生活艺术》《实用主义美学》等著作。

第一节　人的本质及其现实的生存

人生在世，每一个人存在于社会之中，所以生存在世的人既是独立的不可重复的个体，又是构成社会整体的一个元素在某种社会结构中充当一个角色。一身必然二任，因此个体的人与集体的人构成了人的生存矛盾。

人的现实存在使人呈现各种不同的生存样态，总是呈现为有局限性和有缺点的存在，如果说人们对现实生存中的自己不满足的话，那什么是真正的人？如果有一种所谓人的类本质，那么个体的人却总是无法全面实现人的类本质，由此，人的现实存在与人的类本质又构成了一个矛盾。

其实，人的本质不是先天的，而是人在生存中建构起来的，对人的类本质的描述往往体现了人的理想状态。那么现实中有缺陷的人如何完善自己？这就产生了现实的人与理想的人的差异，这也是一个生存的矛盾。

人，矛盾地生存着。

一　人的本质与人的异化

人是有局限性的存在者，人又是能筹划未来的存在者，人总是向往着更为美好的未来。所以每一时代的深刻的思想家总是强烈地意识到人的现实生存的缺陷、人的生存矛盾，并对现实人生的困境加以阐释，寻求更合理的人生境界的建构。现实与可能性的差距，这是人的生存矛盾，也可以说是文学艺术得以发生和存在的现实基础。对生存中的现实问题的发现与解决是各种学术研究得以展开的直接动力。就艺术而言，人类的艺术活动正是出于对现实生存的超越，对生存的可能性的建构，对生存的新空间的构想。意识到现实中人的不完善——身体、精神、个性等等——从而追求自身的完善，构筑真正人的世界，艺术在这构筑真正人的世界的过程中，是一个原创性的环节。在文明开创之初，是以原创性的技艺弥补人的身体能力的不足；在文明发达时期，艺术引导、启发人们重返原创环节，发现并超越文明的偏差，以求更为完善的人性建构与发展。

（一）人性与人的本质

人，现实地生存着，但对人的本性或本质会有各种不同的阐释。古人倾向于认为人的本质在于服从外在的权威、秩序、天命、伦理，顺应大道、自然；现代人则更多的探讨人所固有的本质，从而在生存中尽可能实现人的本性；当代人似乎更愿意认为，人没有固定不变的本性，人之为人是在人的历史中、在现实生活中形成的，人性是人自己建构起来的。如果我们从现实的生存出发，历史地认识人性的建构，我们似乎可以说古代圣贤对人性、人的本质的论述和界定，与其说是对人不可更改的本性的揭示，不如说是对人之为人的价值取向的选择。因此，历代圣贤对人性的论述，应该看作是对最为完美的人性的设计，是对人类最美好的发展方向的选择。以最美好的价值取向，引领现实中的人不断向完满的境界前行。

人，自古至今生存着，同一个生存过程，由于不同的视野，揭示了不同的人性，对人之为人有不同的理解。因此，如何建构完善的人生，也有不同的主张。但美的艺术，总是体现各个时代的人们对人性的最美好的向往与展望，也是对最美好的生存前景的描绘。

1. 中国传统人性论

孔子论人，未直接论述人的本性（本质）内涵。“子贡曰：‘夫子之文章，可得而闻也；夫子之言性与天道，不可得而闻也。’”（《论语·公冶长》第13章）孔子虽未直接论述人的本性的内涵，但也谈到人性的特征：“性相近也，习相远也。”（《论语·阳货》第2章）从这些论述看，当时的人已在谈论人的本性的问题。从《论语》反复阐释“仁”这一范畴看，孔子对人的本性是有他的把握的，只是未直接论述而已。在人类社会之初，人的物质生产较为简陋，人的活动与其他动物最突出的区别是人伦关系。所以，儒家原典主要是在伦理关系中阐释人之为人的根据。在孔子看来，人类已经历过礼乐完善的朝代，而他面对的却是礼崩乐坏的时代，或许他更在意于实际问题的解决而不是对人性做形上的思考。所以他提出“克己复礼为仁”的方案，让人通过实际行为的操作使身心处于“仁”之中。礼，是仁的实际体现。对人的具体要求是“非礼勿视，非礼勿听，非礼勿言，非礼勿动”，由此以维护“君君、臣臣、父父、子子”的和谐的人伦关系。以“礼”规范人的言行，使人成为人伦关系中和谐的分子。

在儒家早期著作中，对人性有直接论述的是《中庸》和《孟子》。《中庸》开篇说：“天命之谓性，率性之谓道，修道之谓教。”《中庸》本文未对受之于天的人性做更多的阐释，倒是孟子对人性有四个方面的描述：“仁义礼智，非由外铄我也，我固有之也。”(《孟子·告子上》) 其中“铄”解为授，“非由外铄我也”意为不是由外人给予我的。与此相似的另一说法是：“君子所性，仁义礼智根于心。”(《孟子·尽心上》)《中庸》《孟子》这两个儒家经典在人性这个问题上相互阐释。《中庸》指明人之本性来自天命，孟子阐释其具体内容并强调因为是“天命”所以“我固有之也”。然而，《中庸》更为意味深长地指出，只有圣人才全部拥有天命之性，与天道合一；其他人则必须在圣人的引导下“修道”，选择为善的目标并坚定不移地实行，以求言行合乎天命、“率性”而行。《中庸》以另一命题阐释了这个意思：“诚者，天之道也；诚之者，人之道也。诚者不勉而中，不思而得，从容中道，圣人也。诚之者，择善而固执之者也。”(《中庸》第20章) 在人世中区分“诚者”与“诚之者”，点明了人的应然、人的本性所在，又指出现实中的人如何完善自己（现实中没有圣人，所以，所有的人都必须“诚之”）。当然我们也可以看出儒家对人的本性的把握：“仁义礼智”。这更多的是着眼于人伦关系，意在由完善的人伦关系造就完善的人。这个完善的人可以与万物一体，“可以赞天地之化育，则可以与天地参矣”。(《中庸》第22章) 可以赞助天地万物的发生、发展、变化，从而天地人三才并立。

道家倒似乎更多从个体的特立独行把握人性。早期道家杨朱，据说“杨子取为我，拔一毛而利天下，不为也”（《孟子·尽心上》第26节），“不以天下大利，易其胫之一毛”（《韩非子·显学》）。这两个说法可以解释为拔一毛而有利于天下而不为，也可以解释为不用胫之一毛换天下大利，不管怎么解释，都是极端的维护个体的独立价值和完整性。现实中，个体的完整性受到各种损害，所以为了保有个体的自由与完整性，就必须最大可能地拒绝现实世界中各种名利的引诱。现实中的道家，如庄子，清醒地意识到在现实中如要保有个体的独立、自由，则只能避世自保，逃脱各种现实社会关系的束缚，所以庄子宁可如小猪一般在污渎中戏耍也不愿为齐国之相，这便是最好的说明。（《史记·老子韩非列传》）这种极端的自我完善，在现实中如同庄子的选择，彻底地回避社会生活，自由自在地独立生存，最终必然导致“无我”，如《庄子·齐物论》中所述的“吾丧我”。这是“吾”为了精神的完整自足、维护人的生存本质而放弃俗世中追逐名利的“我”，摆脱各种世俗名利的束缚，以求得最大程度的生存自由。

道家在如何建构完整的人性方面开出了与儒家不同的道路。儒家完善人性的方案是世人依圣人制定的礼乐制度修道，这为世人的“率性”而行提供了方便，但也隐含误入歧途的危险。因为现实中没有圣人，所有的礼乐制度都是人，顶多是君子，设计出来的。所以，现世中的各种礼乐制度肯定存在不完善之处，可能导致人性的偏差。因此，老子的看法才有一定的合理性。在老子看来正是大道受损害，人们才发明了仁义礼智来应对。“大道废，安有仁义；智慧出，安有大伪；六亲不和，安有孝慈；国家昏乱，安有贞臣。”（《老子·十八章》）所以，真正的人应该“人法地，地法天，天法道，道法自然”。（《老子·二十五章》）在众多繁文缛节中，更可怕的是以“仁义礼智”为伪饰的风气，真正的人所应该做的是“不离恒德”以至于“恒德乃足，复归于朴”，（《老子·二十八

章》）这才是一个真正的人。（附注：在《老子》中，真正的人也称圣人）

不管是儒家还是道家，他们都没有对人的本质特征做一个抽象的界定，但根据他们的各种论述，可以看出道家所论的人，应该是一个全身保性、返璞归真、完整自然的人。而在儒家看来，人应当是人伦关系中的合适的分子。他们从自己对人之为人的理解出发，都意识到现实中的人是不完善的人。欲使人成为君子、圣人，一个是使人融入整体的人伦体系，一个是返璞归真属身于道，这才是完善的人。当然，完善的人，也就是美的体现。

意识到人在现实生存中的不完善，从而追求人的自我完善是一个永恒的话题，只是不同时代各有不同的表现罢了。

2. 现代视野中人的本质

在古代，占据主导地位的使人完善的意识形态是让人不断地在现实中削弱个体意识，使自己的言行彻底符合外在的伦理关系或道的特性。现代思想，更多的是立足于人的现实存在的价值，以人为中心，就人自身思索其完善的方式与可能性。

在现代社会，最为深刻地揭示人的本质及其异化的是马克思。马克思的深刻之处在于他是在人的现实、社会、个体的生存状态中揭示人的本质和人的异化——劳动的异化。马克思在《1844 年经济学哲学手稿》中从根本上描述人与动物的区别、阐述人的本质特征："一个种的整体特性、种的类特性就在于生命活动的特性，而自由的有意识的活动恰恰就是人的类特性。""通过实践创造对象世界，改造无机界，人证明自己是有意识的类存在物，就是说是这样一种存在物，它把类看作自己的本质，或者说把自身看作类存在物。"① 马克思从人的生命活动入手描述人的本质特征（类特性），人通过实践创造对象世界、改造无机界而证明了人的生命活动是自由而有意识的活动。马克思关于人的本质的描述我们几乎不

① 《马克思恩格斯全集》第三卷，人民出版社 2002 年版，第 273 页。

可能再简约了，即使如一些论著所述，将马克思所述人的本质特征简括为“实践”或“自由”，我们也应该理解这个实践就是“自由的有意识的”改造对象世界、改造无机界的活动；“自由”也只能在人的实践中得到体现的自由，它同时也指涉人的实践的各个因素。马克思对人的本质不是做抽象的玄想，他在人的实际生存中思考人的真正的自由、考察人的劳动。人总是生活在社会中的人，个体的人在社会中与自然、家庭、家族、团体、阶级、国家构成各种各样的关系，人的实践只能在这样的社会关系中展开，所以人的“自由的有意识的活动”不可能是毫无羁绊的自由行动，人的自由只能是定在中的自由。所以马克思又指出：“人的本质并不是单个人所固有的抽象物，在其现实性上，它是一切社会关系的总和。”①

马克思对人的思考是一个典范，不是将人作为一个抽象概念来思考，而是在人的现实活动中考察人的本质特征，人是一个在现实社会中的、个体的、自由自觉的活动着的具体的人。这是文艺美学应该借鉴的思考方法，因为人的完善也是文艺美学的目的所在。

（二）人的异化与解放

人的生存如果能完全拥有“自由的有意识的活动”，是完美的，快乐和幸福的，但现实中生存着的每一个人，在特定的历史境遇中，却往往无法真正拥有人的本质属性。与人的类本质特征相比，现实中的人总是无法完全拥有人的类本质，这就是人的异化。

1. 人的异化

在资本主义社会现实中考察工人的劳动，马克思由此揭示了在资本主义社会中劳动本质的异化。异化劳动，指的是劳动被异化了。人的劳动本是自由的有意识的活动，但在资本主义社会中，正因为人是有意识的，所以他才将自己的生命活动，也就是自己的本质，变成仅仅维持自己生存的手段。异化劳动表现在以下四个方面。

① 《关于费尔巴哈的提纲》，《马克思恩格斯选集》第 1 卷，人民出版社 1995 年版，第 56 页。

（1）劳动产品对劳动者的异化。马克思认为传统的国民经济学由于不考察工人（劳动）同产品的直接关系而掩盖了劳动本质的异化。马克思关于劳动产品对劳动者的异化有一段生动的描述："劳动为富人生产了奇迹般的东西，但是为工人生产了赤贫。劳动生产了宫殿，但是给工人生产了棚舍。劳动生产了美，但是使工人变成畸形。劳动用机器代替了手工劳动，但是使一部分工人回到野蛮的劳动，并使另一部分工人变成机器。劳动生产了智慧，但是给工人生产了愚钝和痴呆。"① 这种事实，马克思概括为："劳动所生产的对象，即劳动的产品，作为一种异己的存在物，作为不依赖于生产者的力量，同劳动相对立。"②

（2）劳动本身对劳动者的异化。劳动者的劳动活动本身不属于自己而属于别人，自由自觉的劳动变成强制的劳动，这样的劳动不仅不是一种自由自觉的活动，反而是残害劳动者的"劳动"，因而虽是人的"劳动"但实际上只是动物的活动而已。针对这样的情境马克思深刻地指出："人（工人）只有在运用自己的动物机能——吃、喝、生殖，至多还有居住、修饰等等——的时候，才觉得自己在自由活动，而在运用人的机能时，觉得自己只不过是动物。动物的东西成为人的东西，而人的东西成为动物的东西。"③

（3）人同自己类本质的异化。"异化劳动，由于(1)使自然界，(2)使人本身，使他自己的活动机能，使他的生命活动同人相异化，也就使类同人相异化。"④ 如前面所说，人的类特性是"自由的有意识的活动"，人通过实践改造对象世界证明自己的类本质，但现在由于对象世界对人的异化，人的生命活动对人的异化，所以就使得"类同人相异化"，也就是说人的本质特征成为与人相对立而不属于人的东西了。

---

① 《马克思恩格斯全集》第三卷，人民出版社 2002 年版，第 269 页。

② 同上书，第 267 页。

③ 同上书，第 271 页。

④ 同上书，第 272 页。

（4）人同人的异化。人同对象的异化是因为有一个与自己对立的人是这个对象的主人，劳动本身的异化是因为这劳动是替他人服务的、受他人支配的、处于他人强制之下的活动，所以劳动异化表现在现实中的人与人的异化上面。“在实践的、现实的世界中，自我异化只有通过对他人的实践的、现实的关系才能表现出来。”①“总之，人的类本质同人相异化这一命题，说的是一个人同他人相异化，以及他们中的每个人都同人的本质相异化。”②

2. 人的个性全面发展与人的解放

马克思主义哲学的一个重要特性是重在改造世界，马克思对劳动本质异化的揭示也预示着人的解放的追求和可能性。马克思关于劳动本质异化的考察深刻揭示了人类现实存在的缺陷但也预示了人类可能的理想境界，如黄克剑所指出的：“作为马克思的出发点的恰恰不是抽象的一般劳动，而是现实的异化劳动。……这是一个从‘实然’（经验事实）到‘本然’（事实中隐含的某种本质性的东西），从‘本然’到‘应然’（在‘本然’所体现的方向上找到意义所在或价值标准），再以‘应然’贞辨、批判‘实然’的过程，是关涉人文断制的哲学思考——而不是一般的科学思考——的必要的健全运思过程。理解了这一过程，才可能真正理解属于马克思的历史观范畴的‘异化劳动’；理解了这一过程，也才可能真正理解可期待的异化扬弃后的人的存在境地——‘人类社会或社会化了的人类’。”③ 对劳动本质异化的揭露正是为了改变现实，让人真正进入“人类社会”，作为真正的人生存着。

人类解放的历程，马克思是从一个极为宏观的角度描述的：“人的依赖关系（起初完全是自然发生的），是最初的社会形式，

① 《马克思恩格斯全集》第三卷，人民出版社 2002 年版，第 276 页。

② 同上书，第 275 页。

③ 黄克剑：《人韵——一种对马克思的读解》，东方出版社 1996 年版，第 271 页。

在这种形式下，人的生产能力只是在狭小的范围内和孤立的地点上发展着。以物的依赖性为基础的人的独立性，是第二大形式，在这种形式下，才形成普遍的社会物质变换、全面的关系、多方面的需要以及全面的能力的体系。建立在个人全面发展和他们共同的、社会的生产能力成为从属于他们的社会财富这一基础上的自由个性，是第三个阶段。”①

马克思为人类建树的社会文化价值目标是“人类解放”，它的根本旨趣被界定为：“代替那存在着阶级和阶级对立的资产阶级旧社会的，将是这样一个联合体，在那里，每个人的自由发展是一切人的自由发展的条件。”②

个人全面发展，自由个性，每个人的自由发展是一切人的自由发展的条件的联合体，这样的描述，展现了人类解放的远景。诚然，这样的构想应该以实际的力量来完成。但这个描述也是令人神往的美好建构，我们也不妨设想生存之美即是自由个性向人的回归，或者说是人真正获得个性自由、全面发展。所以马克思说：“任何解放都是使人的世界和人的关系回归于人自身。”③人的解放过程，就是使自身不断完善的过程。

二　生存的本真状态与非本真状态

近世巨变，人感受到前所未有的虚无。西方人普遍经历了上帝之死，被抛在世的人不得不发现自己必须独自面对人生的各种问题，但孤独的人却还没能够重建自己的精神家园。共产主义运动的坎坷，也使许多人对马克思描述的共产主义理想失去了信心。没有上帝、没有理想的人，面对的是虚无，无家可归的感觉成了普遍的感受，但是，也正是在这个时代，人的自我意识也空前的强烈、突

① 《马克思恩格斯全集》第三十卷，人民出版社 1995 年版，第 107 页。

② 《共产党宣言》，《马克思恩格斯选集》第一卷，人民出版社 1995 年版，第 294 页。

③ 《马克思恩格斯全集》第三卷，人民出版社 2002 年版，第 189 页。

出。或许正如克尔凯郭尔揭示的，绝望是真正认识生命意义的必经关隘，人的精神，人的灵魂正经历着一次新的重生。从个体的生存出发思考人生，是这个时代的基本特色，那种本自个体生存体验的学说也自然在世界上广为流行，其中影响深远的当是海德格尔的学说，他的哲学与当代的诗学、美学有密切的联系。

在海德格尔的论述中，他用“此在”取代“人”这个概念。《存在与时间》不是将此在作为一个现成物或生命来讨论，而是考察此在的生存。人是有意识的存在者，但海德格尔也不用“意识”这个词，但所有与人有关的现象他都论述了，他用的是他自己的一套术语。

“此在的‘本质’在于它的生存。所以，在这个存在者身上所能清理出来的各种性质都不是‘看上去’如此这般的现成存在者的现成‘属性’，而是对它说来总是去存在的种种可能方式，并且仅此而已。这个存在者的一切‘如此存在’首先就是存在本身。因此我们用‘此在’这个名称来指这个存在者，并不是表达它是什么（如桌子、椅子、树），而是［表达它怎样去是，］表达其存在。”① 我们应注意海德格尔所述此在的两个特征，第一，此在不是一个现成的存在者，它生存着，这就是他说的“此在的‘本质’在于它的生存”。第二，“此在总是从它所是的一种可能性、从它在其存在中这样那样领会到的一种可能性来规定自身为存在者。”（第 51 页）这个特征海德格尔也用“能在”这个词来表示。同时，与以前说人是有意识的生命不同，海德格尔说：“对存在的领会本身就是此在的存在的规定。”（第 14 页）这个说法强调了意识不是一种固定的标志，人的意识总不断地领会着存在，它是一个动态的过程，不是某种静止的特征。可以说，海德格尔描述此在的这种方式开启了一种关于人的思考的新思路、新方法。

① ［德］海德格尔：《存在与时间》，陈嘉映、王庆节译，三联书店 1999 年版，第 49～50 页。以下本节出自此书的引文只在文中夹注页码。

海德格尔不仅仅是思考“此在”，他的目标是考察一般存在的意义，但要回答这个问题必须经由对此在的阐释。我们习惯于思考存在者的思路，这东西是什么，具有什么特征？尽管也可以注意到事物的普遍联系和运动及辩证关系，但总还是将事物视为相对独立、静止的现成的事物来思考，但海德格尔的思路不同，他思考的是“存在”而不是“存在者”。所以他对人的思考，不是将人作为对象化的存在者来描述人的基本特征，而是考察“此在”的生存环节，描述此在的生存特征。

他的思考也预设一些前提。第一，此在的本质是“生存”，所以此在不是一个现成物，它生存着。第二，此在是有意识的，所以此在生存的本质特征是“能在”，“此在总是从它所是的一种可能性、从它在其存在中这样那样领会到的一种可能性来规定自身为存在者。这就是此在的生存建构的形式上的意义。”（第 51 页）第三，此在是终有一死的存在者。这一点表明了此在的个别化与整体性。此在总是自我的存在着，死是谁也替代不了的自我的必定的可能性，所以此在的能死证明了此在的独一性、个别化。死是此在的终结，它表明了此在的局限性，因此它也表明了此在的整体性，由此人可以从整体上思考此在。第四，此在是被抛在世而且总是在世界中生存着的。

预设了这些前提之后，海德格尔这样描述此在的生存环节：“此在的存在整体性即操心，这等于说：先行于自身的——已经在（一世界）中的——作为寓于（世内照面的存在者）的存在。”（第 372 页）这是所有此在的生存环节，但此在的生存状态却有本真状态与非本真状态之分。

“先行于自身的”奠基在将来，是说此在总以其领会的某种（将来的）可能性来规定自身的存在。“已经在（一世界）中的”，标明此在的生存是被抛入世界的不得不存在。“寓于……存在”，此在与他人共在，与其他存在者共在于世界之中。与这三个生存环节相应，此在的反应是“领会”“畏（情绪）”和“沉沦”。正如马克思深刻地指出人的类本质是自由的有意识的活动，但实际生存着的人却处于异化劳动之中。海德格尔所述的此在的实际生存也一般的处于非本真状态之中。非本真状态中的此在，也领会各种生存的可能性，但对最本己的、无所关联的、不可逾越的可能性——死，却采取闪避的方式，认为："人总有一天会死，但暂时尚未。"（第 293 页）人的终有一死标示着人的无可替代的个别化、整体性，而对"向死存在"的闪避，意味着放弃自由，所以这样存在的此在沉沦于世，丧失于常人之中、服从常人的独裁，陷于对各种照面的存在者的操劳、操持而丧失了本己。"在利用公共交通工具的情况下，在运用沟通消息的设施（报纸）的情况下，每一个他人都和其他人一样。这样的共处同在把本己的此在完全消解在'他人的'存在方式中，而各具差别和突出之处的他人则更其消失不见了。在这种不触目而又不能定局的情况中，常人展开了他的真正独裁。常人怎样享乐，我们就怎样享乐；常人对文学艺术怎样阅读怎样判断，我们就怎样阅读怎样判断；竟至常人怎样从'大众'抽身，我们也就怎样抽身；常人对什么东西愤怒，我们就对什么东西'愤怒'。这个常人不是任何确定的人，一切人——却不是作为总和——倒都是这个常人。就是这个常人指定着日常生活的存在方式。"（第 147 页）海德格尔描述的这种状态还是在主要用报纸沟通消息的时代，而在互联网时代，在智能手机普及的时代，"常人"更是快捷地、无所不至地实施着独裁，我们往往被"常人"控制而不自觉，我们沉沦着。

沉沦就是非本真状态，也是此在的日常状态，海德格尔如此描述此在的非本真状态："随着丧失于常人之中的境况，此在切近的实际能在——诸种任务、规则、措施、操劳在世和操持在世的紧迫性与广度——总已被决定好了。常人总已经从此在那里取走了对那种种存在可能性的掌握。常人悄悄卸除了明确选择这些可能性的责任，甚至还把这种卸除的情形掩藏起来。谁'真正'在选择，始终还不确定。此在就这样无所选择地由'无名氏'牵着鼻子走并

从而缠到非本真状态之中。”（第 307～308 页）

此在的本真状态是愿有良知的生存，意味着从沉沦中觉醒，从丧失于常人之中返回自身本己的存在。所以本真状态的此在，决心向死存在。“向死存在”不是说去“实现”死亡，而是“把自身筹划到最本己的能在上去，这却是说：能够在如此揭露出来的存在者的存在中领会自己本身：生存。先行表明自身就是对最本己的最极端的能在进行领会的可能性，换言之，就是本真的生存的可能性。”（第 301～302 页）本真的生存状态首先是意识到自己的沉沦，并决心愿有良知地存在，坦然面对个别化的生存状态，从常人的专制中解脱出来，自由地生存着。

本真的存在是清醒地认识此在的本己而愿有良知地存在，“生存上的此在的本真整体能在即先行的决心”（第 348 页）。以下这一段可以看成是海德格尔对本真存在的描述：“先行的决心并非一条逃路，发明出来以便‘克服’死：它是追随着良知呼声的领会，这一领会向死开放出将去掌握生存的可能性和把一切逃遁式的自身遮蔽彻底摧毁的可能性。被规定为向死存在的愿有良知也不是意味着遁世的决绝，相反却毋宁意味着无所欺幻地投入‘行动’的决心。先行的决心也不是来自某种高飞在生存及其可能性之上的‘理想主义’期求，而是源自对此在诸实际的基本可能性的清醒领会。清醒的畏［把此在］带到个别化的能在面前，坦然乐乎这种可能性。坦然之乐与清醒的畏并行不悖。在这坦荡之乐中，此在摆脱了求乐的种种‘偶然性’，而忙忙碌碌的好奇首要地是从诸种世事中为自己求乐的。”（第 353 页）

如果从人的生存的角度理解美的依据，那么本真生存中面对生存的个别化的坦然之乐正是最本己的情感愉快，这应该是美感最深刻的根源所在。

三　人的自我塑造与美的艺术

当人类文明发达之后，各种艺术并存时，美的艺术，应是有助于完善人自身的艺术。美的艺术，也是使人身心健康愉快的艺术。尽管从古至今，对人的本质的认识有过各种不同的认识和把握，但其中不变的是对人的完善、完美的追求。在这样的追求中，美的艺术总在起着重要的促进作用。

孔子说："兴于诗，立于礼，成于乐。"（《论语·泰伯》第8章）孔子指出的是艺术使人愉快地塑造自身，使自己快乐地成为符合伦理规范的人。美的艺术，如《诗经》，正是既引导人合乎规范，又能让人情感愉快的艺术。经由《诗》的兴发感动，最终在"乐"（也是乐，读 lè）中成就完善的人格。孔子等古代思想者，虽然对艺术的论述主要措意于利用艺术使人完善，但也注意到了艺术活动使人身心愉快的特征，所以"里仁为美"（《论语·里仁》第1章）。颜回起居简朴、饮食粗淡而不改其乐，深得孔子赞赏，我们注意到孔子强调的是他的不改其乐。贫困而能乐，是对世俗功利的真正超越。

现代人也认为，美的艺术是让人感受到人的本质力量的艺术。"美是自由的象征""美是人的本质力量的对象化"一类的说法，很流行，也被许多人接受。这在以人为主体的思想中是合理的推论。因为美的艺术，总是让人身心愉快的艺术，但这种愉快又往往没有明确的功利目的，为何让人愉快？一个最有学理性的解释就是，这样的艺术让人感受到自身的本质力量，更直接的解释就是让人的精神自由绽放。异化中的、不自由的人，在美的艺术中得到最自由的展现，从而感到身心的愉快。

我们应注意海德格尔的这句话："清醒的畏［把此在］带到个别化的能在面前，坦然乐乎这种可能性。"（第353页）每个人在现实的生存中，总是成为独自的自己这个人，每个人的可能性都是不一样的，如何面对"个别化的能在"？这不由让人想起《论语》中"君子坦荡荡，小人长戚戚"的说法。像颜回那样，有品德、有才华、有修养，但他的生存的个别化却是"一箪食，一瓢饮，在陋巷，人不堪其忧"，这是他在现实中面对的生存的个别化，但

“回也不改其乐”。这不是颜回喜欢贫困的生活，而是他清醒地意识到人在现实生存中的各种可能性，人在生存中的各种实际问题，从而不怨天尤人，在这样的个别化中做出自己的而不是随同“常人”的选择。其次，是他意识到人之为人的更为可贵、可爱、可求的东西，所以不在乎一般人不堪其忧的“一箪食，一瓢饮，在陋巷”的生存困境。从而“坦然乐乎这种可能性”。这是既面对现实问题又超越现实困境的孔颜之乐，也是儒家“君子坦荡荡”的典型表现，是超越功利目的的审美愉快的深沉的根基。

但是，在当代人看来，颜回之所以成为颜回，是天生的，从来如此的？为什么颜回是这样一个人，这是一个谜。但我们可以看到，颜回之所以成为孔子最好的学生，是他像孔子一样“饭疏食饮水，曲肱而枕之，乐在其中矣。不义而富且贵，于我如浮云”（《论语·述而》），师徒达到同样的境界，真正做到对世俗功利的超越。这种超越对一个高尚人格的建构是重要的，对保持一个人的完整、独立、健康是至关重要的。但一般人难以达到孔子和颜回这样的境界，所以，更多的人是通过艺术审美的非功利性启发自己对功利的淡化、以求清醒认识名利在人的生存中的正负作用。

在当代现实中，人还是人，但当代思想更多地看到人之为人，人的本质、本性是在现实社会生活中形成的，是各种话语建构而成的。文化、教育、政治、宗教、经济、历史多元化，对人的塑造也呈现多元化，甚至呈现各种相互矛盾的力量的强制。在一些称为“后现代”的关于人的学说中，人再也不是一个具有主体地位的人，而是被各种话语撕裂的碎片，故有“人之死”一说。

然而，现实中实际生存着的人，还是一个个独立的个体，死去的是以人为中心的理论所描述的人。关于一个人的定义，或许仍有诸多可质疑之处，但人还是相对完整地生存着。在古代的烛光下，人的表象单纯、完整、统一。在人文主义的阳光下，人被表象为宇宙的中心处于万物之上。在当代变幻不定的闪光下，人被表象为各种碎片。正因为各个时代对人的描述不一致，人总要在重新认识自己的同时，对自己的塑造不断地重新出发。当代人要面对的情境是，没有一个公认的人的本质，没有不可违背的天命规定人生的意义，没有命中注定的事情……于是如何成为一个人，没有外在的依傍，每一个体的人，总要自己在各种力量的牵引中自己做出选择，自己塑造自己，自己创造人生的意义。这应该是当代人的“死而复生”之途。人的生存，注定是一种创造性的活动，这才是本真的生存，各种真正的艺术、美的艺术，总是为创造性的人生探讨各种生存的可能性，由此影响现实人生的创造性建构。于是，如何塑造人自身也就成为最重要的艺术活动了。这或许是这个时代艺术特别繁荣的原因。

美学或文艺美学应该从人的更为基础的生存思考艺术与美。历代贤哲对人的认识并非相互取代、排斥，而是累积为当代的精神财富，作为我们当代人对自身思考的基础。人的类本质，可以理解为自由自觉的活动；此在的本真生存状态，也可以从根本上把握为自由的生存。但现实中人的常态是异化，是非本真的生存状态。然而，被各种话语撕扯成碎片的人，总要重建自身的完整性、统一性。人类不甘心于现实的沉沦和异化，总是向往着更为美好的生存状态，这种向往和企求是艺术和审美最源始的根基。

在人的实践中，“人的实践”意味着人总是以生存的可能性来规划自己的现实行为。如果陷入日常各种现成事物的操劳，各种具体事件的计划和完成，很可能永远在异化中轮回而不自觉。如果领会最本己的可能性，从人的类本质的最终实现的可能性来规划自己，引领人的实践，这才可能成就人的社会，成就人的自由个性。回顾历代圣贤关于人性之全的论述，我们实际上是用美这个最高的价值范畴称呼完整、全面、自由的个性。

从人的实践与生存的角度看，美的艺术，在古代是使人愉快地遵从天命，其言行自觉快乐地合乎道（随心所欲不逾矩，“成于乐”）；在现代阐释中，美的艺术就是人的自由个性的展现；在当代人看来，美的艺术除了各种流行的艺术形式之外，从根本上说更应该是对人自身的完美塑造。

至此，在我们的论述中出现了“美的艺术”这个说法，艺术之所以对人的生存有特别的重要意义，在于它是美的。所以我们以下将论述艺术的审美特征。

第二节　艺术的审美特征

人类的各种活动都有它自身的特性，尽管人类的艺术活动具有多种多样的功能，但艺术活动公认的基本特征是它的审美特征。我们所论艺术在人的生存中的重要功能，都与它的审美特征有密切关系。

一　审美判断

在艺术意向性中人与艺术品的关系不止一种，显然文艺美学应该研究的是艺术审美关系，进行动态的考察，研究艺术审美经验。而在人与艺术品之间确立审美关系，我们需使用我们的审美判断力，因此，我们又要追问什么是美或审美对象？我们依据什么判断某一事物为美？我们以什么方式做出这种判断？什么是审美判断力？这些问题是对审美判断的思考。

对这些问题的思考绕不过康德，康德的美学思想至今仍有重要的启发意义。康德的批判哲学体系由《纯粹理性批判》《实践理性批判》和《判断力批判》构成。《判断力批判》对美和审美判断有充分的论述。

1. 康德认为人的内心的全部能力可分为认识能力、愉快和不愉快的情感、欲求能力，与之相应的各种认识能力分别是知性、判断力、理性，与之相应的先天原则是合规律性、合目的性、终极目的，各种能力应用的范围分别是自然、艺术、自由。如下表①

① 康德：《判断力批判》，邓晓芒译，人民出版社 2002 年版，第 33 页。

所示：

内心的全部能力	诸认识能力	诸先天原则	应用范围
认识能力	知性	合规律性	自然
愉快和不愉快的情感	判断力	合目的性	艺术
欲求能力	理性	终极目的	自由

康德对人类认识能力的批判是人类认识论上的哥白尼式的变革，是我们理解他的美学思想的基础。在康德看来，物体的自身（或称物自体）人是无法认识的，我们能认识的是物体在我们身上引起的感觉，人以纯直观形式（空间、时间）对之加以整理而形成表象，这是物体的现象，人的知性运用先验的十二范畴思考现象，由此形成我们的知识。人的知性能力只限于现象界，对超出现象界的上帝、世界、自由等，是人的知性所不能思考和论证的，它们有待于人的理性的思考。"作为我们的感官对象而存在于我们之外的物是已有的，只是这些物本身可能是什么样子，我们一点也不知道，我们只知道它们的现象，也就是当它们作用于我们的感官时在我们之内所产生的表象。"① 这个思想，特别是其中区分主客体、区分物自体与现象的思想方式，他关于主体对知识的建构作用的论述，深刻地影响着西方的哲学思想，各种重要的西方文艺理论都与康德有关系。我们可以有限度地接受康德的这个观点。如果假设物本身的存在，我们的知识只是关于这个物本身的现象，那我们就不能将我们的知识绝对化，必须保持对我们的知识的反思，同时也设定了我们求知路途的永无止境。即使我们认为物本身是可以认识的，也只是在某一层次、某一侧面、某一角度对物本身的认识，也无法穷尽对物的认识，因此，真与非真共在。

2. 在各种认识能力中，判断力是"处于知性和理性之间的中

① 康德：《未来形而上学导论》，庞景仁译，商务印书馆 1978 年版，第 50 页。

间环节”。[①] 康德说的判断力分为规定性的判断力和反思性的判断力，依据规则、规律下判断是规定性的判断力，从特殊上升到普遍性是反思性的判断力。“如果普遍的东西（规则、原则、规律）被给予了，那么把特殊归摄于它们之下的那个判断力（即使它作为先验的判断力先天地指定了惟有依此才能归摄到那个普遍之下的那些条件）就是规定性的。但如果只有特殊被给予了，判断力必须为此去寻求普遍，那么这种判断力就只是反思性的。”（第 13 ~ 14 页）由于“反思性的判断力的任务是从自然中的特殊上升到普遍”（第 14 页），所以需要一个先天的原则，有这样一个先天的原则才可能从“特殊上升到普遍”。“自然的形式的合目的性原则是判断力的一个先验原则。”（第 15 页）“自然的合目的性这一先验概念既不是一个自然概念，也不是一个自由概念，因为它完全没有加给客体（自然）任何东西，而只是表现了我们在着眼于某种彻底关联着的经验而对自然对象进行反思时所必须采取的惟一方式。”（第 19 页）这不是说自然对象是有目的的，而是我们为了从特殊上升到普遍，对自然进行反思时所必须采取的一个先验原则。

在特殊中寻找普遍性是人的知识意图，“每个意图的实现都和愉快的情感结合着”（第 22 页），这样，愉快的情感和自然合目的性就联结起来了。同时康德接着说明，如果实现这个意图的条件是一个先天的表象，这种愉快就是对每个人都有效的，也就是说这种愉快的情感是具有普遍性的。

3. 自然的合目的性的表象分审美（感性）表象与逻辑表象两种。逻辑表象我们在此先存而不论，康德这样界说审美表象：“对象就只是由于它的表象直接与愉快的情感相结合而被称之为合目的的；而这表象本身就是合目的性的审美表象。”（第 25 页）这个审美表象只和主体有关：“这愉快所能表达的就无非是客体对那些在

---

① 康德：《判断力批判》，邓晓芒译，人民出版社 2002 年版，第 11 页。以下本节中出自此书的引文只在正文中夹注页码。

反思判断力中起作用的认识能力的适合性，而就它们在这里起作用而言，那么这愉快所能表达的就是客体的主观形式的合目的性。”（第 25 页）要注意，所谓合目的性，是指表象与反思判断力中的认识能力相适合，因这种适合性而唤起愉快的情感，同时对直观对象形式的领会是非概念化的（不是依据某一概念作出的判断）。

由此，康德又解释了什么是审美判断：“如果在这种比较中想象力（作为先天直观的能力）通过一个给予的表象而无意中被置于与知性（作为概念的能力）相一致之中，并由此而唤起了愉快的情感，那么这样一来，对象就是必须被看作对于反思的判断力是合目的性的。一个这样的判断就是对客体的合目的性的审美判断，它不是建立在任何有关对象的现成的概念之上，也不带来任何对象概念。”（第 25 页）判断对象对于反思的判断力是合目的的，是和主体的愉快情感相结合的，这样的判断就是对客体的审美判断。“为了分辨某物是美的还是不美的，我们不是把表象通过知性联系着客体来认识，而是通过想象力（也许是与知性结合着的）而与主体及其愉快或不愉快的情感相联系。”（第 37 页）

康德讲的这个审美判断包含这样几个要素：审美表象—反思判断力（特殊→普遍）—愉悦（情感）。康德讲的审美判断被中国的美学理论和文学理论广泛吸收，往往被浓缩为形象性和情感性两个要素，并成为判断艺术作品是否具备审美特征的重要参照。中国古代的思想著作没有类似康德的这些术语，但不等于未涉及康德思考的这类事件、意识活动、情感经验。其实，与康德所讲的审美判断的过程（反思的判断力——由特殊上升到自然的普遍性——与主体情感相联系）相似或相近的思维事件在中国普遍存在。

《中庸》：“诗云：‘鸢飞戾天，鱼跃于渊’，言其上下察也。君子之道，造端乎夫妇。及其至也，察乎天地。”这是典型的由特殊上升至普遍性的思维方式。由具体的鸢飞戾天、鱼跃于渊、夫妇之道，而体悟天地之道、万物之理。当然这里所说并无审美之意，只是思维方式近于反思性判断而已。至于宗炳的《画山水序》已是直接论述体验、图绘山水的意识过程了："圣人含道暎物，贤者澄怀味像。至于山水质有而趣灵。""山水以形媚道，而仁者乐。"[①] 圣人已非常人，暂且不论。贤者、仁者以清静胸襟赏玩山水之像，由此而悟道、愉悦，所以这个过程也被概括为"澄怀观道"。而"山水以形媚道"，是说山水以美好形态体现道之所在，"智者乐水，仁者乐山"（《论语·雍也》），这不仅悟道而且与愉悦之情相感应。贤者、仁者毕竟还是常人，所以他们的意识与常人相通，宗炳所叙贤者面对山水的意识活动，已近审美体验，尽管不太纯粹。

《二程遗书·卷三》谈周敦颐一事："周茂叔窗前草不除去，问之，云：'与自家意思一般。'"[②] 颇有审美意味，爱惜窗前杂草，没有功利目的，只因其与"自家意思一般"，很有"合目的性"之意。后世理学，将此事阐发为周茂叔由此而体验天人合一之乐，那这个"自家意思"是一种情感愉快，若能如此理解则更富审美意义。这里虽然谈的不是艺术审美经验，但可视为一般的审美经验。

二　美

要更为明确地论述艺术审美特征，还须对"美"有一定的思考，要了解如何思考美的方式。因此，在这里并不是要给出一个美的定义，而是要讨论我们如何思考美、分析美。如果说文艺美学研究的重点是审美经验，主要着眼于人的审美体验，那最有直接借鉴意义的还是康德关于美的分析。

> 1. "鉴赏是通过不带任何利害的愉悦或不悦而对一个对象或一个表象方式作评判的能力。一个这样的愉悦的对象就叫

---

① 北京大学哲学系美学教研室编：《中国美学史资料选编》上册，中华书局 1980 年版，第 177 页。"圣人含道暎物"亦作"应物"，似相通而略有异趣。圣人与道俱，自身即道，所以他与物的关系是以道敞明物之为物（"暎"，通"映"），或以道应接万物。这样的思维过程则与审美判断无关，倒有点类似康德所说的规定性判断。

② 程颢、程颐：《二程遗书》，上海古籍出版社 2000 年版，第 112 页。

做美。”（第 45 页）

2. “美是无概念地作为一个普遍愉悦的客体被设想的。”（第 46 页）

“如果有一个东西，某人意识到对它的愉悦在他自己是没有任何利害的，他对这个东西就只能作这样的评判，即它必定包含一个使每个人都愉悦的根据。”（第 46 页）

“凡是那没有概念而普遍令人喜欢的东西就是美的。”（第 54 页）

3. “鉴赏判断只以一个对象（或其表象方式）的合目的性形式为根据。”（第 56 页）

“有两种不同的美：自由美（pulchritudo vaga），或只是依附的美（pulchritudo adhaerens）。前者不以任何有关对象应当是什么的概念为前提；后者则以这样一个概念以及按照这个概念的对象完善性为前提。前一种美的类型称之为这物那物的（独立存在的）美；后一种则作为依附于一个概念的（有条件的美）而被赋予那些从属于一个特殊目的的概念之下的客体。”（同上，65）

“美是一个对象的合目的性形式，如果这形式是没有一个目的的表象而在对象身上被知觉到的话。”（第 72 页）

4. “凡是那没有概念而被认作一个必然愉悦的对象的东西就是美的。”（第 77 页）

康德在鉴赏（评判美的能力）与美的对象的关系中讨论美。他从质、量、关系、模态四个方面讨论判断一个对象为美的需要具备什么契机。理解康德论美，有几个要点一定要注意。(1)“鉴赏判断是审美的”，在这里康德所用的“审美”这个词具有审美和感性两种意义。一是判断某物为美，只与主体的不涉利害的愉快或不愉快的情感相联系；一是鉴赏判断是感性的，不是逻辑上的认识判断。(2)他所论的是对象（现象）的美，不是物本身的美，因为物本身是不可认识的。因此我们无法知道美到底是不是物自身的特性，或许可以直接认为美不是物本身的特性。(3)美是一个对象的没有目的的表象的合目的性形式，判断一个纯粹的美，只能以对象的合目的性的形式为依据，因为一超出形式，则带有利害关系，所以不是纯粹的美，对美的感受也不可能是普遍、必然的。(4)因此，美的对象是不带任何利害的、普遍的、必然的令人愉悦的对象。在康德的理论中，美具有这样的结构：鉴赏（主体的非利害的愉快）——美的对象（个别的表象，没有目的的合目的性形式，普遍的、必然的令人愉快）。

康德关于美和审美判断的论述是在人与物的静观、感受、判断的关系之间展开的，只有将他的《判断力批判》嵌入他庞大的哲学体系之中，康德论美才显示出它更深一层的人类学意义。尽管我们在引用康德时经常只是在认识论的范畴内阐释他的美学理论，但我们不可忽略康德《判断力批判》的人类学意义。他说过："在人用来形成他的学问的文化中，一切进步都有一个目标，即把这些得到的知识和技能用于人世间；但在他能够把它们用于其间的那些对象中，最重要的对象是人：因为人是他自己的最终目的。"① 因此，对人的审美判断力的分析也是以人的本身为目的的。康德在《判断力批判》中对此未做直接论述，但我们还是可以意识到审美对人的重要意义。

从康德对审美判断力和美的分析我们看到，判断一个对象的美其关键依据是人的非功利的情感愉快，由此也产生一个问题，那就是为什么人会对这种非功利的对象的形式感到愉快？康德以为是审美表象适合于主体的反思判断力，"每个意图的实现都和愉快的情感结合着"，由此而感到非功利的情感愉快（第24页）。

康德之后的思想家如席勒、黑格尔、马克思对审美的思考不限于认识论范畴，因为人的生命活动不只是认识活动。那么，审美对

---

① 康德：《实用人类学》，邓晓芒译，上海人民出版社2002年版，第1页。

象除了与反思判断力相适合之外还意味着什么？审美活动对人意味着什么？如果我们的追问超出认识论的范围，美的意义就不仅限于认识论范畴。席勒从人性的完善的角度认为“美只能表现为人性的一种必然条件”，是“人的人性的完美实现”。[①] 美的表征是感性与理性和谐统一的“活的形象”。黑格尔将世界历史视为“绝对精神”这一自由意识的进展。[②] 艺术、宗教、哲学是绝对心灵的呈现形式，艺术是用感性形象的方式把真实（绝对精神）呈现于意识，因此，“美是理念的感性显现”[③]。马克思没有提出完整的美学理论，但在《1844年经济学哲学手稿》较为集中地谈到美学问题，他说“劳动生产了美”[④]，在劳动中，人的本质对象化，从而创造了人的感觉（包括美感），从而“人也按照美的规律来构造”[⑤]。“一方面为了使人的感觉成为人的，另一方面为了创造同人的本质和自然界的本质的全部丰富性相适应的人的感觉，无论从理论方面还是从实践方面来说，人的本质的对象化都是必要的。”[⑥]所以，李泽厚等中国的美学理论家根据马克思的这些论述提出美是“人的本质对象化”或“自然的人化”的命题。[⑦] 如果说马克思主义美学是从人的实践的角度论美，海德格尔则从生存的角度论述艺术和美，在人的存在过程（此在）中，让各种存在者是其所是。海德格尔在《艺术作品的本源》对艺术和美有较为完整的论述，其结

---

① 席勒：《美育书简》，徐恒醇译，中国文联出版公司1984年版，第70、88页。

② 参见黑格尔：《历史哲学》，王造时译，上海书店出版社1999年版，第19页。

③ 黑格尔：《美学》，朱光潜译，商务印书馆1979年版，第142页。

④ 《马克思恩格斯全集》第三卷，人民出版社2002年版，第269页。

⑤ 同上书，第274页。

⑥ 同上书，第306页。

⑦ 参见李泽厚：《美的哲学》，《李泽厚哲学文存》下编，安徽文艺出版社1999年版，第678页。李泽厚的美学理论被称为“实践美学”，杨春时等又提出“后实践美学”，朱立元又提出“实践存在美学”，这些中国的美学理论都出自马克思关于美学的相关论述，尽管近年来持这几种主张的学者展开不少争论，但他们的理论似乎没有本质上的区别，在继承马克思思想及理解审美特征时各有侧重，这几种美学观点是具有互补关系的。

论是："真理是存在者之为存在者的无蔽状态。真理是存在之真理。美与真理并非比肩而立的。当真理自行设置入作品，它便显现出来。这种显现（Erscheinen）——作为在作品中的真理的这一存在和作为作品——就是美。因此，美属于真理的自行发生（Sicher-eignen）。"①

审美活动是人的生存方式的重要环节，但依据不同的理论体系对美与审美却有不同的阐释。康德的分析表明，由于对象的合目的性的形式必然地、普遍地引起鉴赏者的非功利的情感愉快，我们说这对象是美的。康德的学说如黑格尔所说："对于了解艺术美的真实概念，康德的学说确实是一个出发点，但是只有把康德的缺点克服了。我们才能凭借这种概念去对必然与自由、特殊与普遍、感性与理性等对立面的真正统一，得到更高的了解。"②我们可以模仿黑格尔的说法，说康德关于美的分析，是我们分析具体审美经验的出发点。当然康德之后各种理论均从不同的方面克服黑格尔所说的"康德的缺点"。从以上所述各家理论看，我们对美的言说，须在人的实践或生存中，具体而言在人的审美活动中讨论美。综合康德及其他各家对美的论述，美的对象呈现以下几个特征。

第一，美的对象是一个感性对象。说它是一个"对象"那就是与人相对而言的"对象"，没有人也就没有这个所谓的感性对象，当然有许多存在物，如太阳、地球、月球、岩石等，我们也可以知道没有人的时候它们就存在着了，但如果没有人，它们也不会成为"对象"。说它是"感性"的，也就是康德所说的特殊、席勒所说的活的形象、海德格尔所说的"存在者"，在大多数的美学、艺术理论中，美的对象作为感性对象仍是一个重要的前提。有一些

---

① 海德格尔：《艺术作品的本源》，《林中路》，孙周兴译，上海译文出版社 2004 年版，第 69 ~ 70 页。

② 黑格尔：《美学》第一卷，朱光潜译，商务印书馆 1979 年版，第 76 页。

极端的现代艺术观念挑战这种观念，在此先不做分析。

第二，美的对象，是一个特殊的感性对象同时具有普遍性意义。一个客观存在物，不管有人没人都存在着，它就是它，确有这样的存在物，但如果提到存在物的意义，则只能是对人而言才有意义，否则，只能假设一个绝对主体而赋予客观存在物以意义。作为审美感受，重要的是体验审美对象的普遍意义或普遍价值。在日常生活中，人总是从某个角度片面地感知、把握、处理迎面而来的各种事物，人的各种片面的需要限定了各种物的特定意义，物的本身总是处于敞开与遮蔽之中。而美的对象如黑格尔所说，要显现理念，在黑格尔的学说中，“理念是自在自为的真理，是概念和客观性的绝对统一”①，他对美的界定也揭示了美的对象所具有的普遍性意义及对真理的显现。在审美活动（鉴赏）中，人采取无为而无不为的方式待物，让物的本性自行展开、呈现，如海德格尔所说：“美属于真理的自行发生。”② 由此我们理解康德分析美感时强调非功利的意思，正由于主体非功利的态度和方式，才使人的感受获得解放，从而不至于从某一特殊的角度限定物的本性的呈现。如果将美的对象理解为是人的本质的对象化，它所体现的是人的整体的本质的体现，而不是某个个别人的个性特征。作为一个特殊的个别的对象，它呈现的是人的类的本质。任何个人在现实的异化存在中，只是体现人的某个特征而已，所以美的对象所体现的应该是人的完整的本质，这是人的本质的对象化。

第三，将美的对象与人的本质对象化联系起来时，美的对象就是一个自由的形象。这个自由的形象包括以下两个方面的意思：一是，人的本质特征是自觉自由的活动，所以作为人的本质对象化的审美的对象是一个自由的形象；二是，在人与物的关系中，人不是

---

① 黑格尔：《小逻辑》，贺麟译，商务印书馆1980年版，第397页。

② 海德格尔：《艺术作品的本源》，《林中路》，孙周兴译，上海译文出版社2004年版，第70页。

拉斐尔:《椅中圣母》(1516 年)

随心所欲地改变物，而是让物是其所是，让物的本质敞开，这是物的自由。

第四，在具体的审美经验中，审美对象还是如康德所说，它与人的愉快的情感相适合，是普遍的、必然的令人愉快的对象。而能令人普遍的、必然的情感愉快的，不是审美对象的各种具体内容，只能是审美对象的形式。因为各项内容能满足的是人的各种片面、特殊的需要，不可能有普遍的、必然的愉快。

综上所述，我们应该在人的鉴赏活动中考察"美"，在人对物的体验中，物以它无目的、非功利的形式普遍、必然的令人情感愉快，这物是美的对象，我们称它为美。人以无为无不为的态度待物，让物的普遍性、完整性显现，让物是其所是，这是审美体验。美的对象表征为感性与理性的统一。

三　文学艺术作品的审美鉴赏

文学艺术作品是一个综合的构成，也可以从不同的角度进行分析，阐释文学艺术作品的意义。从上面我们对审美判断和美的思考看，审美分析是其他分析的基础，因为在审美鉴赏中，人的感性得到解放，物的本性展现最为充分，在这样的基础上对作品做各种角度的阐释才有一个可靠的基础。但由于对审美的理解不同，在不同的理论基础上对作品的审美分析、审美鉴赏也有所不同。我们可以从经典理论家的著作中看到他们对艺术作品的阐释，由此理解在某种理论背景中的审美阐释。

在黑格尔的视野中，他看重的是作品对理念的显现，比如他这样阐释拉斐尔的圣母像："它们向我们所揭示的一些面孔、腮颊、眼、鼻和口的形式，单就其为形式而言，就已与幸福的快乐的虔诚的而且谦卑的母爱完全契合。我们确实可以说，凡是妇女都可以有这样的情感，但是却不是每一个妇女的面貌都可以完全表现出这样深刻的灵魂。"[①] 这个例子也许可以帮助我们理解黑格尔"美是理念的感性显现"的说法。

李泽厚从实践美学的基本理论出发鸟瞰中国历代艺术，其《美的历程》对中国历代艺术审美特征有不少精彩的论述，是理论与作品分析结合较为完美的著作，是中国当代一部优秀的美学著作，其中一些具体论述并非不可商榷，但他对中国历代艺术审美特征的分析值得我们参考，特别是以其"积淀说"对形式美感所做的分析。

康德是在人的认识活动中对现象的审美特征进行描述的。尽管我们现在可以从人的实践或人的生存的角度论述审美活动，但在具体的审美鉴赏过程中，我们还会构成审美主体与审美客体相对的基本关系，在这样的基本关系中体验、感受对象之美，建构对象的审美意义。因此，康德的方法在现代审美经验的分析中仍具有可操作性。

借鉴经典理论家的论述，可见艺术作品的审美鉴赏，首先，是以无目的、非功利的审美态度对待作品，将作品作为艺术品解读，在体验、交流中建构审美客体，从而品评这个审美表象。其次，对作品的解读着重于形式意味的体验、分析。如齐白石的作品，画畚箕、锄头，鉴赏者不可将这作品当作商品宣传画，也不是通过这图

① 黑格尔：《美学》第一卷，朱光潜译，商务印书馆 1979 年版，第 201 页。

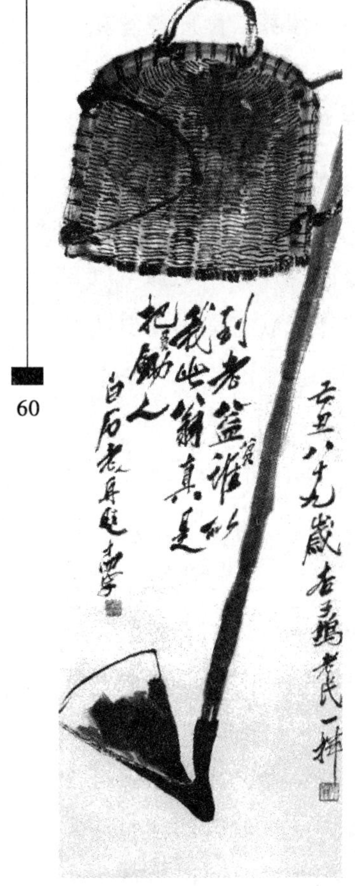

齐白石作品（1949）

认识农具，从审美的角度读画，更多的是鉴赏齐白石返璞归真的情怀，独特的构图方式，纯朴的情调，老辣的用笔，生动的用墨，或许鉴赏者会赞叹如此普通简陋的农具竟可以显得如此富有情趣，不得不佩服齐白石的独具匠心。当然也可以在这个基础上进一步阐释这个作品在艺术史上的地位、它的文化意蕴，猜测齐白石画此画的心境、意图，但若从康德的审美鉴赏理论来看，应该分析、阐释的就是作品的形式给人的情感愉快。

对文学作品的审美鉴赏也是先以非功利的态度解读作品，体验作品给人的情感愉悦，对文学作品进一步的审美分析也是重在形式感悟，将作品视为一个具有独立意义的结构，阐释词语、意象在这个作品中的独特意义。中国传统的诗话、词话中有大量的形式分析，如《沧浪诗话》："诗之法有五：曰体制，曰格力，曰气象，曰兴趣，曰音节。诗之品有九：曰高，曰古，曰深，曰远，曰长，曰雄浑，曰飘逸，曰悲壮，曰凄婉。"① 所论诗法、诗品从现代的理论视角看来是以审美鉴赏为主。现代对文学文本的形式分析，较为流行的是将文学作品做文本层次分析，如英加登认为："文学作品是一个多层次的构成。它包括（a）语词声音和语音构成以及一个更高级现象的层次；（b）意群层次：句子意义和全部句群意义的层次；（c）图式化外观层次，作品描绘的各种对象通

① （清）何文焕辑：《历代诗话》，中华书局1981年版，第687页。

过这些外观呈现出来；（d）在句子投射的意向事态中描绘的客体层次。”① 当然除了这剖面的层次分析之外，还有文学作品时间性展开的形式构成，由此构成作品统一的形式整体。审美分析主要的是分析作品的形式构成，及这个构成对意义表达的作用，体会作品的“文学性”。

中国诗歌，有大量作品纯为抒情而作，从审美的角度看也就是为非功利的情感愉悦而作。也许有的作品是因为时代久远，现代的读者看不出原作的写作目的，或有意回避对原作写作目的的了解，由此而对作品做非功利的审美解读。如：

春阴垂野草青青，时有幽花一树明。晚泊孤舟古祠下，满川风雨看潮生。（苏舜钦：《淮中晚泊犊头》）

空山新雨后，天气晚来秋。明月松间照，清泉石上流。竹喧归浣女，莲动下渔舟。随意春芳歇，王孙自可留。（王维：《山居秋暝》）

李白乘舟将欲行，忽闻岸上踏歌声。桃花潭水深千尺，不及汪伦送我情。（李白：《赠汪伦》）

这些作品是审美程度较为纯粹的作品，有意识地描写生活中超脱、非功利的场景，由此引导读者进入审美情景。当然，生活中纯粹审美的情景是极少的，一首诗的构成也不仅是形式因素，况且各种形式因素与丰富的思想、历史、文化内涵也难以截然分开，但文艺美学主要是从审美鉴赏的角度解读文学作品，阐释文学作品的审美价值及其诗意向往，至于从文化、历史、政治的角度解读作品也是可能和必须的，但这就有待其他学科的解读了。

---

① ［波］罗曼·英加登：《对文学的艺术作品的认识》，陈燕谷、晓未译，中国文联出版公司1988年版，第10页。

第三节　生活中的审美活动

当代美学，是在人的生存的大格局中立论的。我们还得回到日常生活中思考人的艺术活动、审美活动。人的生存并非本能地顺应自然，而是先行领会人的生存的可能性，理解现实的世界与人自身，从而筹划自己的活动，展开自己的生存。首先，对世界与人自身的真切理解，即对真理的把握，是一个最基本的生存环节。然而对真理的把握，不能只限于科学、逻辑思维一个维度。对人类社会历史的真理的把握是与科学思维不同的认识向度，艺术以其特有的方式显示生存的真理，缺了这个维度，人类对真理的把握就不完整。其次，在人的生存的展开中，艺术和审美是不可或缺的组成部分。艺术审美活动与人的其他活动是既相对独立又相互渗透的。最后，在健康人格的养成中，艺术活动与审美活动更是极为重要的方式和途径。

以上这些方面大多已成为一般的共识，但我们还须进一步阐释审美活动在人的生存中的意义和价值。

一　生活中审美的基本含义

为更具体地理解审美活动在人的生存中的意义和价值，我们有必要了解、归纳实际生活中对审美一词的用法及其基本含义。因为，传统的审美活动主要的就是艺术，而当代审美活动更多地出现在生活之中。

历来对审美一词的使用极为含混，当今世界又进入一个泛审美化的时代，审美一词更无处不用了。德国当代思想家沃尔夫冈·韦尔施在其重要著作《重构美学》中对审美的泛化有较为全面的论述，同时他也提出了三个审美的“普通语义”，即“艺术的”“感知的”和“美—崇高的”，“审美”一词在这样的用法中是一个形容词。在“文化中的文艺美学”的论述中，我们在以下几个意义上使用“审美”一词。

第一，“审美”一词往往是审美活动的简称，审美活动包含审美态度、审美知觉、审美对象、审美判断、审美愉快等环节。在审美活动这个词组中，审美是修饰词，标示人的这类活动的性质。如果“审美”对应于 aesthetic 这个单词，它是形容词，所以，“审美”不可理解为动宾词组，理解为有一个实体的“美”，然后由人来“审”。现在有的学者确实将审美作为动宾词组来理解的。在汉语中，审字有详知、考究、辨析的意思，所以如果将审美作为动宾词组，那就可以造出“审丑”“审智”一类的词，但本书不采取这样的用法。因汉语习惯，本书在指称完整的审美活动的意义上使用审美这个词，或是在形容词的意义上使用“审美”这个词。在未进一步展开论述之前，我们可以先行借鉴康德关于审美判断的论述对审美活动做一个简要的描述，即审美活动是人以非功利的态度对待事物，力求无偏见地直观事物本身，由此让事物得以本真呈现，从而获得情感愉悦的活动。

第二，最符合以上关于审美活动特征描述的活动，或者说最典型的审美活动，是艺术活动。所以，在很大程度上人们说“审美”往往就是指“艺术”，说审美活动往往就是指艺术活动，但实际上审美活动的范围是超出艺术活动的。所以，严格说，审美活动不能等同于艺术活动。当然是作为艺术的艺术，历来美学理论家将艺术与审美相通时，所指的往往是所谓真正的艺术、美的艺术。在本书中最主要的是使用这个意义，因为我们讲的是“文艺美学”。在人们的意识中，艺术、诗就意味着创造性，虚拟性，所以审美这个词往往也含有创造的、虚拟的这个意思。

第三，审美活动至今最为广泛接受的特征是它的感性特征，所以“审美”这个词的语义也指某事物的审美特征，往往指的就是其审美意义上的感性特征。首先，是说审美活动面对的是特殊的对象，是形象化的对象，审美活动的直接效应是审美主体获得非功利、无目的的合目的性的情感愉快。其次，在认识的过程中，审美是指人的直观的感知方式，力求让事物直接呈现，这是人们获得真理的基础。所以研究审美活动的学科被称为感性学。如海德格尔作为当代最重要的哲学家，他也认为美学是与逻辑学、伦理学并列的人文学科。逻辑学是关于思维基本形式的陈述、判断的学说，是关于思维的知识、关于思维形式和思维规则的知识。伦理学则是关于人类的内在态度及其对人类行为的规定方式的知识。“相应地，‘美学’一词的构成为 αἰσθητική ἐπιστήμη［感性学］，即关于人类的感性、感受和感情方面的行为以及规定这些行为的东西的知识。”①

第四，审美也指人在审美活动中的审美评价。如韦尔施所说：“我们以审美来称谓某种显示出优越形式的东西，它的最高品性，我们通常称之为美。”② 在这个用法上，说“审美的”等于说“美的”。人们用“美”来评价事物的综合性的最高价值，由此，“审美”一词才引申出对美的事物的鉴赏的意思。当然我们应该注意的是，在不同的理论体系中，美的内涵不尽相同。同时，由于审美活动的多样性，在具体的审美评价中不只用“美”，同时还使用“崇高”“优美”等范畴。

综上所述，在我们的讨论中，审美这个词的基本意义是指审美活动、审美活动的特征（感性、非功利的情感愉快等）、典型的审美活动——艺术等，另一个基本用法是将审美作为形容词使用，即审美的、美的这样的意义。还要强调一下，在进行审美判断时所依据的审美愉悦是主体所感受到的非功利的情感愉悦。回顾对“审美”一词的使用，主要意图是要在一个合理的范围里使用这个词，要兼顾这个词的使用历史及其在使用中累积起来的词义，不宜过多给它加上陌生的涵义，如审美超越之类。与传统的审美活动描述距

---

① ［德］海德格尔：《尼采》上卷，孙周兴译，商务印书馆 2002 年版，第 83 页。

② ［德］沃尔夫冈·韦尔施：《重构美学》，陆扬、张岩冰译，上海译文出版社 2006 年版，第 41 页。

离太远的活动，不必非得使用审美这个词不可，完全可以创造其他的新词来描述。

二　人类审美活动的自然属性

人类活动自然带有审美因素，所以，各种人类活动当中带有审美因素是人类活动的自然属性。我们可以从审美在生存中的必要性、人的完整性追求等方面展开论述审美活动在人的生存中的必要性与重要意义。

（一）人需要审美活动

1. 审美活动让人心情愉悦。人类的健康生活需要排除精神压力、心理负担，保持轻松、愉快的心态。愉快的感受是从事学习、工作的直接动力。孔子甚至带有道德色彩地提倡这种愉快心态："君子坦荡荡，小人长戚戚。"（《述而》7·37）在人类的活动中，每当一种意图得到满足，总会感到高兴，但如果人的情感愉悦只能在实现功利目的时产生，只有满足名利欲望时才高兴，那往往在极度高兴的同时也产生了更大的烦恼。

好在人类还有许多活动并不一定有明确的功利目的（或者目的就只在于为了高兴），然而在这样的过程中却感到精神的愉快。比如观赏一片森林，清澈的小溪，一朵洁白的菊花，一片沙滩上的贝壳等等，感到一种轻松的愉快却说不出明确的功利目的。这种超越具体功利目的的情感愉悦就是一种审美愉悦。如陶渊明《饮酒》诗："结庐在人境，而无车马喧。问君何能尔，心远地自偏。采菊东南下，悠然见南山。山气日夕佳，飞鸟相与还。此中有真意，欲辨已忘言。"其中描述的："采菊东篱下，悠然见南山"的情景就是一种典型的非功利的愉快感受。又如"学而时习之，不亦说乎？有朋自远方来，不亦乐乎？人不知而不愠，不亦君子乎？"孔子在这里以没有明显功利目的的愉快感受劝导学生：勤奋学习、觉悟人之为人的道理，并适时践行；与志同道合的君子交游，这些都是令人愉快的。做一个君子，就应该做到人不知己时也保持自在愉悦的心态……这类没有明确的世俗功利目的的情感愉快，我们可以称之为审美愉快。

在日常生活中，我们经常闲聊、散步、游戏、美食、健身、喝茶等，自然而然地从事这些功利意识淡薄的活动，无非就是为了让自己有一个愉快的心态。人生在世，如果热爱生活，就会常有愉快、爱怜、感动、兴奋等感情，使人对世界产生爱意，感受人生的价值。人经常处于愉快的情绪之中，也会自然而然地更加热爱生活，爱惜生命。但如果过度专注于某种欲望，尽管这种欲望可能得到某种程度的满足，但却不可能真正得到满足，因而人生陷入不停地追逐之中，人也就陷于永不满足的痛苦之中。如果人能有效地节制自己的某种欲望，摆脱某种欲望的控制，对生活有全面的感受，他就会经常处于一种非功利目的的愉快状态。这样的愉快并不是实现功名利禄、满足某种欲望的"愉快"，而是一种超越生活困境、超越狭隘目的的愉快。这样的愉快，人们称之为"美感"，在中国古代被纳入"乐"的范畴。对人生怀有一种愉快感，对人的生存而言是极为重要的。没有这种愉快感，人可能会丧失生存的勇气。然而，人生也经常面临各种困境、不幸、悲伤，即使没有一般意义上的"悲剧"，人的生存也总是处于相对贫困之中。此时，人也应该保有愉悦的心态。在这样的人生中，要保持愉快的生存心态，审美活动是一种必要的途径。

2. 在人类历史上，审美活动使人获得了人之为人的感觉能力。马克思在《1844 年经济学哲学手稿》中讲到劳动使人的本质力量对象化，"人不仅通过思维，［Ⅷ］而且以全部感觉在对象世界中肯定自己。""一方面为了使人的感觉成为人的，另一方面为了创造同人的本质和自然界的本质的全部丰富性相适应的人的感觉，无论从理论方面还是从实践方面来说，人的本质的对象化都是必要的。"① 这可以说在根本上肯定了审美活动（艺术活动）是人的存

① 《马克思恩格斯全集》第三卷，人民出版社 2002 年版，第 305、306 页。

在方式的有机构成。在人的实践和生存中思考审美活动，首先让人看到的就是为了保证人的健全生存，审美活动是生存的必要环节中。人的生存首先是对世界的领悟，这种领悟并非一开始就是知性和理性的，反而是前逻辑、超逻辑的，主要是感觉层次上的领悟，因此，人之为人，首要的就是要有人的感觉。而感觉如何成为人的感觉，是人的生存必须解决的一个问题。马克思指出："人的感觉、感觉的人性，都是由于它的对象的存在，由于人化的自然界，才产生出来的。""五官感觉的形成是迄今为止全部世界历史的产物。"[①] 在人的感官的形成中，艺术活动具有重要的意义，为了形成人的感官，使人的感觉成为人的感觉，人类需要审美活动，需要艺术。因为人的感官的形成与艺术审美活动是融为一体的，没有懂音乐的耳朵也就无所谓音乐，没有音乐也无从说起懂音乐的耳朵。

3. 审美活动是把握真理的重要方式。尽管传统美学将审美定位为感知层次的认识，在传统认识论中处于低级的认识阶段。现在许多美学论者认为应该超出认识论的范围，从人的实践和生存的角度阐释审美，但超出并非排除从认识论角度理解美。因为，人的实践和生存首先要对世界有所领会、有所认识，才能真正筹划人的生存。所以认识论同样具有生存的意义，认识论的美学仍有其不可替代的意义。在人生存的世界中，有许多客观存在物，我们确实可以断定，在人之前它们就有了，在人之后它们还会继续存在下去。我们的自然科学可以不断深入地认识这些客观事物，它们确实不以人的意志为转移。但人的历史、社会，确实不是自然科学能完全认识的客观存在，人的世界有许多方面的真理是现有的自然科学无法到达的领域。自然科学之外的生存真理，往往在宗教、伦理、哲学、艺术等领域可以探寻，所以我们需要审美、需要艺术。加达默尔指出："通过一部艺术作品所经验到的真理是用任何其他方式不能达到的。"所以他的《真理与方法》这部重要的阐释学著作就是从

① 《马克思恩格斯全集》第三卷，人民出版社 2002 年版，第 305 页。

“捍卫那种我们通过艺术作品而获得的真理的经验”开始他的论述的，并且他明确指出艺术“确实是一种传导真理的认识”。[①] 其实，尽管现在的理论家承认或不承认，艺术都保留了人类把握真理的重要方式和途径。

艺术思维的整体性、完整性是人类生存的重要保证。理性化、逻辑化的思维是有片面性的，有缺陷的，它们能揭示许多客观事物的真理，但也不是所有的真理只能以理性化、逻辑化的方式才能获得。相反倒是存在着只有艺术才能通达的真理领域。比如关于存在的真理，不管人们的思想是否明确意识到生存的问题，是否明确思考存在，历代杰出的艺术作品总是持续地描述着人的生存历程，让人不知不觉地保持对存在的感知。在此，不仅维护了艺术言说真理的权利，也揭示了文艺美学、艺术理论存在的合理性，它们有责任将艺术作品中的生存智慧揭示出来、阐释出来。

超功利的感知，让存在得以真切呈现。王国维说：“政治家之眼，域于一人一事。诗人之眼，则通古今而观之。”[②] 这段话说出了审美感知的重要特点，这里的“通古今而观之”，正可当于对存在的感知。与此相似，有不少哲学家认为审美感知是人类各种认识活动的基础，是人类最为真切的认知活动。在杰出的艺术作品中，人的世界、人的生存得到最为真切的展现。中国的《古诗十九首》第十五：“生年不满百，常怀千岁忧。昼短苦夜长，何不秉烛游?”令人赞叹古人描写人的生存状态的真切，短诗以极为简洁的语句高度概括了人的真实的生存状态，终有一死的人，领会着自己的将来，被抛在世而忧患，与常人共在而沉沦。海德格尔的《存在与时间》考察的此在生存环节与此相似，海德格尔的论述似可为上述古诗作注。人类的艺术史说明，真正的诗（艺术品）所呈现的

---

① ［德］加达默尔：《真理与方法——哲学诠释学的基本特征》，洪汉鼎译，上海译文出版社 2004 年版，《导言》第 18～19 页，正文第 127 页。

② 王国维：《人间词话》，《蕙风词话·人间词话》，人民文学出版社 1960 年版，第 238 页。

是人的生存的真理。

人的生存需要艺术，或许这种对艺术、对美的需要在人类身上表现为一种本能的需求，或者说是一种天生的能力。由此我们可以反证艺术审美对人的生存的必要性。也许，正因为是一种天生的能力，所以我们日用之而不觉。杜夫海纳就认为“在人类身上，有一种对美的渴求”，但我们没有明确地意识到这种渴求，它只是在得到满足后才得到人们的认识。“审美经验揭示了人类与世界的最深刻和最亲密的关系。他需要美，是因为他需要感到自己存在于世界。而存在于世界，并不是成为万物中之一物，而是在万物中感到自己是在自己身上。”① 如果说一种有意识的审美活动，是为了“感到自己存在于世界”，那么，审美活动就是人的本真生存的起点，不管你是否意识到审美活动的必要性。

现代社会技术至上的观念，对人的感性能力也造成极大的扭曲，因此，文明社会也仍然有一个如何使人的感觉成为真正人的感觉的问题。其核心问题是如何使人的片面、单一、畸形、迟钝的感性恢复为全面、完整、健康、敏感的感性。在审美判断（反思性判断）里，人的各种能力达到和谐。审美对象正是对这些能力和谐的符合而让人感到美（无目的的合目的性）。我们须在这个根本意义上认识审美活动对人的必要性。正是在审美活动中，人的各种能力得到锻炼，发展出更为全面、和谐的人性。同时在审美活动中，非功利的人更能自觉意识到本真存在的起点。

审美活动在认识论的意义上，提供了人能够真切地领会人的生存真理的可能性，这是人能够继续生存的保证。

（二）成就完美的人

审美的生存论意义体现在人的自我塑造上面。成为完美的人，是人类有史以来持之以恒的愿望。或许什么是完美的人，在不同的

---

① ［法］杜夫海纳：《美学与哲学》，孙非译，中国社会科学出版社 1985 年版，第 2 页。

时代有不同的理解，但人总是向往着成为完美的人，在成为完美的人的途中，艺术（审美）活动是公认的一个重要方式。

中国古代大教育家孔子的育人方案就充分体现了这一点。孔子说："兴于诗，立于礼，成于乐。"（《论语·泰伯》）对这几句话，朱熹注：

> "兴于诗"，兴起也，诗本性情，有邪有正。其为言既易知，而吟咏之间，抑扬反覆，其感人又易入。故学者之初，所以兴起其好善恶恶之心而不能自已者，必于此而得之。"立于礼"，礼以恭敬辞逊为本，而有节文度数之详。可以固人肌肤之会，筋骸之束。故学者之中，所以能卓然自立而不为事物之所摇夺者，必于此而得之。"成于乐"，乐有五声十二律，更唱迭和，以为歌舞八音之节。可以养人之性情而荡涤其邪秽，消融其查滓。故学者之终，所以至于义精仁熟而自和顺于道德者，必于此而得之，是学之成也。[①]

孔子所说的诗，应是指《诗经》的"诗"。"诗本性情"，性情是人从事各种活动的动力性因素。性情有邪有正，以《诗》激发性情，可引导从正处兴发，因为"诗无邪"。然性情兴起，又必须培养巩固。后以音乐熏陶性情，目的在于将仁义道德化入性情之中，达至"义精仁熟而自和顺于道德"。

从字面看，孔子的话阐释了审美（艺术活动）在规范人生方面的重要作用。进一步说，这里的论述也透出完美的人、社会的人的基本格局。

"兴于诗"，这个说法先行承认了人的激情的不可缺失，它是人的生命活力。哀莫大于心死，一个人没有了生活的激情也就没了生命的活力。马克思说："激情、热情是人强烈追求自己的对象的

① 《四书五经》上册，中国书店1985年版，第33页。

本质力量。”[①] 说“兴于诗”，则指明了艺术活动、审美活动具有激活人的生命力的重要作用。强调以诗来兴起激情，是因为“《诗》三百，一言以蔽之，曰：‘思无邪’”。（《论语·为政》）这是进一步要求审美艺术活动引发人的激情、热情，并在激情之初就应当使人充满正当的生命活力。犹如维特根斯坦所说的：“一切伟大的艺术里面都有一头野兽：被驯服。”[②]

“立于礼”，人的激情，生命活力必然要现实化，要在人的创造行为中体现出来。人的本质力量的外化，必须以礼来使人立于正道。礼，是保证人类和谐共处的原则和仪式，体现了人的理性精神及对个体的规范。礼是性情的对立面，是对性情的约束。但这个约束不能窒息人的生命力，人的激情。矛盾双方必须得到统一，因此还须“成于乐”。

“成于乐”，这是从“兴于诗”开始，以“立于礼”进行制约，最后成就的理想生存状态。礼对人的约束可能造成生命力的滞碍，激情的萎缩。理想的人应是既富有激情充满生命力又合乎礼节，所以孔子将人的理想生存状态描述为“成于乐”。这样的状态，是人深悟礼所体现的仁义道德而将之内化于性情之中，将各种礼的约束内化为人的自觉需求，使人的生存既充满生命活力又顺乎仁义道德。这也就是朱熹所说的“义精仁熟而自和顺于道德”。这个生存状态是人的感性与理性的统一。这里的机微是充沛的生命力与礼制约束的统一。“乐”与“诗”还有一点很有意思的区别，《诗》毕竟还有具体的内容限定，而“乐”只是一种格调、情调、风致，只要达到这个境界，人的言行自不必给他/她限定内容，“成于乐”标示的是达到“从心所欲，不逾矩”（《论语·为政》第 2 章）的境界。

---

① 《马克思恩格斯全集》第三卷，人民出版社 2002 年版，第 326 页。

② 维特根斯坦：《文化与价值》，许志强译，浙江文艺出版社 2002 年版，第 68 页。

也许，这样理解孔子的话是有点过度阐释，但孔子的话确实有这样解读的可能性。千年之后，德国的席勒也有类似的论述。席勒追求的是造就符合国家理性的人，由这样的人组成“道德的国家”，然而席勒又不愿看到国家理性是一种窒息人的生命力的外在制约，所以他试图通过审美教育“解决政治问题”，“要使感性的人成为理性的人，除了首先使他成为审美的人，没有其他途径”。[①]

对完整的人、完美的人的追求，是人类崇高的理想。但这也带来审美的意识形态性。因为各个时期，孔子也好，席勒也好，黑格尔也好，当代国家意志也好，都在人的完美性中加入了时代的意识形态内容，用“时代的精神”作为人的理性规范，要求在这个意义上达到人的感性与理性的统一。

严肃的文艺美学，应取的标准则是人的个性的全面发展，人的自由个性的真正实现，并为实现人的个性的全面发展而创设真正的人的集体或共同体。尽管这在现实社会中永远不可能完全实现，但这作为真正完美的人、美好的人类社会理想则总是在引领着人们不断提升人类生存的境界。

（三）审美因素无处不在

其实，在人的生活活动中，审美因素无处不在，问题在于我们如何感受它、阐释它。杜夫海纳说：“在人类经历的各条道路的起点上，都可能找出审美经验：它开辟通向科学和行动的途径。原因是：它处于根源部位上，处于人类在与万物混杂中感受到自己与世界的亲密关系的这一点上；自然向人类显出真身，人类可以阅读自然献给他的这些伟大图像。”[②] 杜夫海纳主要还是在认识论的范畴内论述审美因素的普遍存在。我们可以进一步看到审美因素在人的生存的各个环节的存在。

---

① 席勒：《美育书简》，徐恒醇译，中国文联出版公司1984年版，第39、116页。

② ［法］米盖尔·杜夫海纳：《美学与哲学》，孙非译，中国社会科学出版社1985年版，第8页。

直观性、情感性、形象性、创造性、虚拟性、完美性、非功利性等，如果将这些作为审美特征的内涵，那么，审美因素在人的生存各个环节，在人的实践的各个领域都有所体现。从环境、住房、服饰、行为、语言、情感、饮食、身体、交往、礼仪、劳动等各个方面的各个细节人们越来越多关注其中的审美因素，自觉在生活的各个细节中强调本来就存在着的审美因素，突出生活中的审美因素。以至于商家也越来越善于利用审美因素获取巨大的经济利益。另外在艺术活动中，曾经强调独立的、界限明确的艺术活动也越来越与生活活动融为一体。我们的现代生活出现了艺术的生活化与生活的艺术化，或称生活的审美化。如果我们承认审美因素显现或隐藏于人的生活中的各个环节，审美活动也自然为呈现各种不同的方式、格调，会与各种伦理、政治、宗教、经济活动结合或融合，由此也就意味着审美活动的效果不一定是正面的效果，如当前“生活审美化”所表现出的一些负面效果。

因此，我们有必要进一步思考生活的审美化与人的生存的关系。

第四节　生存的审美化与诗意向往

一　生活审美化辨析

审美活动在人的生存中确有重要地位和重要价值，但我们也不能无限夸大审美活动在人的生存中的重要性。现代社会，特别是小康生活已初步实现的地方，确实出现了生活的审美化现象。对此，我们可以从现在的生活方式和生活细节感受得到。尽管我们追求生活的美好，但不是所有的审美化现象都是值得维护的。在这个问题上可以参考韦尔施的《重构美学》对世界各地的审美化现象描述，并注意他对现代社会审美化的冷静思考。

人类的精神活动是多方面的，哲学、宗教、艺术、伦理，各个方面缺一不可。也不能以某一方面取代其他方面，如果说各种精神活动是融为一体的，更不能人为地剥离某一方面并使之独占人的精神领域。所以审美活动再重要也不能取代其他精神活动，而生活中的审美境界或审美化也不是人类生存的最高境界。孔子说过："志于道，据于德，依于仁，游于艺。"（《论语·述而》）这是对人生不同领域如何共处一身的一个较为全面、概括的描述。这是孔门所创的人生格局。道、德、仁、艺四个方面的共生和谐，并非相互更替的人生阶段。个体的生存可依此为参照，在各个方面有创意地实现这个格局，将这个格局个体化：每一个时代的人，均须依其现实的境遇，在生存中树立自己的信仰——道，确立自己的基本法则——德，从而"依于仁，游于艺"——仁厚而快乐地以自己切实可行的方式生活着。（注意，其中的"艺"包括后世所说的艺术，但在这里是指"礼乐射御书数"的六艺，是生活不可缺少的技艺）如果将上述四方面理解为某种次序，则割裂了人生，若从"游于艺"开始更可能乐而忘返，沉沦于实务而失却道的追求与向往。克尔凯郭尔则将人的生存划分为三个领域（有的书翻译为三个阶段）：美学领域、伦理领域和宗教领域，尽管这三个领域不是相互取代的关系，但往往在美学领域中对快乐的追求是永无止境的，转瞬即逝的，由此导致生存绝望，但人在这种绝望中转向对真理（他说的是宗教真理——信仰）的追求。在中国也有许多生存事件说明从审美阶段向宗教阶段的转变，如李叔同拥有优裕的生活条件，音乐、美术、戏剧无所不能无所不精，却突然成为一名持戒极严的真正的和尚。传说唯识宗的创始人窥基，"被玄奘看中，奏请唐王，奉太宗敕令出家。窥基贪恋花天酒地，非要'三车'才肯落发为僧：'前车载功名释典、中车自乘、后车载妓仆食馔。'玄奘慨然应允，称其'三车法师'。三车走到慈恩寺门口，恰逢古刹钟鸣，顿时恍然大悟，从此专心译经无数，世称'百部疏主'，成为唯识宗的创始人。"① 或许克尔凯郭尔的看法不无宗教偏见，

① 唐师曾：《正果法师圆寂廿周年纪念》，《止观正义》，中国人民大学出版社2007年版，第5页。

但其中的合理性在于揭示审美境界或审美领域不是人生最终的境界，尽管不一定是从审美境界转入宗教领域，而且即使一个人拥有宗教、伦理生活，也不排斥审美活动，不完全回绝审美领域。

当前社会生活的审美化是一个复杂的现象，其中有一个明显的趋势是突出感情愉快的重要性，追求无所不至的快乐、美丽、舒适、轻逸，不必过问情感的格调、情趣，实际上是沦为单纯的感官享受。虽然康德极力揭示审美愉快是非功利的无目的的情感愉快，但他也不得不承认人们面对的是大量的依附美，并非纯粹的美。在实际活动中我们也可以看到，审美活动中的情感愉快不可能截然区分纯形式的情感愉快与感官的快感。因此，当前的审美化倾向往往以“审美享受”“审美愉快”掩饰单一的感官享受、欲望满足，极大程度上消解了非功利的情感愉悦这一审美愉悦的核心义项。韦尔施将这样的审美化称为“浅表审美化”并指出：“在表面的审美化中，一统天下的是最肤浅的审美价值：不计目的的快感、娱乐和享受。……审美化的一些太为突兀的分支，以及现实赤裸裸的化妆打扮固然可以博得一笑，但是触及作为总体的文化，它可不再是好笑的事情。”① 这样的审美化是不可取的，因为，能产生情感愉快的不只是无目的、非功利的形式感，真正产生强烈情感愉快的往往是包含各种感官享受、功利目的的实现。我们设想一个人以这样的审美化为人生追求，他/她要有财富，拥有地位，才可以不断地将自己的生活细节审美化，处于情感愉快之中。汽车、豪宅、交往、身体、配偶都审美化之后，他/她还应该追求什么？如果审美化只是感官享受的审美化，他/她实际上将人动物化了。从当今中国的现实我们可以看到，正是如此的生活审美化导致一系列新的伦理问题、社会问题的出现。真正的人的生存，必然对许多“审美化”有所不为，人的伦理、宗教、哲理追求往往是超越单纯的情感愉快

① ［德］沃尔夫冈·韦尔施：《重构美学》，陆扬、张岩冰译，上海译文出版社2006年版，第6页。

的。或许可以不断地追求高层次的审美化，比如有文化的、高雅的情感愉快，但现实中更多的情况是许多高雅艺术被通俗化了，浅表审美化覆盖了更高层次的审美活动。如果审美只是情感愉快，并以审美化作为人生追求的目标，追求这种意义上的“审美境界”，那就是只要快乐不及其余了，可能忽略了人的伦理生活，窒息人的形上价值追求。从人的整体存在出发，审美活动是人类生活的自然属性，但不是所有的属性，如果将某一种属性强调到不恰当的位置，将所有的人类生活领域都“审美化”，那就是《老子》描述的情景：“天下皆知美之为美，斯恶已。”不管是什么层次的审美化，都不能是人类可以止步的境界。各种美学理论似乎并未否认审美中的理性因素，但实际审美活动中的“审美化”冲动和行为往往更为强调感性因素而忽略理性因素，忽视感官享受而放弃形上追求，使人重新动物化。如果生活的审美化只是感性意义上的审美化，则人类美好的未来不应该仅仅是审美化的生活。

面对生活的审美化，不少学者提出美学研究的新策略，如韦尔施提出的“重构美学”，要超越艺术化的美学，走向生活美学。中国的学者也有不少的响应。走向生活美学的美学，其重要的旨趣正在于揭示生活审美化的各种现象，指出审美化的重要意义及其局限性。但文艺美学则应有自己的策略，它应该强调“文艺”，固守传统美学的阵地，这是有必要的，因为要克服审美化的偏差，不得不研究经典艺术，即使这些经典在现实生活中已不时尚、不流行、不普及、不通俗，但仍须有人——即使是极少数人——来重读经典作品、研究经典作品，承传人类有灵魂的艺术。在艺术经典的引导下，建构高尚格调的审美活动、审美意识、审美情趣，培养高尚的审美感受。

当然文艺美学不是对现实中的审美化视而不见，而是文艺美学的研究应当返回艺术的原始处，思考艺术之为艺术，思考艺术在人的生存中的重要作用。这也注定了文艺美学必然从最前沿反顾艺术经典。最前沿，意为不受各种现成的艺术概念的束缚，从艺术在人的生存中的意义出发，认真理解任何最奇特、最反常的艺术探索，阐释各种当代艺术的合理之处，反思现实生活审美化的价值取向。但重点是由此返回艺术之初，重新思考艺术史上的各种经典之作，重新阐释经典之作在当代的意义和价值。文艺美学，在美学研究中突出“文艺”，所以它研究的主要是经典作品，研究曾经影响人类生存的重要作品，揭示这些曾经有过的人类艺术活动的可重演之处，由此为新的艺术发展提供各种可供选择的可能性，实际上也是为人的生存提供更为美好的可能存在方式。

将艺术与人的生存结合起来研究，完整的审美活动应是感性与理性的统一，是人的本真存在的可能性的展现。如果审美化是这个意义上的审美化，我们只说审美化就行了，但鉴于现实中流行的审美化过于感性化、浅表化。文艺美学必须看到的是人生在审美境界之上还应有诗意向往，必须深入揭示生存的诗意性。

需要注意的是，我们这里所讲的诗意，不能等同于审美境界。在审美活动中我们对事物采取超脱的态度，由此使我们从各种单一的思想偏见、情感偏向中解脱出来，我们由此感受到了自由，或许使之现实化而在现实中也得到了自由，但人自由之后该做什么？这仍然是一个问题。所以，即使审美境界如一些理论所说，是一个真正自由的生存境界，那真正人的生存，自由只是一个起点，人还须自由地创造自己的人生意义。因此，我们还须探讨人的诗意向往。

二　诗意地存在

“诗意”也是一个多义的词语。“诗意”一词，人们往往用于赞美人的行为方式、活动情景、艺术作品、田园风光、山川景物，只要这些对象具有超越性、高雅性、想象性、虚拟性、创造性、情感性、特异性等特征。人们也会用一些经典的艺术作品作为诗意表达的范本，在日常审美鉴赏中赞美生活和景物如诗如画，或创建与经典作品相似的日常生活情景，模仿经典艺术作品描写的生活方式，使日常生活充满诗情画意，这也是诗意的常见用法。甚至人们也会用经典作品为标尺，衡量其他作品，看其是否具有诗意，在这样的用法上，诗意所表达的就是某种艺术传统了。在这样的用法中，诗意一词所描述的是某种具体对象的诗意特征。

如果我们要追问是什么使得这些现象具有诗意？什么是源始的诗意？那就要以人的生存及人的本质特征来阐释“诗意”本质特征。在这个意向中，诗意不是根据某种政治、经济、宗教、哲学、民俗、传统、道德规范所设想的优美的未来人生画面，诗意应该是比任何观念化的规范更为源始地接近人的本质。从人的生存的角度理解诗意，这样的诗意也不是某种经典诗词所描写的情景，或某种艺术作品所描绘的诗情画意，因为经典文学艺术作品呈现的诗情画意，也还不是源始的诗意。

异化劳动（人的异化），使人与类本质相异，人的个性的全面发展受到极大的限制，在异化劳动中，人感受到的是压抑而非愉快。人的日常生活，在忙于应对各种事物中失去了本真的存在，遮蔽了此在的本真能在。但人毕竟是人，异化也好、沉沦也好，都未能最终泯灭人的本真追求，人总有对其实然存在状态的超越祈向。异化中的人，在其实践中也蕴含着对异化的克服的可能性，所以才会有人的解放的向往和追求。终有一死的人，是会操心、筹划、建构自己未来的存在者。“生年不满百，常怀千岁忧”，人的这个本质特征，正是诗意向往的根据。人在现实中是片面的存在，甚至如当代一些理论所说的，人成了碎片，但人不甘心于如此的生存。在艺术审美经验中个性得到解放，在艺术审美经验中人的个性得到自由、全面的展现，由此对现实形成批判的旨向，同时展开人的生存的新的可能性而超越当下的现实生存。当人对未来的筹划超越了各种政治、宗教、经济、道德偏见，超越了各种现实关系时，这样的筹划就具有了诗意。是人的本质注定人必然会有诗意的向往。可以说，我们是用诗意命名人类最美好的向往，良知的召唤，这样的诗意是一种源始的诗意。

“人诗意地栖居”这个词语因海德格尔在中国的介绍而流行，

其中的意思对我们思考人的诗意生存是有一定的借鉴意义的。“……人诗意地栖居……”这本是海德格尔引用的荷尔德林的诗句，他主要在《荷尔德林和诗的本质》《……人诗意地栖居……》这两篇文章中论述这个命题。以下是海德格尔引用的原诗第 24 ~ 40 行：

如果生活纯属劳累，
人还能举目仰望说：
我也甘于存在吗？是的！
只要善良，这种纯真，尚与人心同在，
人就不无欣喜
以神性来度量自身。
神莫测而不可知吗？
神如苍天昭然显明吗？
我宁愿信奉后者。
神本是人之尺度。
充满劳绩，但人诗意地，
栖居在这片大地上。我要说
星光璀璨的夜之阴影
也难与人的纯洁相匹敌。
人乃神性之形象。
大地上有没有尺度？
绝对没有。①

理解“……人诗意地栖居……”，须先理解人、诗意、栖居等词在海德格尔的论述中的独特含义。人，此在，是生存着的人。

① 转引自海德格尔：《演讲与论文集》，孙周兴译，三联书店 2005 年版，第 203 页。

"栖居"，"在拯救大地、接受天空、期待诸神和护送终有一死者的过程中，栖居发生为对四重整体的四重保护。保护意味着：守护四重整体的本质。""作为保护的栖居把四重整体保藏在终有一死者所逗留的东西中，也即在物（Dingen）中。""就栖居把四重整体保藏在物之中而言，栖居作为这种保藏乃是一种筑造。""筑造的本质是让栖居。"① "作诗，作为让栖居，乃是一种筑造。"② 结合海德格尔的其他论文（《物》《筑·居·思》等）可以说"栖居"是人在大地上存在的实际方式，人通过"筑造"物而使天、地、人、神的四重整体的本质得以敞开。但栖居如何成为诗意的栖居，仍须有待阐明。海德格尔在论述中特别强调诗中的句子："只要善良，这种纯真，尚与人心同在，人就不无欣喜，以神性来度量自身。"这可以看作是"诗意地"的基本内涵，其紧要处是"以神性来度量自身"。人是能在的存在者，能筑造物，但只有以神性为尺度进行筑造，这才是诗意的栖居。但神性的尺度并非现成地摆放着让人使用，而是隐含于天空的景象中，所以作诗者构成形象让"神如苍天昭然显明"。

因而，对"……人诗意地栖居……"海德格尔有这样的概括："只要这种善良之到达持续着，人就不无欣喜，以神性来度量自身。这种度量一旦发生，人就能根据诗意之本质而作诗。这种诗意一旦发生，人就能人性地栖居在大地上，'人的生活'——恰如荷尔德林在其最后一首诗歌中所讲的那样——就是一种'栖居生活'。"③ "……人诗意地，栖居在这片大地上"，人在大地上，但仰望天空的光芒，领悟神性，以神性为尺度进行筑造，这是海德格尔描述的人的栖居的意象。无独有偶，鲁迅也曾提醒人们抬头仰望曙光："曙光在头上，不抬起头，便永远只能

① ［德］海德格尔：《筑·居·思》，《演讲与论文集》，孙周兴译，三联书店 2005 年版，第 159、169 页。

② 同上书，第 198 页。

③ 同上书，第 215 页。

看见物质的闪光。”① 我们似乎可以接着鲁迅的话说，只有仰望天上的曙光，以曙光引领人生，我们才可能是人的生存，可能是诗意的栖居。

人对类本质的追求，对本真的存在的探寻，意味着对人类“实然”的背离和超越，这就发生了诗意，这是诗意的根本意义。当然，各种艺术化、雅趣化的生活方式，可以有限度地看成是诗意存在的表现形式，但不是诗意本身。

思考人的栖居的诗意特征，目的在于使人的个性得到全面发展，使存在得以本真的敞开。人的存在本质上是诗意的，是以理想的（神性的、美的）尺度从事筑造。“动物只是按照它所属的那个种的尺度和需要来构造，而人懂得按照任何一个种的尺度来进行生产，并且懂得处处都把内在的尺度运用于对象；因此，人也按照美的规律来构造。”②只要人不蔽于地上物质的闪光，能够仰望天空的光芒，人就能诗意地栖居。

因此，我们可以说，人的诗意存在的基本结构是在大地上——以神性为尺度——构造。

三　生存的审美与诗意

从以上的论述可以看出，审美化的生存与诗意地栖居有着必然的联系，但也是有所不同的。

审美化的生存是通向诗意栖居的基础。人的感性全面发展、事物完整的感性呈现对人的生存是必要的，力求无偏见的直观，才能真切感知、认识人的世界。情感的愉快、生命的活力更是生存的前提。但真正人的生存不能只是审美化的生存，而应该是诗意的栖居或诗意的生存，以真正人的生存的可能性引导人的生存。审美化的

---

① 鲁迅：《“圣武”》，《鲁迅全集》，人民文学出版社 2005 年版，第 373 页。

② 《马克思恩格斯全集》第三卷，人民出版社 2002 年版，第 274 页。

生存本来已经包含理性因素，但审美化生存容易只重感性愉快而放弃神性尺度，演化为只是在大地上对各种审美化对象的追逐，其严重缺失可能导致生存的动物化。以理想（神性）的尺度引导生存，是诗意的栖居。但理想和神性的尺度也是人所领会的，也可能出现偏差，所以人的生存总应该时时眷顾审美化的生存，才不至于窒息生命活力。所以审美生存与诗意栖居两者不可偏于一方，应是融为一体。

审美重直观，诗意重聆听。王国维的《人间词话》其境界说所本正在于直观，须能直观自然之物，写真景物、真感情，以此为本才谈得上神韵、兴趣、格调。如果只论神韵、格调，很可能只是从文本到文本，从而隔断了创作者与自然的紧密联系。本真生存的人，在审美直观中也不会仅止于直观，人的生存更愿聆听良知的召唤，所以在诗词创作和鉴赏中也十分看重言外之意的领会，这是中国传统的诗意表达与领会。对诗意的领会更多地侧重于聆听（领悟）而不是直观。中国传统诗学中“不著一字，尽得风流”“超以象外，得其环中”一类的说法，陈述了诗意与诗意表达方式的微妙关系。本无形状的源始诗意须靠各种形象、行为模式、话语方式得以表达，但这些表达方式却不是诗意本身，所以不得拘于形相，须“超以象外，得其环中”。这样的思路，揭示了现实生活中的诗意表达以及对源始诗意的领悟。

在人的现实生存中，异化、非本真的生存往往是常态，可能在某个时期偏于感性享受的生存，可能在某个时期偏于理性化的偏枯，也可能陷入技术化的分裂，而文学艺术活动往往对现实生存的偏差起着某种程度的补救作用。真正的诗意言说揭示着人的本真的生存，文艺美学重要的任务是阐释经典作品中的诗意言说。所以文艺美学是传统的美学，守旧的美学。或许当代“美学”可以是更为开放的美学，可以是追赶时尚的美学。但在美学之前加上“文艺”二字，就意味着这样的美学是守旧的美学，但正因其坚持对经典作品的当代阐释（这个意义上的守旧）而具有重要意义。

审美化生存与诗意的栖居，构成人的本真的生存，人由是而充满活力地生存着，仰望天空、追踪神迹，诗意地栖居在大地上。

思考题：

1. 审美活动与人的生存的关系。

2. 辨析审美享受与诗意向往的联系与区别。

3. 《论语·雍也》："子曰：'贤哉，回也！一箪食，一瓢饮，在陋巷，人不堪其忧，回也不改其乐。'"《论语·述而》："子曰：'饭疏食饮水，曲肱而枕之，乐在其中矣。不义而富且贵，于我如浮云。'"宋代理学家程颐、程颢说："昔受学于周茂叔，每令寻颜子、仲尼乐处，所乐何事。"（《二程遗书·卷二上》）

阅读以上资料并查阅有关文献，试论述"孔颜乐处"的审美意义？

4. 如何理解艺术的审美特征？理解审美因素在人的生活中的功能？

参考书目：

1. 黄克剑：《人韵——一种对马克思的读解》，东方出版社 1996 年版。

2. ［德］海德格尔：《存在与时间》，陈嘉映、王庆节译，三联书店 1999 年版。

3. ［德］海德格尔：《演讲与论文集》，孙周兴译，三联书店 2005 年版。

4. ［德］汉斯—格奥尔格·伽达默尔：《真理与方法——哲学诠释学的基本特征》，洪汉鼎译，上海译文出版社 2004 年版。

5. ［德］沃尔夫冈·韦尔施：《重构美学》，陆扬、张岩冰译，上海译文出版社 2006 年版。

6. ［美］威廉·巴雷特：《非理性的人——存在主义哲学研究》，杨照明、艾平译，商务印书馆 1995 年版。

7. ［美］约翰·塞尔：《心灵、语言和社会——实在世界中的哲学》，李步楼译，上海译文出版社 2001 年版。

8. ［英］贡布里希：《艺术发展史：艺术的故事》，天津人民美术出版社

1998 年版。

9. 贺西林、赵力编著：《中国美术史简编》，高等教育出版社 2009 年版。

10. 李泽厚：《美的历程》，文物出版社 1989 年版。

第二章　艺术品与审美经验

前面我们介绍了文艺美学科特点，介绍审美判断的一般特征，介绍从人的实践和生存出发思考文学艺术的思路，在此基础上，文艺美学还应该更进一步深入研究艺术（文艺）审美经验，研究、分析个体审美经验，从而把握艺术审美经验的基本特征及其分析方法。

艺术审美经验开始于对艺术品的鉴赏，因此，对审美经验的分析，必然涉及鉴赏主体与艺术品的关系。面对一件作品（或物品），我愿意将它作为艺术品，这作品也能够满足我关于艺术品的要求，从而开始我的艺术鉴赏历程；我的意识活动指向艺术审美感受，于是开始了我的审美经验。在艺术审美经验中，一个人（主体）面对一件艺术作品（客体），以审美态度对待它，在二者之间建立了审美的关系，相互构成审美主体和审美客体（对象）。对审美经验的研究应从鉴赏主体与艺术客体这两个方面入手，分析二者的关系。

因而什么是艺术品，则是审美经验分析面临的首要问题，与这个问题相关的隐性问题是鉴赏主体的艺术意向性问题。所以我们首先讨论艺术意向性，然后讨论对艺术品的把握，解读艺术品的基本原则并阐释什么是审美经验。

第一节　艺术意向性

艺术意向性，简单说就是心灵愿将某物当作艺术品，以对待艺术的方式对待它，从而展开艺术审美鉴赏过程。

一　艺术意向性的构成及特征

“意向性”是当代西方哲学、心理学的一个重要概念，对艺术审美经验研究很有启发、借鉴意义。意向性的基本涵义是指人的意识、心理、语言、行为、身体等活动总是具有指向某种对象的特征。关于意向性，约翰·塞尔所说可能是最简明的解释：“‘意向性’是表示心灵能够以各种形式指向、关于、涉及、世界上的物体和事态的一般性名称。”① 当然，在不同的理论视野中，对意向性的阐释有所不同。

（一）各种理论视野中的意向性

意向性是现象学哲学的中心概念，现象学认为事物以某一片断、瞬间向意识显现，但我们还是能拥有对某一事物的完整把握，能直观某物的真理。尽管我们相信世界的存在，但世界，只能是在我思中被意识到的世界，我不能生活于这样的世界之外。我们能真切经验、感知、回忆、思考这个世界中的各种对象，意识在其所有的行为中都是关于某物的意识。意识能赋予某物以意义，是“因为意识的基本特征是意向性，即一种意向的指向，它由空泛意向、空泛‘意指’出发而指向充实，亦即指向‘自身具有’＝明见性。意识的意向性这个概念因此也就是意识的成就的概念，胡塞尔将这种成就称之为构造。”②

现象学中的意向性作为意识的基本特征，具有如下几个涵义。(1)在时间的流动中，人的意识朝向各种事物，各种事物在人的感知中以各种样相显现，人的意识能将这些变动不居的样相构成关于某物的统一的对象——“意向相关项”。意向性是指意向活动与意

① ［美］约翰·塞尔：《心灵、语言和社会——实在世界中的哲学》，李步楼译，上海译文出版社2001年版，第81页。

② 倪梁康：《胡塞尔现象学概念通释》，三联书店1999年版，第335页。

向相关项之间的相互关系。(2)在意向性中，“被意指的对象（意向相关项）是一个可能多层次综合的结果，在这种综合中，杂多的意向活动聚合为一个对象意识的统一”。(3)在意向性中被意指的对象不是孤立的，与之相关的背景之物虽未被直接关注（成为课题），但仍是潜在的被意指之物，当其现时化时则成为意指的对象。“围绕着被意指的对象的是一个由非课题的一同被意指之物所组成的视域。”(4)“‘意向性’是指意识对被意指对象的自身给予或自身拥有（明见性）的目的指向性。”①

意向性这个概念指明“意识始终是关于……的意识”，它也标明了现象学哲学致思的路向。现象学对世界的思考不是预设一个“主体—客体”对立的关系，然后认识世界、思考我们如何能够认识世界等，而是在“意识始终是关于……的意识”的基础上展开哲学思考，思考我们是如何构造被意指的对象，这个思路可用于对艺术审美经验的分析。

美国当代哲学家约翰·塞尔从心灵哲学的角度在《意向性——论心灵哲学》一书中对意向性做了系统、全面的阐释，较为简明的是在《心灵、语言和社会——实在世界中的哲学》一书中的论述。“意识和我们人类必须想象世界上的物体和事态的能力之间有一种本质的联系。具有这种特征的是信念和愿望、希望和恐惧、爱和恨、骄傲和羞耻以及知觉和意图。这种特征在哲学上有一个专门的名称：‘意向性’。意向性是心灵的一种特征，通过这种特征，心理状态指向，或者关于、论及、涉及、针对世界上的情况。心理状态的独特之处就在于为了能够被我们的意向状态所表现，对象并不需要实际地存在。”② 同时塞尔指出意识的这种指涉世界、使我们得以了解世界的特征，即意识本质上是与意向性联系

① 本段引文均引自倪梁康：《胡塞尔现象学概念通释》，三联书店 1999 年版，第 250 页。

② ［美］约翰·塞尔：《心灵、语言和社会——实在世界中的哲学》，李步楼译，上海译文出版社 2001 年版，第 64、73 页。

在一起的，正是意识的意向性使我们得以认识世界，在世界上生存下去。当某种意向性成为集体的意向性，它就是我们建构人类社会制度、创造社会现实的基础。

同时，意向性也是心理学的重要概念，美国人本主义心理学家罗洛·梅这样解说意向性："我所谓意向性，是指一种给予经验以意义的结构。它不能等同于各种意向，而是隐藏在各种意向之下的一个层面。""我们的意向决定着我们如何感知世界。……在上面这些例子中，提供刺激的都是同一所房屋，作出反应的都是同一个我。但是在每一种情况下，这座房屋对我的经验都具有完全不同的意义。""然而这只是意向性的一个方面。另一个方面是意向性确实来自对象。它是我的经验与客观对象之间的一座桥梁。意向性是这样一种意义结构，它使我们作为我们这样的主体能够知觉和理解世界作为世界那样的客体。在意向性中，主客体之间的截然分割部分地被克服了。"①

在不同的学科中意向性这个概念的意思虽有所不同，但也有一些重叠的地方，本书引入意向性这个概念，将用于对审美经验的分析，主要在以下三个意义上使用意向性这个概念：首先，我们的意向决定了我们对世界的意图和感知方式；其次，意向性是主体意识与客观对象的相互关系，在相互关系中主体回应客体的要求以特定的方式对待客体，客体在特定的相互关系中显现它的意义和价值；最后，在存在的层面上，意向性的核心是人以某种方式对存在的关切及行动意欲。

（二）文艺美学视野中的艺术意向性

人生在世，各种事物迎面而来，我们自觉或不自觉地以各种方式应对，或以各种意愿求之，所谓"兵来将挡，水来土掩"是也。面对各种事物，我们有了各种不同的意向性。从以上关于意向性的

---

① ［美］罗洛·梅：《爱与意志》，冯川译，国际文化出版公司1987年版，第247、248、249页。

讨论看，我们可以区分不同意义结构的意向性，由此我们提出艺术意向性这个说法。我想听音乐，看演出，阅读小说、诗歌……总而言之，当我想欣赏艺术作品，有这个想法之时，艺术意向产生了，当我有条件面对合适的事物，并能与之进行艺术对话交流，就构成了一个艺术意向性。

艺术意向性的构成可以是有意识的行为，有意识地去阅读一本小说、聆听一场音乐会、参加戏剧演出等。或面对被标识为艺术作品的对象，我们自觉地以艺术的方式对待它，与之对话交流，从而展开一个成功的艺术审美经验。有时我们甚至可以超越常规地将艺术意向投向一般物品，尚未被公认为艺术品的对象，将它作为艺术品来欣赏与之进行艺术对话。后者是个别性最为突出的艺术意向性，也可能是最有创造性的艺术意向性。但我们也常常在无意中被某种事物、情景所吸引，或面对富有魅力的艺术作品时，不知不觉中激发艺术欣赏意向状态，进而对之采取艺术的方式，从而建构了艺术意向性。

在一般的意向活动与意向相关项的关系中，艺术意向性有以下几方面的内容。(1)面对某物或作品，我意欲将它作为艺术品。某物或许是符合艺术惯例，或许是处在特定的艺术活动场合，由此我能够方便的理所当然地将它感知为艺术品；也可能是我有独特的意愿，以独特的理由将并不符合惯例、规范的某物视为艺术品。(2)因此，以艺术的方式对待事物。即人以在以往艺术活动中形成的、既有的“艺术的方式”对待目前的事物，如观赏、游戏、抒情、珍爱、直观、阐释等。(3)主客体能够有效地相互回应“艺术”的要求，在具体的意向性中呈现为具体的艺术主体和艺术客体。(4)从而，艺术品在这样的关系中充分呈现它的意义和价值。

简而言之，艺术意向性就是意识活动以艺术的方式关涉、指向、解读、建构世界中的事物，在这样的关系中一般的主体和客体相互建构为艺术主体和艺术客体。或者说，只有人们能够以艺术的方式对待各种事物，我们才可能构成真正的艺术意向性。由此产生的问题是：什么是艺术的方式以及如何获得艺术的方式？什么时候、什么情境应该或可以采取艺术的方式对待事物？

第一个问题，什么是艺术的方式以及如何获得艺术的方式？这个问题的解决可以通过经典艺术作品的解读，领悟其中的形式规范，由此掌握艺术的方式。但其中隐含的问题是如何确定“艺术品”，并由谁来确定“经典作品”？这是个有意思的问题，所以我们在第二节要讨论一下艺术品的问题。

第二个问题，什么时候、什么情境应该采取艺术的方式对待迎面而来的事物？艺术意向性主要是意识的活动，而艺术方式则全面涉及意识、情感、身体等。教育体制、艺术机构、艺术活动场所、文化传统、艺术标志等引导或训练人们在合适的场合以艺术的方式对待事物。艺术方式包括对艺术作品的感受、体验、理解，艺术作品的创作、制作，艺术表现的身体技能等，具备艺术方式的主体才可能真正产生艺术意向状态。当然，人的艺术方式可能存在各种不同的层次和水平，但都是艺术方式，都可以构成艺术意向性。

就个体而言，在既存的社会体制、艺术世界所确立的活动场所、情境中接受各种艺术教育，感受经典作品，从而领悟经典作品中隐含的形式规范，掌握对待艺术品的方式。个体由此能够以艺术的方式对待事物，使之成为艺术客体。

二　艺术意向性中的审美意义

在不同的意向性中人和事物呈现为不同的主体和客体，艺术意向性的基本含义是主体与客体之间建立了艺术关系。将某物当作艺术品，这是艺术意向性的开始环节，进一步的意识活动，仍有不同方面的意向状态的可能性，仍可形成具有不同意义的艺术意向性。

因为一件艺术品同时可能还是收藏品、商品、实用品等，所以面对一件艺术品，人们还可能展开不同的意向活动，以各种不同的方式对待它。已经将某物视为艺术品，在此基础上我可能着重考虑的是它的经济价值，收藏过程中的增值，交换过程中的盈利，在这种意识状态中人呈现为经营者、收藏者，艺术品呈现为收藏品和商品，当然应当加上“艺术”的修饰语，即艺术品经营者、收藏者和艺术商品、艺术收藏品。同一件艺术品，在考古学者眼里它可能呈现了古代的生活情景，是一件考古的物证。以某物为艺术品，但艺术意向性中建构的意义却是将它作为达成某种政治目的、伦理目的、宗教目的的工具或手段，那么主客体双方呈现为艺术使用者和艺术实用品或工具。在艺术审美活动中，人以审美态度对待艺术品，在这样的意向性中主体和客体相互建构审美鉴赏关系，相互确立为审美主体和审美客体。

也就是说，艺术意向活动可能分解为政治、宗教、科学、审美等方面，文艺美学研究的重点就是艺术意向性中倾向审美性质的意识活动以及由此引起的言语行动和身体活动。

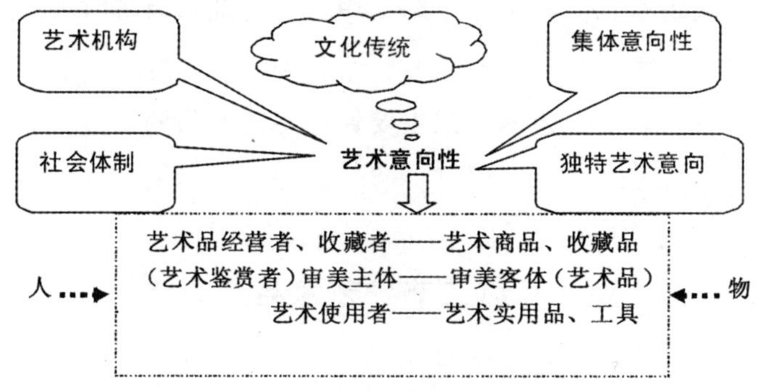

艺术意向性结构示意图

在艺术鉴赏活动中，欣赏者将作品作为艺术品对待，以让作品呈现自身的方式对待作品。于是在艺术意向性中，作品呈现为艺术品，欣赏者呈现为艺术主体，进而相互呈现为审美主体和审美客体。

艺术意向性结构示意图概要地标示艺术意向性结构中主客体仍可以呈现多种意义，建立不同的关系。在艺术审美鉴赏活动中，欣赏者将作品作为艺术品对待，以让作品呈现自身的方式对待作品。于是在艺术审美意向性中，作品首先呈现为艺术品，欣赏者呈现为艺术主体。此时的艺术品还具有多种意向状态的可能性，当意识倾向审美状态，艺术品成为审美对象而主体也呈现为审美主体。在现有的各种理论中，普遍认为艺术的基本特征是审美特征，文艺美学是采取这种立场最明显的理论形态，所以文艺美学研究的主要内容是艺术意向性中的审美意义。

强调审美意义的艺术意向性，其构成是我意欲将某物作为艺术品，从而以艺术审美的方式对待它，它能回应我艺术审美的需求，于是主客体构成艺术审美关系。我们面对的“某物”可能是公认的艺术品，自然而然地形成艺术意向性，也可能是非艺术品，鉴赏者有意以审美的态度对待它，由此建构为审美对象，那些将现成物当作艺术品的做法就体现了这样的艺术意向性。当然，这样的艺术意向性具有明显的探索意义，可能成功也可能不成功。其成功之处可以扩大艺术活动的领域，开拓艺术审美的新空间。这样的做法也拓展了审美因素在人的生存中的运用，当它推向极端时就出现了生活的审美化现象。

人的审美态度、艺术方式主要通过对艺术品的鉴赏与创作来培养。

第二节　艺术品

一个艺术审美经验的开始是面对一件艺术品或可能成为艺术品的事物。如何确认艺术品，是我们首先遇到的问题。须先行指出的是，我们不要设想能够采用一个“什么是艺术品”或“艺术品是什么”的定义来解决这个问题。也就是说，不能根据一个所谓的艺术品的定义完满地解决这个问题。

经由文化传统的培养，我们都知道什么是艺术品、文学作品，我们可以很容易地在各种场合认出艺术作品，比如音乐、美术、文学作品等等。但要给艺术品下一个定义却很不容易。传统艺术形式的演变比较缓慢，给艺术品下一个描述特征的定义似乎还有可能，随着 20 世纪现代艺术的兴起，各种艺术品在形式、性质、内涵、功能上的相似性越来越少，于是，将艺术作品作为一种与人相对的对象而给艺术品下一个定义并描述艺术品的共同特征就成了一个难解的问题。但是，对艺术品的思考是重要的，因为历来认为艺术审美经验是人类审美经验的高级形式，对艺术品的鉴赏往往相当于审美经验。

或许，我们可以设想存在某种超越表层特征的内在的本质特征，从而使某些物品成为艺术品。如克莱夫·贝尔仍然认为“艺术品中必然存在着某种特性，离开它，艺术品就不能作为艺术品而存在”，贝尔把这种特性称为“有意味的形式”。“在各个不同的作品中，线条、色彩以某种特殊方式组成某种形式或形式间的关系，激起我们的审美感情。”① 尽管克莱夫·贝尔只是针对视觉艺术（并非全体艺术种类）立论，但是，“贝尔的这种探究方式被许多哲学家认为是极其错误的。维特根斯坦称这种错误为‘本质主义’。”② 还有其他的一些“本质主义”的定义，如艺术是现实的审美反映，或艺术家的情感表现之类。显然，这种“本质主义”的定义方法现在很难被普遍接受，主要原因是现代艺术的各种表现形式总是突破各种对艺术进行本质描述或界定的“艺术定义”。对某种本质主义的艺术品定义，现代艺术家总要反其道而行之：“如果传统上认为艺术品的生产应当是经过深思熟虑的和受个人控制的，现代艺术家偏偏要生产‘偶然性’的作品；如果传统上认为，艺术是感性的和直觉的，现代艺术家偏偏要生产‘概念性’的艺术；如果传统艺术倾向于形式的丰富或‘密集’，现代艺术偏偏生产出‘最稀薄’（minima）或‘仅停留于平面上’的（surface）艺术……”③ 现代艺术，特别是名为“当代艺术”的一些艺术创作，确实是有意识地创作与各种现存的艺术观念背离的“艺术品”。

---

① ［美］克莱夫·贝尔：《艺术》，中国文联出版公司 1986 年版，第 4 页。

② ［美］布洛克：《美学新解》，滕守尧译，辽宁人民出版社 1987 年版，第 285 页。

③ 同上书，第 304 页。

而力求涵盖所有艺术品的艺术品定义，往往不是太简单就是太空泛，难以作为辨析什么是艺术品的标准或依据。当代艺术，实际上无法从既成“作品”的构成、材料、内容、形式等方面概括它们的共同特征，从而迫使人们不得不从艺术存在的过程描述艺术品的特征。

还有一种思路是不对艺术品做客观化的本质规定，而是从艺术世界的惯例、艺术品的功能、艺术品与人的关系等方面说明某物为什么是“艺术品”。如乔治·迪基说：“类别意义上的艺术品是：1. 人工制品；2. 代表某种社会制度（即艺术世界）的一个人或一些人授予它具有欣赏对象资格的地位。”[①] 布洛克：“所谓艺术品，就是某种由艺术家创造出来作审美观照或表达艺术家之审美主张（或被艺术家借用来表达自己艺术主张——如非洲面具）的东西。”[②] 这样的“定义”关于什么是艺术品的界限是很模糊的，但也说出了当代某些艺术活动的特征，对我们来说还是很有启发意义的。“人工制品”，十分广泛，机器、家具、日用品都是“人工制品”，但有时我们也可以将它当作艺术品。对自然事物的挑选也可以说是一种“人工制品”，中国当代流行的根雕艺术主要的就是对自然树根的挑选并加以想象、命名，玩“奇石”则只是挑选，在石头中“看”出某种形象和意义。按这样的思路，决定什么是艺术品的关键已不是某物的客观属性，而是人们的艺术意向，即将某物作为欣赏对象，而且总有办法让它成为“艺术品”。克罗齐早说过：“在回答‘艺术是什么’这个问题时，可以开玩笑地说（这个玩笑并不坏）：任何人把艺术理解成什么，艺术就是什么。”[③] 我倒觉得克罗齐这个说法不是开玩笑，其实，对什么是艺术品的思考，

---

① ［美］李普曼：《当代美学》，光明日报出版社 1986 年版，第 110 页。

② ［美］布洛克：《美学新解》，滕守尧译，辽宁人民出版社 1987 年版，第 311 页。

③ ［意］克罗齐：《美学原理·美学纲要》，朱光潜等译，人民文学出版社 1983 年版，第 168 页。

也可以这样说，什么是艺术品，只有你认为它是艺术品，它对你而言才是艺术品。而且，只有你认为某物是艺术品，你愿意将它当艺术品并以鉴赏的方式对待它，你的艺术审美经验才真正开始。

如果放弃对艺术品做本质主义的界定，转换思路，我们发现各种作品正是在艺术意向性中成其为艺术品的。艺术活动本身就是创造性的活动，所以人们的艺术意向性总是在寻求突破既有的秩序，所以人们将各种事物当作艺术品的意向是富有创意的，因此被当作艺术品的事物也就形态各异了。当然，面对形态各异的艺术品，我们可以承认、也可以不承认其中的某些作品为艺术品，比如杜桑的《喷泉》，可以认为杜桑是胡闹。但是，如果这些极其怪异的行为不是胡闹而是有自己认真的思考和严肃的追求，各种超出现存艺术观念的作品有它们自己成为艺术品的理由，后续的艺术史也说明它们可以成为艺术品，那么我们需要分析艺术意向性如何使一件物品成为艺术品。同一种类型的小便池，为什么杜尚送去展览的是艺术品，与它同类型的其他小便池就不是？于是关于艺术品的思考，应该从“艺术是什么”的角度转向思考“为什么是艺术”。当人的意欲将某物作为艺术品时，就有了一个艺术意向状态，这个意向状态得到满足，也就是这个事物能够成为艺术品，这个事物之所以成为艺术品，是因为：

1. 它们是艺术家创作的作品。在人类社会结构中，一些人被确定为艺术家。因为他们受过专门的训练，他们具备公认的艺术才能，他们在体制中获得艺术家的身份（如成为各种艺术家协会的会员）等，这些人以艺术创作的名义制作的作品可以被认为是艺术品。当艺术家的创作符合常规时，作品自然而然地成为艺术品。当艺术家特别强调独特性、创新幅度特别大时，它们是不是艺术品就出现了争议，但仍围绕是否“艺术品”进行讨论。甚至像杜桑那样以强烈的艺术意向对待现成物品、拿现成物品作为艺术品时，因为杜桑或杜桑们是“艺术家”甚至是著名画家，所以，艺术界要讨论这个物品是不是艺术品，对这个物品也集中在是/不是艺术品的话题中讨论。至于不具有艺术家身份的人，搬弄一些现成物品，一般艺术界不会理会它是否艺术品。在现实的艺术活动中，一般物品成为艺术品首先是艺术家的艺术意向的作用。

2. 这些作品得到艺术权威机构的承认。在长期建构的社会体制中，形成专门从事艺术活动的机构，如艺术家协会、艺术研究所、大学的艺术学院、艺术品出版机构（出版社、艺术展览会等）、艺术品收藏机构（艺术馆、艺术博物馆、美术馆等）、艺术品销售机构（画廊、艺术公司等），这些机构以它们的方式确认某些作品或文本为艺术品。特别是当艺术家的创作有争议时，这个作品是否得到艺术权威机构的承认则成为是否成为艺术品的重要因素。其实，各种艺术权威机构的判断，在实际上代表着当时社会的集体艺术意向性。一件艺术品也须得到集体艺术意向性的认可才是切实的艺术品。

3. 这些作品符合流行的艺术观念。艺术家、欣赏者、艺术机构对艺术品的鉴定也是依据一定的艺术观念进行的。一些基本的艺术观念是创作艺术作品、建立各种艺术机构的理论依据。但艺术观念又是人们通过各种艺术话语建构起来的，艺术观念并非一成不变，重大的艺术创新可能极大地改变流行的艺术观念。所以，艺术观念与艺术品是相互建构的关系，一方面作品须符合艺术观念；另一方面艺术观念也随着艺术作品的创新而改变。

4. 这些作品与经典艺术作品相似。一件作品是否艺术品，对个体的、普通的接受者而言，往往将它与经典艺术作品比较，如果与经典作品相似，则倾向于认可它的艺术品资格。这种流行的以经典艺术作品作为标准的艺术意向性，往往是作者或接受者在经典作品的熏陶下形成了关于某种艺术品的范式，从而以此范式在现实的艺术活动中规范艺术品。这一方面可以方便地确认艺术品，一方面也成为阻碍创新性艺术品的出现。

5. 在具体的艺术审美经验中，这些作品最终必须符合我自己的艺术观念。但最终对一件物品作出判断的是个体的艺术意向，一件物品，是否成为艺术品，在具体的接受者这里，最后的依据还是它们是否符合我自己的艺术观念、符合我自己的艺术品标准，符合的是艺术品，不符合的则不承认它是艺术品。尽管我的艺术观念会参考、借鉴以上的各种因素而形成，但在具体的艺术审美经验中，最终做出决定的是我的艺术意向性。我们在这个意义上说，什么是艺术品，你认为是艺术品它就是艺术品。个体的艺术观念也是不断在变化、发展的，但也应该是有自己的个性化的依据与规则，这就显示了自我的艺术观念的自律性。

某一物品满足上述各种要求，所以会在各种场合被认为是艺术品。以上的各种因素对一个艺术意向性的构成都有关系，但都不是绝对的最后依据。而且，我们也可以注意到以上各方面都处于不断的变化之中。同时，由于艺术活动鼓励独创性，所以，允许个体的艺术意向超越既有的公众的艺术意向而表现出来，并可能征服公众而得到赞许。这是艺术意向性最有趣的地方，艺术意向性也显出活泼、自由、大胆、奇特甚至怪诞的特征。艺术史也表明艺术家各种奇特的艺术创作为人类艺术的进步作出了独特的贡献。所以，面对怪异的艺术品就不能简单地否定它们了，应该综合考虑以上各个方面的相互作用。因此，关于艺术的理论研究应采取一种宽容的态度，承认形态各异的作品都可以是艺术品，然后再思考它们为什么是艺术品或为什么不能成为艺术品。

如果奇特的作品可能、可以成为艺术品，也就意味着艺术品的标准不可能是唯一的某种标准，不可能定于某个公式或定理。它们之所以成为艺术品，有自己的法则，所以要阐释那些奇特、怪诞的作品为什么是艺术品，我们则不得不承认艺术品的自律性，某物之所以成为艺术品有它自己独特的构成法则，它与其他事物建立了独特的关系，由此而成为艺术品。在艺术鉴赏中只有认真理解这个独特的构成法则，才能真正理解这个艺术品。如果认为只能有一个划一的规则，那就会以一种规则作为固有的标准判断什么是艺术品，它所讨论的问题只是依据某种标准判断“什么是艺术品”，这样倒是省事，但也会扼杀各种具有独创性的艺术作品。一种有说服力的艺术理论，应该有能力阐释最独特的艺术作品，所以文艺美学的研究应该认真理解艺术的自律性，阐释艺术品的自律性。

艺术品的自律性，首先，在社会文化中某种艺术品的形成具有自己独特的途径。我们可以从历史、社会、宗教、哲学的角度谈论艺术、文学，把艺术品当成社会文化运动的产品。在特定的时刻、特定的位置以特定的方式构成某种艺术品，这种艺术品的产生是按照某个独特的规律造成的。其次，是某种艺术品的自身构成也有自己的法则，这是艺术品内部的自律性表现。先前我们说过，艺术品是在创作、接受过程中才真正存在，从审美经验的角度看，艺术在审美经验过程中存在，而为了让艺术品真正存在，本真地呈现，接受者应该尊重艺术品的自律性，而不是以接受者自己原有的艺术观念限制艺术品的呈现，由此艺术品才得以真正存在。

综上所述，我们首先达到这样的认识，即不可能得出一个普遍接受的、涵盖一切艺术品的定义，因此我们不能以某种定义为唯一标准认定艺术品。但人的艺术审美经验又必须以艺术品作为起点，艺术审美经验的展开还必须首先确定什么是艺术品，对这个问题的解决我们真还不得不遵从惯例，服从艺术史的延续，尊重当代艺术家或艺术机构的选择。当然也可以有自己的看法和选择。而文艺美学，则已隐含一个更为看重经典作品的立场，所以我们的立论更多的从经典作品出发论述艺术审美经验。因为经典艺术作品隐含了艺术品之所以为艺术品的丰富、复杂、生动的因素，而这些因素是不能用一个公式或定理来概括的。

当我们开放地承认形态各异的作品为艺术品时，也就承认了艺术品的自律性。但作为一个具体的审美经验者，还是不可能接受所有的作品为艺术品，可是，接受或不接受，不是以某个固定的标准作出判断，而是在尊重艺术品的自律性从而深入阐释艺术品意义的基础上作出的判断。但是，判断一件物品是艺术品，并非艺术审美经验的完成，而只是它的开始，为了真切感受艺术品敞开的世界，理解其中独特的意义，我们更要深入理解艺术品的自律性，不然的话，很可能从某种既存在观念出发，不是从作品本身出发解读作品。尽管可能显得很有道理，但却是没有对象的论述，因为尽管是多角度地解读作品，但还是未就作品本身解读作品。因此，为了让艺术品真正地存在，我们必须在艺术鉴赏中尊重艺术品的自律性、深入理解艺术的自律性。

第三节　艺术自律性简述

在艺术存在的过程中可以更好地理解艺术的自律性。或者说在具体的艺术品的接受过程中揭示艺术自律性的意义。物之物化总有自己的规则，而艺术品的存在过程更明显地表现出它的自律性。

一　艺术自律性的涵义

在上文中我们已经使用了艺术自律性这个概念，现在要说明一下本书在什么意义上使用艺术自律性这个说法。首先是作品自身构成的自律性，也就是作品形式构成的自身的独特规则；然而这种自身构成的独特规则并非无所凭依，它所构成的作品总在特定文化语境、特定的情境中出现的，这就显出艺术自律性的另一层意义，即出现的必然性与独特性。

强调艺术自律性的观念一般认为艺术世界是独立的、自足的世界，艺术世界具有自己的规则和标准。这个看法往往被误读为主张艺术脱离现实人生。其实，在人的整体生存中，艺术、科学、伦理、宗教、经济、政治等构成了人的生存的各个环节或范畴，进而构成不同的界别（世界），它们都从各自的角度对生存作出独特的阐释，各种理论和阐释都有自己的自律性，艺术活动具有自律性并不是什么奇怪的现象。艺术的自律性是在与其他理论阐释的比较中显出它的独特性的。艺术的自律性并不脱离于人的生存现实，相反，正是艺术的自律性才使得艺术以独特的方式揭示生存的真理。

在这里我们要注意的是，不能只承认经济活动、物质生产活动是人的现实生存方式，不能只承认科学才揭示真理，从而将艺术规则与经济规律、科学法则的不同认为是艺术脱离现实，以为艺术无法揭示生存的真理。比如同时对一个生存事件的叙述，新闻报道的叙述与文学中的叙述就有不同的方式，英加登说："在文学的艺术作品中陈述句不是真正的判断而只是拟判断，它们的功能在于仅仅赋予再现客体一种现实的外观而又不把它当成真正的现实。"① 所谓"拟判断"是所指为虚拟的现实，不能要求确有其事，因此对这些语句的理解与事实报道和科学文本不同，它们显示了不同的，但同样真实的意义。如杜甫《月夜忆舍弟》："戍鼓断人行，边秋一雁声。露从今夜白，月是故乡明。有弟皆分散，无家问生死。寄书长不达，况乃未休兵。"其中感人至深的名句"月是故乡明"就是一种虚拟判断。这不是科学的真实，但具有人的生存的真实意义，是思念、热爱故乡的真情。

艺术自律性在具体的艺术创作和鉴赏过程中体现出来。② 从艺术存在的方式看，接受主体、创作主体须在活动中才成为真正的接受主体和创作主体，作品须在创作、接受过程中才达到真正的存在。在艺术的存在中，从主体的角度看，自律也就是自主。审美经验的展开其前提就是主体对审美对象的自主判断。宗白华翻译的康德《判断力批判》中有："鉴赏只对于自主性提出要求。把别人的判断来作自己判断的规定根据，这将是他主性了。"③ 同一段话邓晓芒的译文是："鉴赏只对自律提出要求。若把外人的判断当作自己判断的规定根据，这就会是他律了。"④ 康德的这个说法道出了

① ［波］英加登：《对文学的艺术作品的认识》，陈燕谷译，中国文联出版公司1988年版，第11页。

② 参见本章附录《艺术自律性新探》的相关论述。

③ ［德］康德：《判断力批判》上卷，宗白华译，商务印书馆1964年版，第125页。

④ ［德］康德：《判断力批判》，邓晓芒译，人民出版社2002年版，第124页。

从主体一方体现出来的艺术自律性特点，鉴赏或审美经验的开始，首先要判断对象是不是艺术，然后判断是不是美的艺术，如果以别人的判断当作自己判断的前提，那就不是自己的判断，个体的审美经验也就无法展开，所以真正的审美经验的展开必然始于判断的自律（自主）性。如果一个人迫于外力的影响，不得不说某作品是艺术或说某艺术品是美的，但内心却拒绝承认它为艺术品，那他面对这一作品肯定无法展开他的审美经验，所以这件作品对这个人来说就是非艺术品，它也就无法实现真正的存在，即使这确实是一件公认的经典的艺术品。

阐释艺术自律性的各种理论，更多的是从艺术品的角度论述艺术的自律性。其凝聚点是艺术品的自律性。艺术品的自律性可从三个层次来理解：第一，艺术品有独特品格，不同的艺术品首先是由不同的材料，使用不同的技术制作而成的，而“每一种艺术的美的法则是跟这种艺术的材料和技术的特点分不开的。”① 因此，导致艺术品自律性第二个层次的意义：艺术品具有自身的规则，既是根据不同的材料特性而形成特定的法则，又是具体的个别的作品其构成的法则也是独特的。艺术接受必须服从这些独特法则，艺术品才得以真正存在。第三个层次是，在艺术品的存在中，作品要求读者按作品自立的标准理解作品。更直接地说，是艺术品具有自立法则的属性，法自我立。艺术品是自立标准的，我们不能用绘画的标准批评音乐，不能用齐白石的标准评价毕加索，不能用侦探小说的标准衡量言情小说，等等。这些现象就是我们所说的艺术品的自律性。

二　美的艺术是自律的

艺术品自律性的根源在于人的本真的生存。人的本真生存是独

① ［奥］爱德华·汉斯立克：《论音乐的美——音乐美学的修改刍议》，杨业治译，人民音乐出版社1980年版，第16页。

特的，不可替代的。唯有本真的生存着的人，能领会社会现实提供的无数生存的可能性，能自主地选择、建构，能自主地克制、改造，能自主地以神性为尺度提升人生的境界。人的类本质是自由自觉的活动时，并非说人对世界中的万物可以随心所欲地“改造”，而是应该把握为人“按照美的规律来构造”。生存在世界中的人不是将万物作为抒发情感的工具，更重要的倒是揭示物之为物，让物是其所是，在这样的基础上才可能按照美的规律来构造。如果艺术创作追求这样的审美意义，那么，作为生存真理的展现的艺术品，它必然是自律的。因为，存在者的是其所是必然具有独特的构成方式和构成规则，因此，作为存在者的本真呈现的艺术品，应该具有自律性。

如果对艺术品采取审美的态度，不是以总有偏向性的伦理、政治、宗教、经济态度对待艺术品，我们则可以轻易地感受到艺术品的自律性，在艺术品身上体现出一种内在的、自然的必然性，尽管我们知道这艺术品是人工制造的，但却感到它仿佛是自然天成的。这样的艺术品是美的艺术品。如康德所说，“美的艺术是一种当它同时显得像是自然时的艺术”，“艺术只有当我们意识到它是艺术而在我们看来它却又像是自然时，才能被称为美的”。[①] 艺术品是人工制作的，但它看上去又像是自然的，有其内在的必然性，像是自然生成的，非如此不可的，这就体现了它的自律性，它有自己的构成规则。这就是艺术品自律性的表现。

艺术而像自然，也就意味着它的出现、创作并不是按照某种先在的政治、宗教、伦理、经济定则制作出来的，也不是依照某种意识形态模式生产出来的。它自然而然地诞生，浑然天成地出现。从自身的构成看，它是一个完整自洽的整体，体现了构成的自律性。从它的出现看，它应是一个本真的自我建构的结果，所以才看起来

① ［德］康德：《判断力批判》，邓晓芒译，人民出版社2002年版，第149页。

显得是自然的。这实际上的意义是，美的艺术以诗意向往为导向，超越了各种意识形态模式而建构了自身，所以它是美的也应该是自律性的。

我们随即可以指出任何作品的出现都不是凭空出现的，总是在特定的历史文化语境中出现的，但美的艺术品的出现还是具有自律性的。具体分析一个艺术作品在历史文化语境中的出现，可以发现各种文化因素对它都有影响、制约甚至建构的作用，但我们也可以发现任何一种因素都不是唯一发生作用的因素。在这个向度上的自律性表现为美的艺术品与各种文化因素建构了独特的关系，建构了独特文本链接。正是这种独特的文本链接构成了这个艺术品的独特意义，我们要正当解读这个艺术品，也就必然要理解它的独特的文本链，它之所以产生的独特路径，这也就显示了艺术品的自律性。

在人类的文化传统中，“美”“艺术”这两个词语被赋予众多美好的意义，其中最重要的一项是它们总是代表着创造性。因此，美的艺术，这个说法已隐含着要求这个作品必须具有创造性。所以，当我们说这个作品具有自律性，它的自身构成具有独特性时，实际上的意义是在说这个作品与传统的相近、相似、相关的作品比较，它具有自身的独特性、建构了自身的规则，它与传统的同类作品对话，产生了自己独特的意义。所以，在这个意义上说它具有艺术的自律性。

艺术品的产生，作为诗意的创造，它应该是自律性的。

三　天才为艺术立则？

艺术自律性表现为艺术品的产生总是自立法则的，杰出的经典艺术作品作为美的艺术是独创的。那么，一种看上去无所依傍的自立法则如何可能？康德的解决方法是将它归因于天才的创造，是天才为艺术立则。当然现代人正在质疑这个论断，所以这个小标题应该打上问号。

“美的艺术只有作为天才的作品才是可能的。”“天才 1. 是一种产生出不能为之提供任何确定规则的那种东西的才能：而不是对于那可以按照某种规则来学习的东西的熟巧的素质；于是，独创性就必须是它的第一特性。2. 由于也可能会有独创的胡闹，所以天才的作品同时又必须是典范，即必须是有示范作用的；因而它们本身不是通过模仿而产生的，但却必须被别人用来模仿，即用作评判的准绳或规则。3. 天才自己不能描述或科学地指明它是如何创作出自己的作品来的，相反，它是作为自然提供这规则的；因此作品的创造者把这作品归功于他的天才，他自己并不知道这些理念是如何为此而在他这里汇集起来的，甚至就连随心所欲或按照计划想出这些理念、并在使别人也能产生出一模一样的作品的这样一些规范中把这些理念传达给别人，这也不是他所能控制的（因此天才这个词也很有可能是派生于 genius［拉丁文：守护神。——译者］，即特有的、与生俱来的保护和引领一个人的那种精神，那些独创性的理念就起源于它的灵感）。4. 自然通过天才不是为科学、而是为艺术颁布规则；而且这也只是就这种艺术应当是美的艺术而言的。"① 这段话所说的是，美的艺术作为天才的艺术。必须是独创性的典范，这典范隐含的规则是独特的，又是无法用概念描述的，总之，自然通过天才"为艺术颁布规则"。对这个规则，康德附加说明"不能把它以任何公式写出来用作规范"。② 这种不能用任何公式表达的规则，就是一种自律性的规则。康德认为"机械的、作为单纯勤奋的和学习的艺术"③ 是与美的艺术相对立的，但他也认为美的艺术必须合乎某种规矩，比如天才创作绘画作品首先还得是绘画，必须符合绘画的形式规范，不能是胡闹的"独创"。

中国清代画家石涛提出著名的"一画之法"："太古无法，太朴不散，太朴一散而法立矣。法于何立？立于一画。一画者，众有

---

① ［德］康德：《判断力批判》，邓晓芒译，人民出版社 2002 年版，第 151～152 页。

② 同上书，第 153 页。

③ 同上书，第 154 页。

之本，万象之根；见用于神，藏用于人，而世人不知。所以一画之法，乃自我立。立一画之法者，盖以无法生有法，以有法贯众法也。”（《画语录·一画》）这段话生动描述了一个画家如何按自然的法则创作而自然又通过画家立法的过程。在绘画创作中，面对一张白纸，从无生有的创作过程与自然从太古的演变相似，这意味着绘画创作与自然演化的一致性，必须遵从自然根本法则。但毛笔一挥，一画下去，在无法中生有法，则是这一创作过程中自立的法则，能够“以有法贯众法”，由此而不受制于外在的“法”。“古今法障不了，由一画之理不明。一画明，则障不在目而画可从心。”然而这“一画之法”，正是体现了“乾旋坤转之义”（《画语录·了法》），这是自然演变的根本大法。画家在创作中仿照自然的根本大法，为作品的构成自立法则。

达·芬奇油画:《蒙娜丽莎》

艺术的自律性使得作品的创作仿佛是自然天成的，在创作、鉴赏过程中又显得好像非如此不可。杰出的艺术家、文学家（天才）是为艺术立法则的人。天才为艺术立则，从艺术史上看适用于那些伟大的艺术家的创作，他们创作的杰出的作品成为经典，经典隐含某种艺术规范形式，这形式规范后人的创作和鉴赏。这个过程以某种规范形式为标志，体现着艺术的自律性，即某种艺术范式的内在的规则。一般的艺术家可以接受“天才”创立的规则，按这些规则“创作”作品，这样的作品所隐含的法则从根本上说还是自律的。

石涛与康德的论述，在强调“法自我立”、天才为艺术立则的同时，也体现了独创性与某种先于艺术创作的规矩之间的辩证关系。真正的艺术家、天才的创作是独创的，但这种独创也必须在一

吴道子:《八十七神仙图卷》局部

定的文化基础上才得以完成。比如达·芬奇的《蒙娜丽莎》与相传为吴道子画的《八十七神仙图卷》,应该说都是独创性的作品,但所使用的材料、技法却遵从各自所属的艺术传统,是在一定的艺术传统基础上的独创,而不是“胡闹”。中国画与西方古典写实画法,由于观看的方式不同而形成了不同的绘画规则。同样画人像,那么中国画主要用线条造型,西洋绘画则主要用块面造型,形体的块面在中国画中反而留下空白,给观画者留下想象的空间。因此中国画显得空灵、流动、飘逸,西方写实画法显得精微、逼真、切实。这种基于不同视觉特点的观看方式是长期形成的,其中或许由于某个杰出、天才的艺术家的出现而使某种艺术范式得以完善,但无论如何,具有自律性的各种艺术范式还是体现了不同的文化特征。①

可以说,艺术的独特规则是天才创造的,更是文化的结晶。我们可以从绘画、音乐的一般规则看出艺术具有自律性这一属性。在音乐方面,对乐音的选用原则不同,也导致了不同的音阶体系、音乐范式。习惯于某种自律性之后,总以为这是天生自然的规则,普遍的原则。习惯于某种艺术自律性,并以之为“自然”的规则,也就体现出特定的文化特征了。人类创造了无数的艺术作品,各种艺术作品隐含自己独特的法则,这些法则都是在文化的运作过程中形成的,不是天生自然的。

由于艺术品也是文化传统的产品,各种艺术品的相似之处使之形成各种艺术体裁、流派、风格等类别。各种艺术体裁、艺术流

① 参见附录《艺术自律性新探》的有关论述。

派、艺术风格在它们的代表性作品中隐含着各种艺术范式，这些范式的构成具有独特的法则，所以我们可以在不同层次理解艺术自律性。当我们指称某某流派、风格时，实际上也言及某种艺术范式及其自律性。鉴赏者在接近经典作品的过程中领悟关于某种艺术的范式及其自律性，在自己的意识中形成关于某种艺术的范式，由此作为艺术鉴赏的基础。一方面可以真正地解读作品本身；另一方面可以恰当地理解不同文化背景中的艺术作品。

艺术品的自律性，一方面是构成的自律性；另一方面是文化中的自律性，这样理解才是完整意义上的艺术自律性。把握完整意义上的艺术自律性“天才为艺术立则”的说法可以得到恰当的理解。一方面是在创作过程中，杰出的艺术家是在无法之中自我立法；一方面是文化整体的运作通过艺术家立法。所以，在艺术鉴赏和艺术批评时，我们须认真理解艺术作品中的内在规则及这个文本与相关文本的独特关系，这两方面的结合，则显示出作品“自立”的批评尺度，这是作品所要求的适合于它的批评标准。

四　尊重艺术自律性的意义

一个艺术作品的构成是多层次的文本构成，材料、形式元素、意象描述、抽象理念等在一个作品中形成和谐的整体。同时它又与相类似的艺术文本形成某种类型。所以一个文本既是独特的又从属于某种类型，于是艺术的自律性也存在于独特文本与文本类型的各个层次之中。在实际的鉴赏过程中，鉴赏者本身已拥有关于某种类型的艺术的相关艺术范式，即这个作品属于何种类型，这类作品的基本范式有何特征等。但从自律性的角度看，每一个作品也隐含其独特的规则，而且艺术自律性实际上是由艺术品的自律性得以体现。所以，强调艺术的自律性，主要是对作品自律性的尊重，尊重艺术品本身的独特价值。尊重艺术自律性，意味着接受主体对自身的艺术观念的克制，力求理解作品本身，对作品蕴含的法则的深入理解，从而更好地解读作品本身，从而充分实现作品的文化功能。

在文本的接受过程中，接受者自己原有的艺术范式、欣赏习惯制约着接受对文本的解读，如果接受者僵化地运用自己的艺术范式去规范作品，则粗暴的以一己偏见接受或拒绝艺术品，导致片面理解作品。如鲁迅曾描述不同的人对《红楼梦》的不同看法："经学家看见《易》，道学家看见淫，才子看见缠绵，革命家看见排满，流言家看见宫闱秘事……"① 这种现象正是无视艺术自律性的存在，而用自己的偏见去解读《红楼梦》。如果尊重艺术品的自律性，则自觉激活艺术品隐含的艺术范式，让这个范式与主体既有的艺术范式相互交流、调整，从而达到一个更为完善的解读，让作品实现真正的存在。

所以，对艺术自律性的尊重，应该设为艺术审美经验的先行原则。尊重艺术自律性意味着在文本解读中坚持回到作品本身，坚持审美地解读文本，不可越过作品本身而得意忘象，更不可脱离文本而任意玄想。一幅肖像画，确实画了某一个人，如果艺术作品是为了让我们通过画而认识这个人，那么高清晰度的照相机就是最伟大的艺术家。艺术自律性的解读则引导我们关注各种色彩、线条、块面、明暗、形体所构成的独特关系，解读作品是如何通过这些形式因素表现这么一个人的。审美的解读首先要理解、感悟这些线条、色彩、构图所具有的特定意味。如同克莱夫·贝尔所说，正是这些线条和色彩组成的某种形式"激起我们的审美感情"②。一个观画者，如果不能感受作品中独特的线条、色彩构成所具有的意味，可以说他/她不懂绘画。在这方面，中国画的要求更为严格，不理解毛笔、宣纸、水墨的特性，不理解中国画运笔的韵致，就不可能真正理解中国画。对音乐的审美解读同样必须建立在真正理解乐音运动的意味的基础上，不然的话，我们可以不必聆听音乐作品而很有

① 鲁迅：《〈绛洞花主〉小引》，《鲁迅全集》第8卷，人民文学出版社2005年版，第179页。

② ［美］克莱夫·贝尔：《艺术》，中国文联出版公司1986年版，第4页。

学问地、见多识广地说《二泉映月》表现了阿炳不幸的一生，贝多芬的《命运交响曲》表现了对命运的抗争，尽管可能从未听过这些乐曲，或者不必听这些乐曲就可以具有这些“知识”。如果一首诗、一部小说是为了让我们知道某个主题，某个道德观念，那么当我们知道了主题和道德观念之后，可以不必读文学作品了。这样的“解读”就有点近于荒唐。好在中国的文学以诗为主要传统，历来重视对文学语言表达的感受，如关于“推敲”的故事，“欲穷千里目，更上一层楼”“春风又绿江南岸”“红杏枝头春意闹”等名句的广为流传时时提醒人们关注文学的语言本身，关注非如此不可的遣词造句，欣赏不可增减一字的文本构成。这也可以说是以巧妙的方式引导读者关注作品本身。

对艺术作品言外之意、象外之象的领悟，也应高度重视文本产生的自律性。文本的言外之意是在读者与文本对话之中建构出来的，接受者只有深入、全面地理解文本在文化网络中的位置，文本与文化中的其他文本的独特关系，才可能合理地解读该文本所蕴含的独特意蕴。尽管读者解读文本的意义可以发挥自己的创造性，但并非脱离文本的任意玄想，应是创造性与尊重艺术自律性的辩证统一。在这样的辩证关系中，深入理解艺术作品的自律性，实际上是理解鉴赏者自身之外的蕴含于作品之中的另一种思想、情感、方法、立场，在真正的对话中接受者的视界得到拓展、提升，由此进入新的境界。

因此，一个实际的鉴赏过程，应理解作品所属的艺术范式，领悟这个范式的自律性。理解了作品的自律性，才能真正地接受作品，让作品真正地实现它的存在。遵从作品的自律性，让作品真正实现它的存在，让它是其所是，这才是审美经验的真正展开。对艺术作品的批评也应该以充分的艺术审美经验作为前提才是合理的艺术批评，这就是尊重艺术品的自律性，以最适合这个作品的标准展开批评。理解了艺术品构成与出现的自律性之后，我们援引其他尺度进行的批评才是有根据的、有对象的批评。

第四节　审美经验与审美对象

艺术与美有天然的密切关系，对艺术品的特性的分析是为了给审美经验的分析打下一个基础。接下来的问题是什么是审美观照或审美知觉或审美经验？什么事物可以作为审美对象？文学艺术作品在什么条件下成为审美对象？

一　通过艺术品界定审美经验和审美对象

如果说文艺美学研究的重点是艺术审美经验，那如何界定审美经验首先就是个问题，我们也许会说对审美对象的经验就是审美经验，那什么是审美对象又成为问题了。“我们当然应该用审美经验所经验的对象即下文所说的审美对象来界定审美经验。……审美对象只能作为审美经验的关联物而界定自己。”[①] 这里形成了一个循环，在人文科学中，这种循环是普遍存在的、不可避免的。各种事物是在艺术审美意向性中成为审美对象的，审美对象不可能像石头、树木那样是一种外在于人的客观存在物，须在审美经验中才有审美对象，也只有对审美对象的经验中才有审美经验。这是人的审美经验的基本事实本身，所以对它的研究不可能像自然科学研究那样提出一个原始的概念和定理，然后逐步推出下一层的观点和论述。

审美经验的基本环节是人以审美态度对待艺术品，感知、体验艺术品，理解艺术品，从而沉醉于艺术享受之中。在审美经验中，最基本的关系是审美知觉和审美对象的关系。在这个关系中，我们不得不看到，审美知觉与审美对象也是相互依存、相互确立的。

显然要切入这个循环，从具体的个体来说，不能让对象从属于

① ［法］米・杜夫海纳：《审美经验现象学》，韩树站译，文化艺术出版社 1996 年版，第 3 ~ 4 页。

经验，如果那样就陷入心理主义、唯心主义了。也不能把决定权交给“客观存在的美”，这样的说法看似客观，实际上更是一种唯心主义的思路，因为“美”的事物从更广阔的角度看也是人建构出来的，而且在具体的审美活动中，什么是艺术或什么是美，也还依据于个体的审美意识的确认。为了避免确认审美经验的主观任意性，我们通过艺术品来说明和规范审美经验。人类的艺术活动体制、规则，人类创造的艺术成就，历史地形成的艺术传统，这些事物尽管是人创造的，但针对个体的活动而言，它们已是一种客观的存在，个体的人必须面对这个客观存在的事实，接受这个事实，才可能从事各种具体的艺术活动，展开艺术审美经验。一个直接的事实就是，人类的艺术史确认了众多的经典的艺术作品，这是一种客观存在。因此，要解开以审美经验界定审美对象，以审美对象界定审美经验的循环，在实际审美活动中确立审美经验，以经典艺术品的接受作为切入点是一个合理的选择。杜夫海纳认为：“直接来自艺术作品的审美经验肯定是最纯粹的，或许也是历史上最早期的审美经验。”各种艺术品作为文化传统的结晶，对个体而言是一种客观存在物，具有客观性，个体通过对艺术品的接近和感知而获得审美经验。“审美经验是在一个展示出艺术作品的并教我们如何识别和鉴赏艺术作品的文化世界里完成的。”① 因此用艺术品来说明审美经验就为我们的思考提供了一个确定点。我们可以借鉴杜夫海纳的审美现象学的方法。

但艺术品又不等于审美对象，它（艺术品）必须在审美知觉中才成为审美对象。指出这点是必要的，我们在上文中指出，艺术品在不同的意向中成为不同的客体，只有以审美的态度对待艺术品，艺术品才成为艺术审美对象。这也就意味着，第一，不是所有的名为“艺术品”的东西都直接是审美对象，也不是除了艺术品

① ［法］米·杜夫海纳：《审美经验现象学》，韩树站译，文化艺术出版社 1996 年版，第 7、9 页。

就没有其他的审美对象。第二，即使是经典的艺术品，不以审美的态度对待它，它也不会成为审美对象，同一个艺术品可以在不同的人那里成为不同的审美对象。同时，审美经验与审美对象的相互依存，也使得古老的作品在人类的艺术鉴赏活动中永远可以给人新的经验，传统的经典作品在实际的审美经验中不断成为新的审美对象。指出艺术品不等于审美对象这一点是重要的，不然的话，如果艺术品等于、并且仅等于审美对象，那对某一艺术品而言就只有一种正确的解读方式，有了第一次的解读之后就不会有新的解读了，我们就不可能在欣赏古代作品中感受到新意了。

现在，问题成为：什么艺术作品是我们可以信赖的作品呢？我们通过对经典作品的接受解决这个问题。"通过接受自己的文化所作的判断和选择，我们很快便去寻求各种文化所喜好的或确认的东西。我们不受审美相对主义的诱惑。我们可以自由自主地去研究什么是艺术作品，艺术作品又怎样引起审美经验，而不在这些作品的选择上进行无休止的辩论。我们只消遵循一个令人肃然的传统所提供的途径：引导我们达到审美对象和审美经验的最可靠的向导，是被一致接受的艺术作品。"① 正是我们确定在接受经典艺术作品的审美经验中培养艺术的审美态度、审美方式，培养对待艺术的方法，所以文艺美学是一个守旧的学科，重视经典作品解读的学科，它重点分析的是经典艺术作品的审美经验。

二　对审美知觉和审美对象的特征描述

我们在与经典作品的接近、感知、理解中获得较为完整、纯粹的审美经验。在这样的审美经验中，我们学会了审美态度、审美知觉、审美方法，形成了我们的审美意识、审美理想等。同时在这种典型的审美经验中，我们也可以对审美知觉和审美对象的一些相对

---

① ［法］米·杜夫海纳：《审美经验现象学》，韩树站译，文化艺术出版社 1996 年版，第 14 页。

稳定的特征作出描述。

经过前面的论述，我们应该可以确信，真正的艺术品具有自律性，所以艺术品作为审美对象所呈现的基本特征首先就是它的自律性，即审美对象自己为自己确立标准，能成为审美对象的标准只能是自己确立的，不能是一个外在的标准。杜夫海纳对此有一个不错的论述："至于审美对象，它就应该是审美的：它要遵守自己作出的诺言。换句话说，它应该体现它自己的标准。这个标准绝不是我们的思考或趣味加给它的，而是它加诸自己的，或者说是它的创作者加诸它的。也许甚至应该这样讲：是它加诸它的创作者的。因为它要求创作者是真正的创作者。这里我们无法说出审美对象的这一标准是什么，这特别是因为它是每个对象所创造的，除了各自给自身提出的法则之外，别无其他法则。但我们至少可以说，不管创作一部作品采用什么手段，这部作品为了成为杰作而为自己确定的目标都是感性存在的充实性和内在于感性的意义的充实性。……审美对象的标准，乃是它那渴求绝对的意志。它只有说出并达到这个标准才反过来成为审美知觉的标准。审美对象为审美知觉提出的一项任务，正是不带任何成见地去接近对象，尽可能信任它，将它置于能够证实自己存在的地位。"① 应注意这一段话几个层次的意思：第一，艺术品作为审美对象它的标准是自立的，审美对象的标准是审美对象"各自给自身提出的法则"，也就是作品是浑然天成的，它在创作和欣赏环节都自己给自己确立标准。第二，审美对象标准是"渴求绝对的意志"，这是说审美对象要求真正的存在，实现其本质，实现其最为本真的存在。第三，审美对象要求审美知觉"不带任何成见地去接近对象"以让审美对象能够证实自己的存在，能够完成这个要求的知觉就是审美知觉。

如果要从审美知觉出发论述审美经验，即从审美知觉界定审美

① ［法］米·杜夫海纳：《审美经验现象学》，韩树站译，文化艺术出版社 1996 年版，第 19 页。

对象，也要先有对审美知觉的特征有所描述。“如想要界定审美对象，那就必须有一个使之显现的范例式的知觉，这一知觉的标准不是随意的：它是典型的知觉，纯粹的知觉，其目标只是自己的对象，并不把自己融合到行动中去。而且这种知觉是既成的、可以客观描述的艺术作品本身所唤起的。”① 这段描述，强调审美知觉的纯粹性，非功利性，同时指出审美知觉源自既成的艺术作品。

如果将审美经验分析为审美对象与审美知觉两个具体环节，在具体的审美经验中，审美对象与审美知觉是相互依存、相互确立的。但人们在长期的审美经验中审美对象和审美知觉也形成了一般的特征，我们也可以对一般的审美对象和审美知觉作出一些基本特征的描述，如审美对象的和谐、静穆、自律，审美知觉的超功利、静观、无目的的合目的性等特点。在审美经验中审美对象和审美知觉的这些特征不是一种固定不变的特征，尽管它们是最典型的审美特征，也不是所有的审美对象与审美知觉的标准，真正的审美对象总是自立标准的，与之相应的审美知觉也是独特的。以上之所以能对审美对象和审美知觉做一些共同特征的描述，是因为我们一般是在对经典作品的欣赏中养成个体的审美知觉方式，也是在经典作品中体会审美对象的基本特征。随着经典作品的更替或创新，这些特征也不可能是固定、绝对的，审美对象本身就是拒绝固定、统一标准的。所以我们在审美经验中还要强调艺术品的自律性的重要性，由此也显示了审美经验的自律性。

在此，我们也要注意中国艺术审美经验的自律性。杜夫海纳所论的审美对象和审美知觉，适用于分析西方艺术审美经验，而在中国传统的艺术经典作品中形成的审美经验与此有所不同。中国诗歌审美传统更多的讲究抒情、兴发、趣味、意境，由此作为一个完整的艺术鉴赏过程（审美经验）更侧重于强调对作品的直观之后的

---

① ［法］米·杜夫海纳：《审美经验现象学》，韩树站译，文化艺术出版社 1996 年版，第 22 页。

兴发、感悟，看重言外之意、象外之象、韵外之致的领悟，往往将这些感悟、兴发、韵致作为艺术审美经验的构成。中国文人画也强调所谓的写意性，求神似不求形似，甚至只求抒发心中逸兴而不管所画之物是否与客观事物相符，呈现超越感性形象的倾向，其艺术感知也超出了纯粹的审美（感性）知觉。如倪瓒所说："余之竹聊以写胸中逸气耳，岂复较其似与非，叶之繁与疏，枝之斜与直哉？或涂抹久之，他人视以为麻为芦，仆亦不能强辨为竹。"（倪瓒《清閟阁全集卷九·跋画竹》）[①] 其实中国艺术的鉴赏过程，应该看成具有自律性的审美经验，否则已超出严格意义上的审美经验的范畴。特别是近代和现代的主流意识，对中国艺术审美经验特征的把握趋向于"抒情""写意"，如果这样的把握能够成立，那中国艺术的鉴赏显示了艺术审美享受与诗意向往的紧密联系与微妙差别，这是值得我们进一步研究的地方。但如果过于强调兴发、感悟，又以某些经典作品为例阐释如何兴发、感悟，也可能造成审美感受的跳跃，即忽视对作品本身的真切感受而空谈什么言外之意、象外之象、韵外之致，甚至做某种程式化的意蕴阐释，这就可能有意无意地否定了艺术作品的审美价值。

思考题：

1. 你认为审美对象、审美知觉的特征是什么？

2. 区分艺术品与审美对象有什么意义？

3. 回顾自己对艺术（文学）经典的接受经历，由此理解艺术审美经验的特征。

参考书目：

1. 嵇康：《声无哀乐论》。

2. 司空图：《二十四诗品》。

3. ［奥］爱德华·汉斯立克：《论音乐的美——音乐美学的修改刍议》，杨业治译，人民音乐出版社 1980 年版。

---

① 周积寅：《中国画论辑要》，江苏美术出版社 1985 年版，第 167 页。

4. ［美］克莱夫·贝尔：《艺术》，滕守尧译，中国文联出版公司 1986 年版。

5. ［波］英加登：《对文学的艺术作品的认识》，陈燕谷译，中国文联出版公司 1988 年版。

6. ［法］米·杜夫海纳：《审美经验现象学》，韩树站译，文化艺术出版社 1996 年版。

7. ［美］杜威：《艺术即经验》，高建平译，商务出版社 2005 年版。

附录：

艺术自律性新探[①]

如果说艺术定义是对艺术本质的界说，那么它是对艺术存在的概括，因此探讨艺术自律性时艺术存在才是根本的立足点。

一　从艺术存在出发探讨艺术自律性

艺术与人类社会是不可分割的。在茫茫宇宙之中人类以它特有的方式存在着，用自己独特的存在方式显示出人类与其他万物的不同。人类存在方式是多种多样的，各种存在方式对人类而言是缺一不可的，只要缺了其中之一，人类也就不成为人类了，应该在这个意义上认识艺术是人类存在的方式之一。《艺术前的艺术》一书中提出了“艺术起源与人类起源同步”的猜想，书中提供的大量史料及其论证，可以说是从艺术起源的角度说明了艺术是人类存在的方

① 本文为笔者的硕士论文，写于 1989 年并于 1991 年略作修改，较全面地论述艺术自律性问题，其中有些论述和资料与本章相关，尚有一定参考价值，故附录于此。

式之一。[1] 马克思论述的人类掌握世界的几种方式，艺术是其中的一种。再从人类文化的结构层次、人类意识的结构层次、人类认识方式这几个角度看，我们也可以认为，艺术是人类存在的方式之一。而承认了艺术是人类存在的方式之一，便在强调艺术与人类社会不可分割的同时，也肯定了艺术的独特性及其不可替代性。

在人类文明发展过程中，艺术从原始文化的混沌状态中逐渐分化出来。人们选择了一定的材料、方式构筑艺术品；建造了专门的艺术场所：美术馆、音乐厅、剧场；培养了专门的以创作艺术品为职业的艺术家和专门以批评艺术为职业的艺术批评家。这些构成了相对独立的艺术领域，形成了完整的生产、流通、接受的艺术循环系统。艺术的专业化及其完整的流通系统标志着艺术成为一种相对独立的社会存在。这是艺术自律的外在形态。

艺术存在的构成包括艺术品、艺术场所、艺术主体及其各种活动。艺术存在离不开人，艺术存在的方式可由“创作主体—艺术品—接受主体”近似地表达出来，其中艺术品必须通过艺术主体才能获得真正意义上的存在，否则它只不过是颜料、音响、文字等等而已。艺术主体是人，但人不等于艺术主体，因为在不同的意向中人成为不同的主体。只有当人以对待艺术品的方式对待某一对象，即只有在艺术意向中，人才成为艺术主体，一般对象才成为艺术对象（艺术客体），主客体在相互交流中互相确立为艺术主体和艺术客体。当人成为艺术主体、物成为艺术客体时，二者之间建立了艺术审美联系，暂时中断了其他联系。因此，从艺术存在的方式看，“创作主体—艺术品—接受主体”构成了一个相对封闭的循环系统，在这个系统中必然有其独特的运行规则，这是艺术自律的内在品质。而艺术品，作为艺术主体创造的成果，它的构成、它各部分之间的联系、它对现实世界的反映和解释，隐含了艺术存在这一相对封闭系统的运行规则，这就是艺术的自律性。

---

① 参见邓福星：《艺术前的艺术》第一章，山东文艺出版社 1987 年版。

可以认为艺术的自律性，就是指艺术主客体之间特有的联系，主体的艺术感知、艺术思维和客体的艺术构成所特有的规则。我们说艺术是自律的，但不等于说艺术存在独立于人类存在之外，相反，艺术包容于人类存在之中，只是有别于其他的人类存在方式。因而必须在人类存在的大背景中研究艺术自律性，这就是说，应当充分意识到艺术是随着人类的发展而在不断发展着的，它是不断生成的，它的存在没有固定不变的疆界，没有固定不变的形态，没有僵化的性质。因此任何的关于艺术的定义都有被突破的可能，任何的艺术观念都有被补充或修正的可能，所以进行艺术自律性分析，其出发点和立足点只能是不断发展着的艺术存在，而不是某种僵化刻板的艺术观念或关于艺术本质的定义。

如果从某种艺术观念出发来阐述艺术自律性，最终都会遇到不可克服的困难。比如把艺术当成人类生活的模仿、再现，为了说明艺术的自律性，往往是强调艺术反映的创造性和艺术反映的形式特征。认为艺术是某种情感、意志的表现这类观念，为了区别艺术表现与其他表现，也不得不求助于艺术形式。而认定从艺术形式本身可以把握艺术本质从而阐明艺术自律性的理论，如断定是有意味的形式等，当它们要确定艺术形式的本质是什么时，不得不偷梁换柱地求助于表现说和再现说，说抽象形式是一种概括或是深层心理结构的表现。[①] 这三种很有代表性的艺术理论，试图从一个它们认定的艺术本质出发来解释、艺术的自律性，最终都遇到了无法克服的困难。再现说和表现说为了说明艺术的独特性不约而同地把眼光集中在艺术形式上面，而说明艺术形式之所为艺术形式又不得不向表现什么或再现什么求救，最终构成一个循环，无法进一步对艺术自律性展开分析。同时艺术的发展导致艺术形式的不断发展、翻新，许多现代艺术，如杜桑、劳申贝格、卡吉、博于伊斯的作品；工艺

① 参见克莱夫·贝尔：《艺术》，中国文联出版公司 1984 年版，第一章第一节。布洛克：《美学新解》，辽宁人民出版社 1987 年版，第 213、215 页。

品、家具、时装；新小说派的作品、口述实录文学等，这些作品很难在形式上将它们与非艺术品区别开来，当然更无法就作品的形式说明艺术的自律性。于是艺术的新发展和传统艺术理论的困境说明不应从设定的艺术本质出发来分析艺术的自律性，而应从艺术存在出发分析艺术的自律性。

在确定了分析艺术自律性的立足点之后，正确的理论指导和方法是必不可少的。马克思在《〈政治经济学〉导言》中谈到对世界的艺术的、宗教的、实践—精神的掌握方式，这番论述对我们研究艺术自律性具有特别重要的启发意义。第一，不同的对象有不同的掌握方式，或者说由于主体使用不同的方式，世界对主体而言成为不同的对象。第二，无论采取什么方式，对世界的掌握是一个过程。第三，掌握的方式存在于主体与世界的联系之中，存在于主体的实践之中。

因此，从本文采取的立足点和理论支点可以看出，研究艺术自律性至少有下三个层次。第一，由艺术存在与其他社会存在的不同研究艺术的自律性。以往的艺术理论大多在这个层次上研究艺术自律性，取得了丰硕的成果，但从艺术实践的角度反观这些理论成果总觉得它们过于笼统、空泛，而且一些技术性的问题不解决，那么这些理论成果也很难显示出它的深远意义，因此研究艺术自律性必须再深入一层。第二，由各个艺术种类的差异研究艺术的自律性。各种类的艺术千差万别，它们掌握世界的方式各有特点，比如音乐与绘画，在反映社会现实时就各不相同；绘画中西方写实主义绘画与中国写意山水人物画又有差异。正是这些差异直接构成了门类艺术特征，因此有必要在这个层次上继续研究艺术自律性。然而各艺术种类最终必须落实在具体的艺术品上，人们在具体的艺术实践中面对的只能是具体的艺术品。第三，在艺术品这个层次研究艺术自律性。具有开创性的艺术作品不断拓展艺术的疆界。艺术品的出现看起来是艺术家创作的，其实也是既存的文化艺术造成的，但艺术品的存在又必须在某些方面否定既存的文化和艺术存在，艺术品才能获得真正的存在资格，才是有价值的存在。这就是说艺术品必须在某些方面有所创新，这样的艺术品人们通称为真正的艺术。如《红楼梦》“全书所写，虽不外悲喜之情，聚散之迹，而人物事故，则摆脱旧套，与在先之人情小说甚不同”[①]。由于这些“真正的艺术”的产生，艺术存在才得以发展，艺术本质内涵才不断地深化。“真正的艺术”这类富有开创性的艺术品，一方面在一定程度上体现了人类社会的普遍规律；另一方面由于它是“创造性”的，所以又极富自律性。因此我们研究艺术自律性时必须极大地关注艺术品的自律性。同时，艺术存在的方式：“创作主体—艺术品—接受主体”，在某种意义上说也是艺术品的存在方式。艺术品只有进入这个运动过程才是完整意义上的艺术品，否则，艺术品存放于博物馆、图书馆或者锁闭于私人收藏室，只不过是“物品”而已，艺术品只有面对艺术主体并为艺术主体所理解才实现了真正的存在。在这个意义上，艺术存在方式就是艺术品的存在方式。而在“创作主体—艺术品—接受主体”这个艺术存在过程中，艺术品作为主体活动的产品其中便隐含了这个过程的独特规则，因此艺术品的自律性可以说是艺术自律性的核心，那么研究艺术自律性的焦点自然在于艺术品的自律性。

但随之而来的问题是：什么是艺术品呢？应当指出，艺术是一个极其宽容的王国，许多距离很远，甚至似乎尖锐对立的“两极”都在艺术中找到了自己的领地。若固守某种艺术观念所做的限定，则在有意无意之间把许多事物拒于艺术殿堂之外。比如说艺术是情感性的，则排斥艺术的哲理性；说艺术是表现性的则排斥再现性的艺术；说艺术是非功利性的则排斥有功利色彩的艺术……实际上艺术的发展总是突破既存艺术观念所做的限定。“如果传统认为艺术品的生产应当是经过深思熟虑的和受个人控制的，现代艺术家偏偏

---

① 鲁迅：《中国小说史略》，《鲁迅全集》第九卷，人民文学出版社 1981 年版，第 233 页。

要生产‘偶然性’的作品；如果传统上认为艺术是感性的和直觉的，现代艺术家偏偏要生产‘概念性’的艺术；如果传统艺术倾向于形式的丰富或‘密集’，现代艺术偏偏生产出‘最稀薄’（minimal）或仅‘停留于平面上’的（surface）艺术……”[①] 这里的“传统”指的是已有的艺术观念。赫伯特·里德主张：“把艺术看作诸家锻炼的活动，它沟通各个领域的知识，联结人的直觉和理智、混乱和秩序这些两极化的东西。”[②] 如果能把艺术看作诸家锻炼的活动，那么它便是一种超越性的活动，很难有一个固定的标准来确定什么是艺术什么不是艺术。各种艺术观念为艺术品划定的界限都不具有绝对的意义，因此以某种僵化的艺术观念来甄别是否艺术品都是欠妥的。

那么，什么是艺术品呢？乔治·迪基说：“类别意义上的艺术品是：1. 人工制品；2. 代表某种社会制度（即艺术世界）的一个人或一些人授予它具有欣赏对象资格的地位。”[③] 布洛克说：“所谓艺术品，就是某种由艺术家创造出来作审美观照或表达艺术家之审美主张（或被艺术家借用来表达自己艺术主张——如非洲面具）的东西。”[④] 这些定义已经够开放了，布洛克仍担心不能令人满意。日本的宫泽贤治说得更干脆：“第一，任何行为都得以作为艺术而成立；第二，随着这一见解的加深，任何人生都能视作艺术。”[⑤] 类似的说法还可以找出许多，但说穿了，什么是艺术品，只要你认为是艺术品它就是艺术品了。这些说法作为艺术的定义是苍白无力而不可取的，但它们却是对艺术现象比较确切的描述，应该在这个意义上理解这些说法。比较确切地说，什么是艺术品，你认为是艺

---

① 布洛克：《美学新解》，辽宁人民出版社 1987 年版，第 304 页。

② 赫伯特·里德：《现代绘画简史》，刘萍君译，上海人民美术出版社 1982 年版，第 177 页。

③ 李普曼：《当代美学》，邓鹏译，光明出版社 1986 年版，第 110 页。

④ 布洛克：《美学新解》，辽宁人民出版社 1987 年版，第 311 页。

⑤ 转引自桑原武夫：《文学序说》，陈秋峰译，黄河文艺出版社 1985 年版，第 149 页。

术品它对你而言便是艺术品，你认为不是艺术品，那它对你而言便不是艺术品。这很简单，就像“1+1=2”那么简单，然而要证明为什么“1+1=2”却很难很难。同样需要我们分析的恰恰是“为什么是艺术”而不是武断地争吵“什么是艺术”。

我认为分析“为什么是艺术”这是从艺术存在出发讨论艺术理论问题，是艺术理论比较扎实的逻辑起点，同时也是分析艺术自律性的一个新的角度。因为我们解释“为什么是艺术”时，我们的着眼点势必在于具体的艺术过程，即说明“创造主体—艺术品—接受主体”三者如何相互制约而构成一个艺术过程，从而分析艺术品的自律性。

本文以马克思主义理论为指导，选取“为什么是艺术”作为切入的角度，以艺术存在为出发点，以艺术品的自律性为焦点探讨艺术自律性，是力图更开阔（以人类存在为背景）、更细致（以具体的艺术过程为对象）地探讨艺术自律性，从而使我们关于艺术自律性的理论更具穿透力和更富有实际意义。

二 艺术品自律性的根源

任何事物都有自己的特性或品格，但如果只以个性或独特性来描述艺术品，容易把艺术品混同于一般的物品，因为艺术品作为一种审美对象，它具有一种准主体的品格。杜夫海纳说：“如果对象能够表现，如果对象本身带有一个与它所处的客观世界不同的自己的世界，那就应该说，它表现为一个自为（un pour－soi）的效能，它是一个准主体。”① 正是在艺术品的存在方式上强调了艺术品与创作主体和接受主体的亲密关系，艺术品是一个准主体。因此，我们有必要用自律性代替个性或独特性来描述艺术品。

艺术品的自律性可以从三个方面来理解：第一，它具有独特的

① ［法］杜夫海纳：《美学与哲学》，孙非译，中国社会科学出版社1985年版，第57页。

品格；第二，它有着自身的逻各斯；[①] 第三，它仿佛具有自我观照的能力。特别是后面两点使得艺术品与一般物品不同。人们理解一般物品更多的是让对象服从主观的感知、思维框架，而理解艺术品如果不遵从艺术品它自身的逻各斯，那艺术品则是一种非存在。[②] 我们对艺术品的理解既要有一定的参照系，纳入主体已有的感知、思维框架，还要遵从艺术品它自身的逻各斯。因为艺术品具有自身的逻各斯，所以在这一点上讲，它仿佛具有自我观照的能力，是自立评价标准的，因而在创作过程中它向创作主体提出"要求"，作为审美对象被观照时也向接受主体提出"要求"。

对艺术品的自律性，先哲们早有讨论。康德说："美的艺术须被看作是自然，尽管人们知道它是艺术。"[③] 这是说艺术品应是天然浑成，不露人工痕迹的，仿佛它是自己生成的。杜夫海纳则说："说对象美，是因为它实现了自身的命运，还因为它真实地存在着——按照适合于一个感性的、有意义的对象的存在样式存在着。"[④] 这里的"它实现了自身的命运"，"它真实地存在着"，也就是说艺术品具有独立的品格，具有独特的必然性。但是康德把艺术品和自律性归因于天才的创造，从而把问题引向神秘，杜夫海纳归因于作品包含的主观性，他的解释也有缺陷。

我认为，"创作主体—艺术品—接受主体"三者之间的相互沟通才是艺术品的存在方式，即一个完整意义上的艺术品都是主客观相互交流、沟通的结果。因此，"为什么是艺术"可分解为"为什么创作者的产品是艺术品"和"为什么接受者的对象是艺术品"？

---

① 此处借用外来名词：逻各斯，希腊文 logos 的译音，这里取其原义：思想、概念、理性、言词、规律性等。

② 伽达默尔说："理解属于被理解物的存在。"见《真理与方法》，辽宁人民出版社 1987 年版，第 39 页。

③ ［德］康德：《判断力批判》上卷，宗白华译，商务印书馆 1964 年版，第 152 页。

④ ［法］杜夫海纳：《美学与哲学》，孙非译，中国社会科学出版社 1985 年版，第 21 页。

我们发现，使人显现为艺术主体，使一般客观之物显现为艺术客体的是艺术形式规范和自由艺术意向[①]两个主要因素。

艺术形式规范表现为艺术规范形式对主体的某种实践的定向与规范，使之成为艺术实践。艺术规范形式是历史地形成的，它隐含于传统的（既存的）艺术作品之中，以经典作品为范例，又由相应的艺术理论加以阐释，这是它的一般状态。如中国古典诗歌的规范形式即隐含于唐诗、宋词、元曲之中，又以名家名篇为范例并由相应的诗话、词话等理论加以阐释。每一个艺术主体在与既存的艺术品的接触过程中建构的关于某类艺术品的图式，就是艺术规范形式的个别状态。艺术主体建构起来的这个图式反过来制约主体的艺术实践，这便是艺术形式规范。艺术形式规范要求主体以既有的艺术方式、法则与客体建立合乎规范的艺术联系，从而互相确立为艺术客体与艺术主体。因此，客观对象合乎艺术形式规范的很自然地成为艺术客体，不符合艺术形式规范的则不被承认为艺术。

一个客观物品为什么是艺术，不仅仅在于它符合艺术形式规范，而且也在于主体的自由艺术意向。主体的自由艺术意向是主体主动地以艺术主体自居，并以非规范的艺术方式对待客观对象，从而使客观对象显现为艺术客体。

正是艺术形式规范和自由艺术意向构成了主体的完整的艺术意向性。艺术意向性包含着艺术形式规范，从而使得这种意向性成为艺术的意向性，又包含着主体的自由艺术意向，使得艺术意向性又不局限于形式规范。艺术意向性构成的同时得到客观对象的响应，那么在主、客体之间就达成了某种艺术契约[②]，双方成功地相互确立为艺术主体和艺术客体。因而主客体之间的艺术契约是一般的主

---

① 这里所谓“自由艺术意向”的“自由”是相对于“艺术形式规范”而言的自由，与“自由化”无关。

② 所谓“艺术契约”是指艺术主客体按照某种规则相互呼应、制约。随着分析的展开与深入，本文将以“艺术范式”及其变体“具体的艺术格式”取代“艺术契约”一词。

客体成为艺术的主客体的共同基础。

可见为什么是艺术，是因为主体的艺术意向与传统的艺术形式规范相互作用，在主客体之间成功地确立（构成）了艺术契约，从而在这个基础上互相显现为艺术主体和艺术客体。一般的主客体要成为艺术主体和艺术客体，必须有一个共同的基础，或相互联系的桥梁，这种基础和桥梁从主体的角度看是艺术的意向性，从客体的角度看是艺术品的自律性，或者说艺术的意向性与艺术的自律性是主客体之间艺术契约的两个方面。

构成艺术意向性的主要是主体的自由艺术意向与艺术的形式规范。艺术形式规范是艺术传统对每一具体艺术过程的规范与制约。自由艺术意向往往是既遵从艺术形式规范又超越艺术形式规范，突破艺术形式规范，因而某一自由艺术意向发生的原因势必要超出艺术传统，而来自更为广阔的文化背景。而艺术形式规范更是整个的文化传统造成的。所以艺术意向性的构成其根本（或深层）的原因在于主体所处的文化背景。所以艺术品自律性的奥秘也在于文化背景。各种文化是有区别的，不同的文化为艺术实践构成了不同的文化背景。各种文化的区别，除了提供的物质基础不同以外，更为深刻的是基本观念和价值判断的不同，如关于人、自然和超自然的特征内在关系的见解，关于空间、时间和因果关系的见解，关于行为和道德的通常原则，关于美学原理的见解等等。[①] 在不同的文化中的人，其感知、思维也有不同的规则，因而不同的文化造就了不同的艺术主体。

以下将分析视觉与视觉艺术的关系，以此论证艺术品自律性的根源在于文化背景。

大自然的赐予是公平的，它给了人类各民族以大致相同的生理结构，同时大自然的赐物也是神秘的，人类的感觉、知觉、思维似乎是一个无限复杂、无限广阔的领域，至今仍无法对之作出令人满

① 参见菲利普·巴格比：《文化：历史的投影》，上海人民出版社 1987 年版。

意的解释。正是人类感知的神秘和莫测高深，使得各种文化从大致相同的生理基础出发却发展出了许多独特的艺术知觉方式和艺术语言。而且在艺术的领域里每一种独特的、试验性的艺术方式和艺术语言都有其存在的理由。

除了特异功能，人类的视觉过程是由眼和脑共同完成的。外界信息的刺激在视网膜上形成映像，进而输入大脑。大脑的作用，第一，将两只眼得到的两个视网膜图像合在一起，成为单一的形象；第二，通过删除背景，把分散的因素通过感觉组织起来，把握形象与背景的互相依赖从而形成有含意的形象。“视觉的研究清楚地揭示了知觉过程不是记录素材，而是组织起含意。感官素材不是被隔绝为零碎片断来感知的。脑以有含意，有联系的方式把它们组织起来。”① 如此理解视觉过程，可见视网膜映像不等同于脑组织起来的形象。这点对理解不同文化的视觉艺术语言（主要是绘画）有重要意义。由于人与信息源的距离、视角不同，视网膜上的映像发生相应的变化，但“无论视网膜图像不断变化，甚至模糊不清，大脑都有可能保持一种‘连续’或不变的感觉，这种能力就叫连贯性。”② 这种连贯性主要体现在对物体的大小、形式和色彩的感觉上面。一般的视觉过程或观看，我们适应了大脑感觉的连贯性与视网膜映像二者的调节，并不特别地注意连贯或视网膜映像，然而在绘画中却不同。中国画主要根据大脑感觉的连贯性作画，西洋绘画（文艺复兴以后的写实主义）则追求视网膜映像的真实，由此而发展出两种不同的视觉艺术方式和视觉艺术语言。这种不同除了因为人类知觉过程的神秘莫测、人类知觉的巨大潜能外，更重要的得归因于文化背景的不同。

侧重于大小、形式的连贯性，中国画主要以等角透视法来处理

① 卡洛琳·M. 布鲁墨：《视觉原理》，张功钤译，北京大学出版社1987年版，第135页。

② 同上书，第46页。

绘画空间。西洋画追求如实再现视网膜映像的真实，因而主要以中心透视法来处理绘画空间。使用中心透视法要求有一个固定的视点，利用灭点严格地再现在不同距离和角度上物体大小、形状的变化，造成强烈的纵深感、距离感、立体感。而用等角透视法作画既可以有一个固定视点，也可以变换视点，因而纵深的立体感不强，但上下左右运动、开阔、辽远的感觉却很强。[①]

使用不同的透视法实际上是采用了不同的艺术观看的方法，即不同的艺术视觉方式。这种不同直接导致了构图模式的不同。西洋画以一个长方形的框子取景，同时利用各种画面型对画面进行分割[②]，画眼前之所见，图画平面就是一个朝外看的窗户，“玻璃板后面就是你看见的东西，玻璃非常透明，只需如法炮制。”[③] 因而西洋绘画显得真切、确实，给人如临其境的感觉。而中国画的构图模式是太极图的图式，“真正的中国画，都是太极图的变形和变体，都是太极图的灵活运用。”[④] 说中国画的构图模式是太极图的图式，主要是指它的画面分割如太极图一般轻重、虚实、黑白相互消长，富有流动感。如果从外观上着眼，中国画的构图以立轴、长卷、斗方为典型，亦大大不同于西洋画的长与宽的比例，如 1∶1.414，1∶1.618 之类。

遵从色彩的连贯性，中国画对色彩的表现讲究“随类赋彩”，按固有色着色，当然这种固有色是经过分类概括之后的固有色。西洋画却讲究环境影响（距离、光线等）而产生的色彩变化，也许

---

① 中心透视法又称焦点透视，等角透视又称散点透视。

② 如吴士元编译的《谈构图》一书：“我们所见的画面型通常以长方形为最多。因为长方形的画面型里，长宽比例对画面的空间安排和内容的表达有不可忽视的关系，所以人们探索出风景型（Paysage 简称 P 型）、海景型（Marine 简称 M 型）、人物型（Figure 简称 F 型）三种画面型。”“所谓 P 型，它的长宽比为 1∶1.414。”“M 型，它的长短之比为 1∶1.618，通常称为‘黄金比矩形’。”“F 型，是两个竖的黄金矩形的联结，长短边之比为 1∶1.235。”

③ 达·芬奇语，转引自卡洛琳·M. 布鲁墨：《视觉原理》，北京大学出版社 1987 年版，第 32 页。

④ 孙宜生：《意象素描》，华中工学院出版社 1986 年版，第 24 页。

西洋绘画在古典的写实时期尚不是热衷于追求视网膜映像的色彩变化，但发展过程却是的，到印象派绘画达到了无以复加的地步，到后来现代派只好摆脱视网膜映像的束缚，如野兽派绘画的色彩处理。中国画却把对色彩的概括推到极点，最终居然用墨来表现色彩，“墨分五色”。

绘画，除了纯粹的抽象绘画之外，可以说都是具象与抽象的统一。但以感觉连贯性为依据的绘画侧重于抽象，以视网膜映像为依据的绘画侧重于具象。如果绘画的形式因素可以概括为“线、点、面”的话，那么中国画主要用线条造型，西洋画则主要用块面造型，由此两种绘画采用了不同的工具和物质材料，这些是与中国画侧重于抽象，西洋画侧重于具象密切相关的。使用线条便于把握、再现客观对象的结构、特征，因而用线条造型显得概括、精练。使用块面造型，则便于捕捉客观对象外观的细微之处，它所描绘的形象具体、逼真。由于中国画的依据是连贯性，所以它的造型追求的是对客观事物的概括，而这种概括往往演化为各种模式，因而中国画的具象的表现往往在形似这点上失却了丰富性，甚至表现为造型的程式化，然而形式因素却因此而获得解放，它的“笔墨韵味”在作品中举足轻重，成了审美的重要对象，并且具有独立的审美价值。相反，由于西洋绘画的依据是视网膜映像，其造型追求的是外观细节的真实、逼真，形象的真实、逼真在作品中占有主要地位，因而它的笔触不具有独立的审美意义，甚至可以尽量掩盖，消除笔触痕迹。

从以上粗略的分析可以看出，两种不同的绘画形式，实际上是包含了两种不同的艺术知觉方式。

任何艺术都渗透了某种文化的精神，这种文化精神深刻地影响了艺术主体的艺术感知方式。就中国的绘画而言，从书画同源的说法、画的构图、笔墨的变化等方面可以感受到以最简单的图形概括万物，阴阳相依相存，天人感应和天人合一的文化精神，西方文艺复兴时期发展起来的使用中心透视法的写实主义绘画，它的发展与人文主义精神和科学精神是息息相关的。[①]

某种文化的精神影响了艺术主体的艺术知觉方式。人的生理基础是相同的，如果人的眼睛的构造是相同的，那没有理由认为不同的人的视网膜映像是不同的，但处于不同的文化背景中他们所“看”到的自然现象却有些不同，而视觉艺术便是强调和发展了这种不同。“每种风格都旨在忠实地表现自然而没有别的目的，但各自都有自己关于自然的概念。”[②] 中国绘画主要以大脑的连贯性为依据，这与中国人对宇宙万物的体验是一致的。中国传统的自然概念是把万事万物纳入阴阳五行的范畴之中，这体现了一种以最简练的方式概括、规范万事万物的倾向，所以在艺术知觉方式上便强调了感觉的连贯性和万事万物的一致性。又如据一个白人艺术家的经验，一张毛利人首领的画像即使非常逼真也会遭到被画者的嘲笑，他以高傲的姿态在沙上画出自己的纹面图纹，对白人解释说：“这是真正的我，你画的毫无意义。”[③] 即使人的知觉生理条件是相同的，但由于处于不同的文化背景，发展了不同的艺术知觉方式。某种文化的发展也为艺术实践提供了工具、材料。总之，不同的文化背景给艺术的发展提供了不同的心理（精神）基础和物质基础。

处于不同背景的艺术主体形成了不同的抽象理念和艺术知觉方式，同时文化的发展提供了不同的物质材料和艺术形式因素，这四者交相融合构成了某种规范化的艺术格式。艺术主体所领会的文化精神凝缩为抽象理念，或称基本观念，比如关于人、人与自然、自然、超自然等的观念，艺术主体所具有的基本观念是文化精神的一个变体，这个抽象理念又与相应的知觉方式相辅相成，抽象理念选择了知觉方式，知觉方式影响了抽象理念的形成，艺术知觉方式选

① 参见安海姆：《艺术与视知觉》第五章第十九节，中国社会科学出版社 1984 年版。

② 冈布里奇：《艺术与幻觉》，周彦译，湖南人民出版社 1987 年版，第 20 页。

③ 利普斯：《事物的起源》，汪宁生译，四川民族出版社，第 46 页。

择了某种形式因素，形式因素又决定了艺术知觉方式，形式因素要求特定的工具和材料，而特定的工具和材料又规定了形式因素，而艺术知觉方式与工具、材料也直接发生相互作用的关系。在这四项中抽象理念具有独立性和超越性，即它可以在伦理、政治、哲学等体现出来不仅仅在艺术。艺术主体的抽象理念与艺术知觉方式相互作用，并通过知觉方式与工具和形式联系，而主体的艺术知觉方式和形式因素、工具材料则构成循环状的相互选择和相互决定的关系。比如面对一朵小花，一棵小草，西方的诗人由此而感对宇宙的惶惑和对上帝的敬畏，中国的诗人却感到贤人志士的高尚品质。①这种感知的不同与他们对人生，对人与自然，对超自然的基本观念有深刻的联系，与诗人所使用的语言、诗歌格律亦有相互选择和相互决定的关系。

抽象理念、艺术知觉方式、形式因素、工具材料四者在一定的文化背景中相互影响，最终发展、形成某种最优化的关系，形成某种艺术范式。不同的文化造就了不同的艺术范式，不同的艺术范式具有自己独特的规则。所以，我们面对不同的艺术品首先必须了解它所处的文化背景，并进而理解它所属的艺术范式及其独特规则，否则无法意识到这个艺术品的价值。即使是见多识广的人有时也会忽视这点而犯了可以谅解的错误，如利玛窦认为中国“对油画艺术以及在画上利用透视的原理一无所知，结果他们的作品像是死的，而不像是活的”②。这是固守某一范式的标准一概而论的错误。

分析中国画与西方现实主义绘画的不同，其广泛而深刻的原因是文化背景不同，其直接的原因是艺术知觉方式的不同而造成不同的艺术范式。中国画的艺术方式主要以感觉的连贯性为依据，因此，第一，把形式因素程式化了（各种皴法、点法、描法、章法）因而突出了工具特性的表现，笔墨韵味成了举足轻重的审美因素。

① 参见茅于美：《中西诗歌比较研究》，中国人民大学出版社。

② 潘耀昌：《西洋透视和中国界画》，载《新美术》，1986年第4期。

第二，由于形式因素的程式化而导致造型的程式化（如人物、花鸟的造型）。于是形式因素、工具特性很容易穿透知觉形象而与抽象理念建立联系，相互照应。比如中国画里的松竹梅兰反反复复画个没完没了，它们的外在形象的逼真（形似）越来越不重要，反而画中的线条、笔墨等直接表现了艺术家的情趣、寄托、寓意。因而中国画里技法的程式化和造型的程式化是优点而不是缺点。西方现实主义绘画的知觉方式是极力捕捉视网膜映像的丰富变化，形式因素服从知觉形象，工具特性消融于形式因素之中。而且形式因素忙于与知觉形象打交道，努力再现真实的自然现象，很不容易穿透知觉形象直接与抽象理念相照应。因此西方现实主义绘画尽力避免形式因素的程式化和造型的程式化。

当然实际的情况要复杂得多，抽象理念、知觉方式、形式因素、工具材料，四项中只要有一项发生变化，艺术范式也就产生变化。比如中国画，从宏观上看，水墨画的出现与唐代提供的高质量的纸和墨有关，这是工具材料的变化引起原有艺术范式的改变。另外，某一文化不管就历时而言或就共时而言它都造就了繁多的艺术范式，至此我们可以用艺术范式这一概念取代前文所用的艺术契约一词。它在主体一方表现为主体的艺术意向性，在客体一方表现为艺术自律性。艺术范式及其暗含的规则便是艺术品存在的基础。上述构成艺术范式的四个因素当中艺术知觉方式是最活跃最易变的因素，也是最神秘的因素。当艺术主体是具体的个别的艺术主体时，其艺术知觉方式总与别人不完全一样，因而造成某种艺术范式的改变而形成一个具体的既从属于某种艺术范式又有个性的艺术格式，这个具体的艺术格式及其隐含的规则就是艺术品的自律性。当具体的艺术格式表现为与艺术范式认同时，艺术品的自律性相似于其所属的艺术种类的自律性。当具体艺术格式表现为突破艺术范式时，艺术品的自律性便与其所属的艺术种类的自律性错位。当具体艺术格式表现为否定、破坏某种艺术范式时，艺术品的自律性便成为一种与既存艺术种类自律性相对抗的自律性。因此每件艺术品都有自律性，但如何确立自律性却造成了艺术品不同的艺术价值。在艺术知觉方式、工具使用、形式因素组合有所创新而引起艺术范式改变的人，往往导致新的艺术范式的产生，也由此而成为艺术史上里程碑式的人物或称之为艺术大师。

综上所述，虽然人类具有共同的物理和生理基础，但不同的文化背景为艺术实践提供了不同的抽象理念、艺术知觉方式、艺术工具材料、艺术形式因素，这四项相互融合形成各种艺术范式，这艺术范式异化为具体的艺术格式，这具体的艺术格式暗含的规则便是艺术品的自律性，由此可见，艺术品自律性的根源，在于它所处的文化背景。

传统的艺术品所表现的具体艺术格式大多是与艺术范式认同，或是与艺术范式同向的改进或改良，因而艺术品的自律性与艺术种类的自律性大致相同。艺术品充当了某种文化的自我观照和信码。现代艺术表明，许多艺术品的格式是对艺术范式的挑战，许多艺术家从文化的发言人的角色转向了挑战者，因而艺术品的自律性更为突出，成为有待进一步研究的重要问题。

三　艺术品自律性与创作过程

已知“创作主体—艺术品—接受主体”是艺术品的存在方式，而且艺术品的自律性只有在艺术品的实际存在过程中才可能体现出来，因此必须在艺术品的创作过程和接受过程进一步分析艺术品自律性的表现。

K. 考夫卡谈艺术创造的特点：“某种客观的东西需要艺术家来创造，而艺术家也必须服从这一要求，这样，艺术家的工作就受到这一需要被创造的东西的要求的指导。……无论在哪种情况下，艺术家的创作目标都对他提有特殊的要求。”① 加西亚·马尔克斯说：“如果个人想写点东西，那么在此人和主题之间就产生了一种紧张

① 李普曼编：《当代美学》，邓鹏译，光明出版社 1986 年版，第 413 页。

关系，这个人要探查主题，而主题不断对他发难。”① 他们说的创作目标提的要求，主题的发难，这些就是艺术品自律性在创作过程中的表现。探讨创作目标向艺术家发出的要求不能只局限于艺术家的心理，只局限于创造主体，否则有两个危险：一是如康德所说美的艺术是天才的艺术，而陷入不可知论；二是认为神的启示或集体潜意识的要求导致神秘主义。而把潜在的艺术向艺术家发出的要求看成是艺术品自律性的表现则可以避免上述危险，从而找到更为合理的解释。

艺术品从根本上说是某种文化的结晶，但它的出现又必须通过艺术家才能出现，才能达到自身的存在。作为某一系统的现存文化的运行为艺术品的出现提供了无数的可能性，艺术家直觉到多种可能中的一种，为这种可能所占有，听从这种可能的呼唤，为之献身，让它通过自己而现实化。由于艺术家捕捉、选择的某种可能是由某一系统文化的运行提供的，所以这种可能的现实化过程带有自身的必然性，即当艺术家把某种可能的现实化选择为创作目标时，它的必然性立即制约着艺术家的创作活动，这便是潜在艺术品向艺术家提出的要求。这个要求是艺术品的自律性的表现，即某一文化造成的某种艺术范式及其变体对艺术家创作活动的制约与指导。

潜在的艺术品向艺术家的要求，首先是出现的要求，要求艺术家确定创作目标。我们知道，抽象理念、知觉方式、形式因素、工具材料是构成艺术范式四项主要因素，与之相应艺术品是多侧面多层次的有机构成，而艺术品向艺术家发出的要求一般以艺术范式中的某一因素为契机，即艺术家能感受到的，把握到的要求一开始并非作品的整体，而是某种理念、某种意象、某种形式甚至是某种材料的功能。实际上是构成艺术格式中的四项中的某一项启发了艺术家，使他感到由此能产生一个某种艺术范式的变体，从而由此出发创造一个具体的艺术格式的现实状态——艺术品。如马尔克斯说是

① 张国培编：《加西亚·马尔克斯研究资料》，第 138 页。

一种形象激起他的写作愿望[①]，当代俄罗斯著名作曲家斯特拉文斯基说创作的欲望产生于对“某种我们已经占有却又暂时不能解释的未知实体的直觉把握”[②]。当代雕塑大师亨利·摩尔创作时“他是从观察他的石头入手，他想用石头‘创作某种东西’。不是把石头打碎，而是摸索道路，试图看出岩石‘要’怎样……他并不打算制作一个石头女人，而是制作一块暗示出女人的石头。”[③] 当艺术家从某种感受开始创造，也就选择了某种具体的艺术格式，选定了创作目标。文化背景为艺术品的出现提供了无数的可能性，艺术家选择了其中的一种，这是一种自由的选择，但艺术家又无法超越某种文化在某个阶段提供的可能性，所以他的选择也是被规定的，服从某种必然性。因此艺术家的选择既是自由的，又是被限定的。

潜在的艺术品向艺术家发出的要求，其次是自身构成的要求。这个要求在艺术品构成的过程中不断具体化，它从艺术格式的各个角落向艺术家发出全面的要求，要求艺术家按艺术格式的法则创造艺术品，让它通过艺术家而显现出来。这艺术品自身构成的要求，是艺术范式及其变体对艺术家的制约和指导。创作目标一经确立，来自艺术范式的制约便不允许他随心所欲了。这些要求的制约是多方面的，有的是明显的可用概念表达的，有的则是处于潜意识水平的，只可意会不可言传的；艺术家必须有足够的敏感才可能全面领会这些要求。艺术大师的高明之处即在于能充分领会这些要求，从而使作品显得浑然天成“在它同时好像是自然时，它是一种艺术”。

艺术品自身构成的要求从自律性的角度分析，它来自两个等级，第一级的制约是某种艺术范式；第二级的制约是艺术范式的变体，即某个具体的艺术格式。

第一级的制约来自某种文化造成的某种艺术范式，它要求工具

---

① 张国培编：《加西亚·马尔克斯研究资料》，第 142 页。又，参见加西来·马尔克斯、门多萨：《蕃石榴飘香》，林一安译，三联书店 1987 年版，第 32 页。

② 李普曼编：《当代美学》，邓鹏译，光明出版社 1986 年版，第 403 页。

③ 《美术译丛》1985 年第 3 期。

材料、形式因素、艺术知觉、抽象理念都有独特的性质，并且四项因素相互之间形成独特的理性结构。

如音乐，它的某种艺术格式对创作的要求是明显的，也是坚定不移的。当一个作曲家确定了创作目标时，首先是将要演奏这支乐曲的乐器（包括人声）的独特性对作曲家的制约，受到他所使用的材料——乐音体系的限制。大自然中的声音是芜杂的，纵然有一些听起来比较悦耳的声音（声音有固定的频率）但选取什么样的一组乐音来构成音乐使用的材料，却有不同的做法。大自然中存在的自然泛音系列为选取音乐材料提供了基础，但自然泛音系列中有些音之间的关系是不尽人意的，有些音是含糊的，因此在音乐中使用的乐音必须进一步加以整理、规范。人们根据几个主要的泛音及其产生的原理，按照不同的规则选定了不同的乐音系列作为音乐的材料，于是有五度相生律、纯律、十二平均律三种不同的律制。这三种律制之间，当主音完全相同，除了四度音、五度音、八度音完全相同外，同等级的各音都有比较明显的差别，同样的一个音按五度相生律来看是准的，按十二平均律的标准衡量却不准。而律制又与乐器制作、音乐风格、音乐习惯紧密相关，所以作曲家的创作必然受某种律制的制约。这是音乐工具材料对作曲家的制约，不同的文化背景、民族、地区，其流行的规范的音乐范式不同，其制约与要求也就不同。如我国民族弦乐器多采用五度相生律，或是根据五度相生律来制作与演奏，而西洋乐器（如钢琴）多根据十二平均律来制作与演奏，如简单地把根据不同律制制作的乐器凑在一起演奏，会产生不和谐的音响，直至制造混乱。因此，作曲家不能不听从规范格式中工具和材料的要求。当然这种来自工具材料的要求往往也混杂了许多政治、宗教等要求。如教皇约翰ＸＸＩＩ曾颁布教令禁止三度和声在宗教歌曲中的应用①，康熙插手制定乐制②，萨

① 戴里克·柯克：《音乐语言》，人民音乐出版社 1981 年版，第 68 页。

② 杨荫浏：《中国古代音乐史稿》下册，人民音乐出版社，第 1012 页。

陂奇·本采说："音乐材料和任何其他原料一样，一切社会或文化集团都根据本身的性质和目的对它进行选择、排斥、糅合和建造。"[①] 这些也说明了艺术自律性的根源在于文化背景。

音乐的形式要素也向作曲家提出要求。作曲家确定的创作目标所认同的音乐范式在曲式、调式、配器、节奏、旋律等方面向作曲家提出要求，制约作曲家的制作。德彪西向往的音乐格式是自由的音乐："音乐把空气、树叶的摇曳、花的香味，神奇地融为一体，包罗万象，把各种各样的因素带进大自然的和谐。"因此音乐不是"我或多或少精确地复制自然，而是接受存在于自然和想象之间的神秘的和弦"，"我的愿望是只写我听到的东西……"[②] 由于德彪西向往的音乐格式是自由的音乐与大自然和谐相处的音乐，因而他的具体创作也就或多或少抛弃当时流行的音乐创作中的各种清规戒律。[③]

某种音乐范式要求特定的艺术知觉，这同样向艺术家提出要求，要求他根据特定的音乐知觉来作曲。因为只有根据特定的音乐知觉作曲家才有可能传达作品的意义——乐思。只有对音高、调性、旋律等的知觉有共同的基础，音乐作品才能在不同的个体之间获得理解。而这些音乐知觉的形成既是自然的产物亦是某一特定文化或是专门训练的产物。二胡曲《汉宫秋月》有的人在那揉弦、压弦、捂弦之中听出无穷韵味，而有的人会觉得只是虚弱的无病呻吟；对一个习惯爵士音乐、电声音乐的人来说则很难充分感到琵琶曲《十面埋伏》当中的那刀光剑影的紧张的。这些不同的艺术知觉都有它们的独特性与合理性，它们与某种艺术范式相适应，因此，艺术范式要求艺术家服从特定文化背景造成的艺术知觉。

某种文化的精神，对音乐的理性把握，也同时制约着作曲家的

---

① 萨陂奇·本采：《旋律史》，人民音乐出版社 1983 年版，第 19 页。

② 《德彪西的理论》第 11 页，英文版 *The Theoeies of Claude Debussy*。

③ 参见彼得·斯·汉森：《二十世纪音乐概论》上册第二章，孟宪福译，人民音乐出版社 1981 年版。

创作，使他据此而选择音乐材料、形式因素，并使之融为一体，在音乐中“精神内涵表现在所有因素的总合中，某一部分受了破坏，其他部分的表现也会受到损害”[①]。如认为音乐是乐音的运动，音乐是感情的表现，音乐对表现任何东西都是无能为力的，音乐不能表现某种情感或某种自然现象，这些各种各样的对音乐的理性把握一经音乐家所认同，那就会影响、制约音乐家的创作。

由此可见当艺术家确立了创作目标之后，来自潜在艺术品的要求，其第一级的要求是该艺术品所属（或所对立）的艺术范式对艺术家的制约。这第一级的要求是普遍的要求，但与其他方面的要求（如政治、经济、宗教、伦理）相对而言却又是特殊的。一切的材料、观念、形式因素作为艺术范式的组成部分而服从某种范式的独特法则从而获得特殊的性质和功能。这在音乐之外的艺术里同样如此，如竹子是翠绿的，在中国画里却可以是黑色的或是红色的；墨是黑的，在中国画里却分五彩；梅、松、竹、菊是植物，在中国画里却成了“四君子”。这来自艺术范式的第一级的要求实际上是要求艺术家的观念退出日常的理性结构而服从艺术范式的法则，特定艺术的理性结构。至此在艺术家意识中活跃的是某种艺术范式的思维：格律诗思维、木刻思维、电影思维、抽象画思维……

第二级的要求是来自艺术家所感受到的具体的艺术格式的要求，艺术家确立了创作目标，实际上是感受到了一个具体的艺术格式需要他来构成，他必须创造一件艺术品来表达。这个具体的艺术格式隐含的法则也便制约、指导着他的创作。这个具体的艺术格式是艺术范式的变体，将是艺术范式的现实化。它是艺术家在掌握了艺术范式的基础上，在构成艺术格式的某一部分作出自己独特选择，或改变了艺术范式中的某部分从而形成了具体的艺术格式。具体的艺术格式是艺术家构成的，它的构成不管如何，总必须面对某种艺术范式。具体格式对艺术范式的关系主要有三种：认同、改

① 汉斯立克：《论音乐的美》，人民音乐出版社 1978 年版，第 46 页。

良、超越或从根本上反对。最能体现艺术品自律性的后面两种。

具体的艺术格式对艺术范式的认同，如果做得成功，由此而生产出来的艺术品对大众（多数的接受者）来说便是自然而然的艺术品。二者的关系是改良的关系，由此而生产出来的艺术品则是使人耳目一新的艺术品。如果二者的关系脱离或对立得厉害，由此而产生的艺术品对当时的接受者来说多是奇异特出的艺术品了，而恰恰是后两种情况造成艺术领域的扩展和丰富，因此我们以下分析的具体格式是后两种。因为这种超越或与艺术范式对立的具体格式隐含了自身独特的规则，不同于艺术范式隐含的法则。这是艺术品的自律性的突出表现。

从创造思维的角度看，艺术家的创造过程是使自己的精神活动的一部分退出既存的秩序体系，进入无序状态，在这种状态中精神活动不断摸索、试探而产生独特的意象、独特的观念，并为这些独特的观念、独特的意象建立特有的秩序，并使之现实化，这与艺术格式对艺术家的要求是丝丝入扣的。

艺术范式要求艺术家的精神活动、创作活动脱离现实整体（日常的包罗万象的）既存的秩序体系而服从它的规则，而具体的艺术格式则首先要求艺术家（部分或全部）脱离既存的艺术文化的秩序体系，超越艺术范式的束缚。归根到底是要求艺术家的创作活动在各个层次上摆脱精神上的束缚而进入自由状态，从而捕捉独特的意象、观念、情感或发现工具材料的新特性，或构成新形式因素而生成具体的艺术格式。杰出的艺术家善于通过格式中的某一因素领悟构成具体艺术格式的密码及其必然性，如同用种子可以培育一棵树，用树枝也可以培育出一棵树一样，部分中蕴含着整体的密码。在这个意义上可说艺术创造是深层地模仿了自然生成的规律。然而由此模仿自然生成而构成的具体艺术格式又具有独特的逻各斯。从而各种观念、形式、材料在某一具体的艺术格式中获得了独特的意义及合理性。

艺术家所感悟到的具体格式以它独特规则制约艺术家的创作过

程。这既是来自潜在艺术品的要求，也是艺术家对自己的限制，至此艺术家已完全听从艺术品自身构成的呼唤而导致主体自由的丧失。艺术家一方面退出既存的观念秩序体系而获得自由；另一方面在创作中又受到具体艺术格式所隐含的规则的约束和限制，这种限制越多，艺术的世界与现实世界的差异越大，艺术品就越具有独特性。在这个意义上可理解斯特拉文斯基所说的："艺术愈有节制、愈千锤百炼，就愈是自由。""谁加给自己的限制愈多，谁就愈能使他自己从束缚精神的枷锁中解脱出来。"①

当马尔克斯选择《百年孤独》作为创作目标："我要为我童年时代所经受的全部体验寻找一个完美无缺的文学归宿。"② 反映拉丁美洲历史，反映全世界的现实"决不忽略或轻视任何一个方面"，建造"另外一种现实或我们一致同意称之为神话的现实或魔幻的现实"，用魔幻的现实反映世界的现实、历史并传达他童年时的人生体验，创造一种魔幻与真实两极尖锐对立的统一的世界。这个潜在的艺术品（小说）立即在语言、结构、格调、人物、主题、观念等各方面向马尔克斯提出要求，向他发难。这些要求又汇集为一个基本的要求，既神奇又是现实的，表现为人物是真实可信的又是神奇莫测的，故事是自然而然的又是不可思议的。在这些限制中马尔克斯创造性地完成了来自创作目标的要求。首先马尔克斯面对的是古典现实主义小说、现代的表现主义小说和超现实主义小说这些艺术范式，他以此为基础而又超越它们，把距离遥远的对立的两类艺术格式打破熔铸成一种新的艺术格式。鉴于此，小说须使读者阅读时感到那些神奇魔幻的东西都是真的。为此，第一，他用拉美的观念处理现实、观察现实，一切在"文明人"看来不可理喻的东西在拉美观念中都是真的。马尔克斯说："加勒比海教会我从另

---

① 李普曼编：《当代美学》，邓鹏译，光明出版社 1986 年版，第 408、409 页。

② 加西来·马尔克斯、门多萨：《蕃石榴飘香》，林一安译，三联书店 1987 年版，第 103 页。

一种角度来观察现实，把超自然的现象看作是我们日常生活的一个组成部分。”[①] 第二，用仿佛亲眼看见的态度叙述。“她不动声色地给我讲过许多令人毛骨悚然的故事，仿佛是她刚亲眼看到似的。我发现，她讲得沉着冷静、绘声绘色，使故事听起来真实可信。我正是采用了我外祖母的这种方法创作《百年孤独》的。”[②] 用新闻记者的描写手法或报道方式描写神奇的事件（如俏姑娘雷梅苔丝裹着床单飞上天空）。用这样的叙述语言和格调写神奇的事件，避免了具体的象征指向或心理情绪的简单对应，久而久之使读者不得不信以为真了。第三，小说中的许多人物既是有真实人物的原型的历史人物又是神话人物，一人兼两种角色。第四，把人物事件置入偏僻孤离的空间，并采用轮回反复和不断改变顺序的时间模式，使人觉得其中的故事既是现实的又仿佛是某个远古时期的。以上几个方面是《百年孤独》对马尔克斯的要求，马尔克斯是通过一个目睹的形象领悟这些要求的。一个老头儿带着一个小男孩去见识冰块。“多年之后，面对枪决行刑队，奥雷良诺·布恩地亚上校将会想起，他父亲带他去见识冰块的那个遥远的下午。”作品开头的这个景象这第一句话，确实蕴含了目击的态度、沉着冷静的格调、轮回的时间观念等因素。

与艺术范式相比，马尔克斯构造的具体艺术格式是对先前的艺术范式的改进。至于杜桑则是在与艺术范式的对立中构造具体的艺术格式，创作艺术作品。比如传统的绘画，写实主义的肖像画这种格式，一个很重要的特征即是美的形象、美的形式、优雅的情调、高尚的精神，而杜桑却偏偏向最经典的作品开刀，将达·芬奇的作品《蒙娜丽莎》添上胡子，题名为《L. H. O. O. Q.》意在给蒙娜丽莎的丈夫开个下流的玩笑，而且提供了一个不美的形式。传统的

---

① 加西来·马尔克斯、门多萨：《蕃石榴飘香》，林一安译，三联书店 1987 年版，第 74 页。

② 同上书，第 38 页。

绘画格式，又一重要特征是在形式的有机构成之中表达作品的意义，杜桑随后却将印有《蒙娜丽莎》的图片签上《L. H. O. O. Q. Shaved》,[①] 形式一点儿没变，但意义全变了。这类创作来自艺术范式的要求被拒绝，艺术品对艺术家制作的要求是从各个角落反对先前的艺术范式。但由于这类作品与现存的艺术品直接对立，以此与艺术发生联系，而主要的引起艺术界的注意，因此不管承认也好不承认也好，都不自觉地把它们当艺术品对待了。这类艺术格式隐含的法则是取消艺术与非艺术的界限。这类作品由于拒绝来自艺术范式的制约，所以有很强的、比较纯粹的自律性。是制作这类作品的艺术家构筑了一个独特的，与先前的艺术范式相对立的艺术格式，从而使现实中的现成物品一旦进入特定的背景便产生了全新的意义。这类作品的自律性集中表现为要求艺术家为现成物创造新意义。这也说明了在形式不变的情况下，将现成物品置入某一特定艺术格式可以因此而产生新的意义，成为一件艺术品。这给原有的艺术观念带来很大冲击，但随之而来的问题是，这些物品是否艺术品？我们能够从艺术品自律性的角度理解它，但我们可以不承认它是艺术品。

四　艺术品的自律性与接受过程

在艺术品的接受过程中艺术品才获得真正意义上的存在。以审美的态度接受艺术品则意味着要求接受者暂时摆脱从科学、经济、政治、宗教、道德等观念出发来接受艺术品，并按艺术品所属的艺术范式要求的法则理解艺术品，如把中国画的墨看成是有颜色的，用墨画的梅花、玫瑰是鲜艳的，把线条看成是饱含情绪的，把西方写实画中的空间看成是三维空间……

而艺术品的自律性则进一步要求接受者按艺术品自身的艺术格

① 有关杜桑的这两件作品参见 *Philosophy Looks At The Art*, Edited by Josenh Uargolis, Temple University Press, Philadelphia. 1978.

式的法则理解作品。“在一部艺术作品中去经验对我们来说以其他方式就不可及的真理。”[①] 由于作品是人造的，其中隐含了作者构造的具体的艺术格式，存在着独特的思维历程，独特的知觉方式和工具材料的新特性等等，它们引导我们进入一个新的世界。当然艺术品只有在与接受主体相互沟通、相互交流中才真实地存在着，接受主体自身的教化积淀（自身既有艺术修养、文化积淀）影响着对作品的理解，即接受主体自身既存的思维模式，知觉模式在某种程度上决定了对艺术品的接受。艺术品的接受，不仅预先设定了某种超越主客体的、使主客体的存在得以实现的基础（即艺术范式），同时也预先设定主客体在此基础上的新的融合。这种新的融合就主体而言意味着思维模式、知觉模式的变动、调整、甚至改造，那么艺术品经验过程是一个独特的过程；就客体而言，意味着艺术品自律性的实现，意味着艺术品的真正存在。如果主体固守原有的思维模式、知觉模式并且硬把作品纳入他的固有模式，那么艺术品的接受过程则不是新的经验，而是主体以往的经验重复，从根本意义上说这样的接受过程毫无审美价值。接受过程中接受主体的创造性不在于以自己固有的模式评判艺术品，而在于向作品敞开心灵，在让作品通过主体得以实现其存在的同时，主体也通过作品实现了新的自我。因此，艺术品的自律性向接受主体发出的要求便是合理的了。如果接受者能成功地响应艺术品自律性的呼唤，不以一成不变的观念来看待艺术品，不以固定的模式来阐释艺术品，那么对每一艺术品的接受则如同探险，每次都有新的发现，甚至发现新的自我。

现在我们能感受到的许多现象是打着接受美学，发扬接受主体的“创造性”的旗号，实际上是主体援引外在的模式来理解艺术品。因此强调艺术理解过程中艺术品的自律性是有一定的现实意义

① 伽达默尔：《真理与方法》导言，王才勇译，辽宁人民出版社 1987 年版，第 51 页。

的。比如对中国新时期文学中所谓后崛起诗派和后现代主义小说的理解和评价就是一个很有趣的现象。对后崛起诗派，骂者说它们浅薄、粗俗、反审美、反崇高，赞者说它们回到艺术符号能指本身、或是语言的自觉、开拓了审美新角度、强化人的本体意识的能动性等等。① 无论是骂者还是赞者都从现行的关于诗的理论模式来理解这些诗。如果我们回到作品本身就会发现，所谓后崛起诗派是几乎无法作一统化的理论概括的，若就其中最有创新意义的作品而言，它们所追求的，恰是与既存的传统诗歌范式相对立。因此，骂者反而说出他们的成功之处，赞者所赞反而成了对它们的讽刺和说出它们的不成功。再者关于马原、残雪等人的小说，许多人迫不及待地寻找理解它们的“参照系”，终于在一种赶时髦冲动的导引下将它们与世界最新潮流——后现代主义小说——新小说派挂上了钩。但如果仔细揣摩这些作品，我们将看到他们是很认真地在写小说，叙说故事，远未走到反小说这地步。比如说残雪的《苍老的浮云》，据作者自己所言，她的作品，是在某个隐蔽的地方，“作者在进行着自认为最真实的人生表演”②。如果我们抛弃外在的模式，我们会发现，其中人物是飘忽不定的，人物行为都是不可理喻的，叙述与结构没有逻辑连贯性，每一线索总在意想不到的地方断了，这些都是很清楚地表明作品拒绝外在的模式，它要求读者摆脱日常的理性结构，而服从小说自身的法则。因此小说的成功在于它表现了某种可能性下的真实人生。如果可能（解除了种种顾忌，放弃各种崇高追求）诸君将如小说中的人物这般表演。确实，如果我们承认小说假定的可能性，也许我们也会如此的过日子，这不仅是潜意识的活动而且是一种真实的实际活动，许多人只是从表面的相似将它贴上后现代主义的标签进而很方便地按新小说派的模式来理解这

① 王干：《新的转机—第五代—新后代—后崛起的一代》，载《当代文艺探索》，1987年第6期。

② 《作品与争鸣》1988年第6期，第59页。

部作品，因而由此而进行的小说批评未免是无对象的批评。

艺术作品要求独特的理解方式，这样的例子比皆是。如夏戈尔的作品《我和我的村子》（绘画），布鲁墨这样说："要在这里找到一个统一的空间是多么困难！熟悉的或陌生的东西，以一种完全出乎我们对日常物体位置想法的方式拼凑在一起。你也许能在画的一些小地方寻到某些特性，但艺术家有效地、有目的地防止你运用日常感觉的机能，他把你引向整个画幅，这张画即是表现了纯属个人的、精神上的幻想图。"① 这很清楚地表明了作品要求特定理解方式的意思。又如郭风的散文诗《天空》："蓝色的天空啊/无边地广阔，那样的深远——/白天出现太阳。晚上出现星星和月亮。鸟从那里飞过。风追着行云从那里吹过。雨点曾经从那里滴落下来。"如果我们进入作品设定的独特视角，仿佛是第一次看到地球这世界，那么我们会感到这段散文诗很美，如果拒绝进入特定视角，那么这作品每一句都是废话。又如杨朔的散文《荔枝蜜》它隐含这样的规则；在普通的事物中蕴藏着动人的诗意，杨朔为我们观察生活打开了一个新的角度，可是评论界概括出了所谓杨朔模式，人们渐渐地按那个似有似无的模式理解杨朔散文，终于导致对杨朔散文的曲解。因此说杨朔散文模式，很重要的原因在于人们千篇一律地去理解杨朔散文，倒不是杨朔写出千篇一律的散文。因为我不止一次地看到许多没有听说过"杨朔模式"的人仍喜欢杨朔散文。

按艺术品自律性的要求理解作品，首先是理解这一艺术品所属的某种艺术范式。其次是理解作品与所属的艺术范式的关系，正是在这种关系中作品确立自己作为"艺术品"的资格。最后是理解艺术品自身所隐含的艺术格式及其法则。只有这样，才可能使接受者从固有的习惯中解脱出来，进入自由的境界，这样的理解才是具有能产性的，即激发了接受者的潜能。

---

① 卡洛琳·M. 布鲁墨：《视觉原理》，张功钤译，北京大学出版社 1987 年版，第 70 页。

强调艺术品的自律性并非切断艺术品与外界的联系，关键在于接受主体要充分尊重艺术品自身独特的必然性——具体的艺术格式及其规则。实际上正是艺术品的自律性才使艺术品与它所处的社会现实、文化背景发生深远的联系，因为对艺术品自律性的分析必然从单个作品走向艺术传统，走向整个文化背景。也可以在分析艺术品自律性的同时看到社会存在及文化背景是如何制约、影响艺术存在的。

艺术批评作为接受过程的深入，势必充分注意艺术品的自律性。一件艺术品所具有的具体的艺术格式如果不是全部等同于既存的艺术范式，那么它必然或多或少超越了先前的艺术范式。一个具体的艺术格式所隐含的规则亦可以看成是一件艺术品或显在或潜在的理性结构，同时又是一个独特的理性结构，既不混合于共时的其他艺术品，也不回归于先前的艺术范式。推而广之，艺术品的理性结构与现实生活中经济、科学、政治、伦理、宗教等精神活动与实践活动的理性结构有所不同，而在不同的理性结构中，其基本观念、感知、推理、想象的规则便有所不同。由于艺术品的理性结构与艺术传统、现实生活的理性结构有所不同，因而各个范畴、各个形象置身于艺术品时它们的意义也就超越了它们原先在艺术传统和现实生活中的意义。因此，评价它们的标准也就与艺术传统、现实生活中的标准有所不同，这便是艺术品自立评价标准的意思。这一点，艺术批评是应该注意的。

比如美与丑，如果将这两个词作为评价性的词语使用时，我们将发现在艺术中没有一样东西能永远保持一个固定的评价。一般用美评价那些和谐、平衡、优雅、合分寸的东西，用丑评价那些冲突、畸形、怪诞、粗鄙的东西。那么，一种形式、一个音调、一个意象等等，在一件艺术品中是美的，而处于另一件艺术品中可能不美，因为不同的艺术格式赋予了它们不同的意义。如《蒙娜丽莎》中那只世界上最漂亮的手，如果出现在毕加索的《亚威农少女》中则不美，蒙德里安的垂直线条在康定斯基的作品中出现便会显得刺眼怪诞了。如果在演奏江南丝竹时，插入几小节摇滚乐，那肯定是捣乱的行为了。任何现象一进入具体的艺术品总是或多或少地改变了它原有的意义，因而艺术中的美丑之分只能从属于特定的艺术品所设定的理性结构。

艺术品的实际存在是主客体相互沟通相互交流的过程，因此在艺术品的接受过程中主客体的对立解除了，有可能达到充分的统一，人最能体验到忘我的意境。人在现实中总是受各种理性结构束缚的，即各种基本观念、感知、思维的规则时时规范着人的行为，而在艺术体验中艺术品所包含的独特理性结构具有优先地位，它要求接受主体听从艺术品的呼求，构建一个与该艺术品相适应的独特的理性结构，从而理解这个艺术品。在这过程中，接受主体摆脱原有的理性结构而获得自由，但他必须构建、接受艺术品暗含的理性结构，他又陷入新的必然，但这种必然是超实用功利的、短暂的，因此在艺术体验过程中接受主体如果将艺术品包含的理性结构放在优先的地位，他会体验到一种自由与必然的融合。这是艺术品的自律性对接受主体的进一步要求，即在自立评价标准之后要求艺术接受主体在接受过程中构筑一个与之相应的理性结构，从而完成一次崭新的心灵体验。

如捷克作家米兰·昆德拉的小说《生命中不能承受之轻》。这是一部哲理性很强的作品，作品有四个基点：第一，小说的智慧大于小说家的智慧，“伟大的小说里蕴藏的智慧总比它的创作者多”。第二，没有绝对的真理，“人们一思索，上帝就发笑”，“因为人们愈思索，真理离他愈远，人们愈思索，人与人之间的思想距离就愈远”。第三，无论有意还是无意，每一部小说都要回答“人的存在究竟是什么？其真意何在”这个问题。第四，这部作品思索的焦点在于人类的媚俗的境况。“媚俗它描述不择手段去讨好大多数的心态和做法。既然想要讨好，当然得确认大家喜欢听什么。然后再把自己放到这个既定的模式思潮之中。”“媚俗就是制定人类生存中一个基本不能接受的范围，并排拒来自它这个范围内的一切。"① 作品把爱情与性欲、灵与肉、个体与群体、偶然与必然、自由与强制等等对立的两极概括为轻与重的对立。小说设置了一个媚俗的世界与脱俗的世界，于是全部生命历程中的轻与重全都发生了神秘的变化，特别是现实生活中关于爱情、事业、祖国、责任等等基本道德原则在反媚俗的情况中发生了极大的倾斜。媚俗实际上就是固守某种流行的模式或理性结构，作品设置了一个媚俗与反媚俗相交锋的情境，力图充分肯定个体的生命价值、肯定生命过程中偶然性、自主性、随意性的价值，并由此引导读者在接受过程中暂时摆脱原有的道德观念、人生观念，有可能以一种超然的态度反思自己信奉的人生观念，从而以更加自由的心灵思索人生的根本意义，探索达到新的生命真实的可能性。

艺术品的自律性导致了现实中的种种现象在艺术品中出现时或多或少产生了新的意义，这是由于艺术品提供了与现实有所不同的情境和理性结构，因此艺术品自律性要求艺术批评首先理解作品提供的情境及其隐含的理性结构，用与作品相适应的标准批评艺术品而不是简单地援引外在的政治、宗教、道德标准批评艺术品。这便是所谓的艺术品自立评价标准。既然各种现象在艺术品中获得独特的意义，那么直接援引普遍的标准、现实的标准进行艺术批评就是一种脱离实际和粗暴的做法了。

如果充分尊重艺术品的自律性，那么在接受过程中必然把艺术品所包含的理性结构放在优先的地位，因而接受主体必须暂时放弃他原有的理性结构，在艺术体验过程中竭其所能听从艺术品的呼求而在特定情境中构建一个独特、暂时、崭新的理性结构。而在这样的接受过程中，艺术品所包含的理性结构不断冲击现实中的各种理性结构，使之不致僵化，这也是艺术品的价值所在。比如在任何一种文化背景中对两性关系都有道德、法律的规范，而古今中外大量的艺术品（主要是文学）经常是表现作家所感受到的一个独特的

① 以上引文均引自《生命中不能承受之轻》，作家出版社 1988 年版。

情境，探索在某种现实关系中改变两性关系的某种新的可能性，由此而促使人们关于两性关系的观念不断完善。又如在人类各种理性结构中时空观念是最基本的观念，艺术对时空观念的拷问和试验也最为活跃最富成效。写实主义、立体主义、超现实主义、抽象主义等都有自己的关于时空的观念，都展现了时空的某一方面的性质，因此各种流派变换时，往往给人以新的时空感受。

当分析深入到艺术品的自律性现实生活中各种理性结构的关系时，对艺术品的批评即从艺术批评（艺术品自立标准的批评、对艺术品自律性的阐释）走向文化批评（从艺术品与人类自身发展的关系评价）。

五　后记

初步分析艺术自律性之后可以看出艺术的自律性是艺术实践中的一种常见的现象，但在艺术实践中我们往往对之熟视无睹，如中国画里用墨画葡萄、牡丹，这与实际上的葡萄、牡丹的色彩相去太远了，我们因为习惯了而觉得这样做很自然，但实际上它就包含了一个很独特的规则在里面，对不了解这种规则的人而言他却会拒绝欣赏，谦虚的人会说不懂得欣赏，狂妄无知的人会指责画错了，牡丹怎么会是黑的呢？因此本文对艺术自律性的分析只是把一种司空见惯的，往往被忽视的客观存在着的艺术现象提出来加以分析，以期引起人们对艺术自律性的重新关注。

在一般的艺术理论著作中，论述艺术特征时几乎包括了艺术的各个方面，而分析艺术自律性则是集中分析具体艺术实践过程中的艺术思维及其规则。本文对艺术自律性的研究和分析是很粗浅的，对艺术自律性的研究进一步展开和深入时，必须（1）仔细研究分析各种类艺术的自律性；（2）仔细研究杰出艺术品的自律性；（3）深入阐述各种文化是如何产生不同艺术种类的自律性的。最后在此基础上阐述艺术思维及其独特规则。

研究艺术自律性的意义：

第一，认识到艺术自律性是客观存在的艺术现象，由此而重视艺术自律性的研究，以利于我们在艺术实践中更好地理解各种艺术从而采取恰当的态度和对策。

第二，充分认识到各民族的艺术的独特性，增强民族自信心。20世纪以来西方艺术逐渐传入中国本土，有人以西方绘画和音乐的理论为武器对付中国画和中国音乐，由此认为中国画、中国音乐落后。如果按西方写实主义的规则来看中国画，那中国画就成了一种幼稚、不准确、非理性的绘画。但如前文所述，中西方两种绘画的发展所依据的是人类视知觉的两个方面，但侧重点不同，所以发展了两种不同的艺术视知觉方式，因而有各自不同的评价标准。从人类自身的存在与发展来看，这两种绘画方式是在两个不同的方面发展、锻炼了人的视知觉能力，因此各有不可替代的独特价值。深入研究艺术自律性有助于正确认识各种艺术的独特价值，对本民族的艺术既不妄自菲薄也不狂妄自大。

第三，各种艺术种类之间的借鉴与结合只有在充分把握艺术自律性的基础上才能获得成功。特别是中国的各种艺术自律性都很强，胡乱改造往往把精华改掉了。比如中国民族器乐的演奏很重视各种滑音、揉弦等非确定音高的乐音的使用，而且乐曲的风格韵味往往靠这些技巧来表现，如果按西方古典音乐的理性原则来处理，严格要求音高的明确与规范，那么往往就把中国乐曲的韵味处理掉了。

第四，从人类自身发展的需要出发深入研究艺术品自律性，认识各种艺术的独特价值及其对人类生活各方面的影响。从而更有效地发挥艺术的功能，促使人类智能的进一步发展。

第三章　审美意象与艺术之真

个体审美经验的展开，意识活动的主要内容表现为审美意象的建构。人在感知外界信息的基础上建构具有概括性的关于某物的直观形象，这是意象的基本涵义。在艺术鉴赏活动中，如果人感知的是词语的声音、词义的连缀、句意的投射、句群的组合，由此建构出的是文学意象。如果人感知的是色彩的交织、线条的结构、块面的镶嵌，那建构的是绘画意象。如果是对乐音运动的音程、节奏、和声的感知则建构出音乐意象。艺术品在人的审美艺术意向性中呈现为艺术形象（通常所谓的艺术形象应该是艺术意象），当我们将这个艺术形象作为审美对象时，也就实际上将它建构为审美意象。所以，讨论、分析人的意识如何建构审美意象可以说是对审美经验的具体过程的反思。

反思审美意象，要思考审美意象的建构过程、审美意象与其他意象的区别、审美意象与物本身的关系、审美意象与存在的关系等问题。在人的生存中，总要形成关于世界的整体意象，并在这个基础上认识、理解这个世界，获得关于这个世界的真理。分析审美意象的形成，自然包含着艺术与真理的关系问题，所以这一章的主要论题是“审美意象与艺术之真”。

第一节　审美意象

如果说文艺美学主要研究对象是审美经验，那审美意象理所当然是文艺美学的基本范畴。

一　表象与意象

意象与表象这两个词语有很大的相似性。心理学论著常用的“表象”是对英文 image 的翻译。《中国大百科全书》的心理学卷对表象的解说是：“在物体没有呈现的情况下，头脑中所出现的该物体的形象。它是表征的一种形式。例如当我们回想起一个熟人时，他的容貌就立即浮现出来，犹如看见他一样。这种过去感知过的事物在脑中重现的形象，称为记忆表象。若人们以已有的知识经验为基础，在头脑中经过加工改造形成新的事物的形象，如作家创造的人物形象，则称为创造表象或想象。”① 在这里所述的表象具有直观性和概括性。

哲学上也讲表象，英文为 representation，它的涵义是：“在感觉和知觉的基础上形成的具有一定概括性的感性形象。是感性认识的高级形式。表象与知觉的主要区别在于：知觉只有当对象作用于感觉器官时才存在，表象则可以在这种作用消失后继续存在。”② 其中所说的表象可分为记忆表象、想象表象和虚构表象。

关于心理学中的表象、意象，王葆玹说：“英美心理学中的‘意象’（imagery）概念与中国哲学中的‘表象’概念很相似。”③ 据以上两种解释，表象的突出特点是形成并存在于人的意识中的关于某物的形象，而且是在物体没有直接呈现的情况下仍可以存在于人的意识中的形象。这样的表象，可以说与流行的艺术理论中的意象极为相似，或者粗放地说，意象是意中之象，近似于心理学、哲

---

① 《中国大百科全书·心理学卷》，光盘版，中国大百科全书出版社出版，北京东方鼎电子有限公司开发制作，1999 年。

② 《中国大百科全书·哲学卷》，光盘版，中国大百科全书出版社出版，北京东方鼎电子有限公司开发制作，1999 年。

③ 王葆玹：《论意象思维》，《中国思维的偏向》，中国社会科学出版社 1991 年版，第 63 页。

学著作中所说的表象。但其中也有极大的本质性的区别。一般心理学、哲学著作中所说的表象是关于客观存在物的表象，是客观事物不在场时意识中仍存在的关于某物的形象。在某些情况下也指称意识想象出来的，某种根本不存在的东西的形象。艺术作品一方面它本身就是对客观事物表象的表现；另一方面它对于鉴赏者而言又是一种客观事物，鉴赏者解读作品并据以形成新的表象。严格说，是艺术作品表现的表象、鉴赏者依据艺术作品建构所得的表象才可以相当于文艺论著中的意象。

二　文艺论著中的意象

中国许多文艺美学、美学的论著认为意象是文艺美学的重要概念。夏之放在《审美意象论》一文中主张："用审美意象作为文艺学体系的第一块基石。"[①] 陈望衡认为："由情景两种基本因素构成的'意象'成为中国古典美学的审美本体，意象的最高形态为境界，它在艺术中体现为意境。不是美，而是境界，成为中国古典美学的主题词。"[②] 谭好哲、程相占主编的《现代视野中的文艺美学基本问题研究》一书，也把"意象"作为"艺术审美的主要范畴"[③]，而且认为是他们提出了"新意象"的概念。其他一些论者也有相似的论述，尽管对意象的基本特征的把握有所不同，但都意识到"意象"这个概念在中国文学理论或文艺美学中的重要性。

中国古代可能最早出现意、象并用的是《周易·系辞上传》，其中有"书不尽言，言不尽意……圣人立象以尽意"的说法，后来刘勰《文心雕龙·神思》有"玄解之宰，寻声律而定墨；独照之匠，窥意象而运斤"的说法，虽然这里所指并非艺术意象，但

① 夏之放、孙书文主编：《文艺学元问题的多维审视》，齐鲁书社 2005 年版，第 70 页。

② 陈望衡：《中国美学史》，人民出版社 2005 年版，第 14 页。

③ 谭好哲、程相占主编：《现代视野中的文艺美学基本问题研究》，齐鲁书社 2003 年版，第 73 页。

一般认为这是中国文献中较早出现的关于“意象”的论述。然而，在中国古代的论述中，意象一词主要是作为意与象的并称或组合词来使用的，是立象以尽意的“意象”，象与意是分立的，如明代何景明所说：“夫意象应曰合，意象乖曰离。”[①] 也有些用法以意象指称画中形象，如刘熙载的：“书与画异形而同品。画之意象变化，不可胜穷，约之，不出神、能、逸、妙四品而已。”[②]

汉译西方论著也常出现“意象”这一词语，但由于是翻译的论著，不能根据译文做概念辨析，但可以看出有时不同的译名可能讲的是同一个概念。比如，有的论者所说的康德的“审美意象”，有的则译为“审美理念［感性理念］”，它是一种具有丰富意义但又不能归结为某个理性概念的表象。[③] 这样的“审美理念”按中国人的思路，解读为“审美意象”也是有道理的。它的基本结构是以一个具体的形象（表象）表达丰富多样的理性意蕴，这与中国传统论著中所用的意象确有诸多相通之处。萨特《想象心理学》的中文版是作为美学论著出版的，其中即以“意象”为中心概念

① 何景明：《与李空同论诗书》，引自胡经之主编《中国古典美学丛编》，中华书局 1988 年版，第 43 页。

② 刘熙载：《艺概·书概》，上海古籍出版社 1978 年版，第 168 页。

③ 朱光潜指出：“康德在《判断力批判》里所用的 Idee，在汉语中一般译为‘观念’，而‘观念’在汉语中近于概念，是抽象的，不符合康德的原义，康德在涉及审美时所用的原义是一种带有概括性和标准性的具体形象，所以依 Idee 在希腊文的本义译为‘意象’较妥。”（朱光潜：《西方美学史》下卷，人民文学出版社 1979 年版，第 395 页）又，蒋孔阳译康德《判断力批判》：“总之，审美意象是一种想象力所形成的形象显现。它从属于某一概念，但由于想象力的自由运用，它又丰富多样，很难找出它所表现的是某一确定的概念。这样，在思想上就增加了许多不可名言的东西，感情再使认识能力生动活泼起来，语言也就不仅是一种文字，而是与精神（灵魂）紧密地联系在一起了。”（伍蠡甫主编：《西方文论选》上卷，上海译文出版社 1979 年版，第 564 页）这一段话，邓晓芒的译文则是：“总之，审美［感性］理念是想象力的一个加入到给予概念之中的表象，这表象在想象力的自由运用中与各个部分表象的这样一种多样性结合在一起，以至于对它来说找不到任何一种标志着一个确定概念的表达，所以它让人对一个概念联想到许多不可言说的东西，对这些东西的情感鼓动着认识能力，并使单纯作为字面的语言包含有精神。”（《判断力批判》，邓晓芒译，人民出版社 2002 年版，第 161 页）

展开论述。美国著名的艺术心理学家阿恩海姆的《视学思维》也以大量篇幅论述意象（主要是视觉意象）在思维中的重要作用，对我们理解意象在艺术创作中的作用富有启发意义。艾布拉姆斯的《文学术语词典》收意象（imagery）词条，列出三种常用的词义："(1)'意象'（即'形象'的总称）用于指代一首诗歌或其他文学作品里通过直叙、暗示，或者明喻及隐喻的喻矢（间接指称）使读者感受到的物体或特性。…… (2)意象在较为狭窄的意义上仅用来指对可视客体和场景的具体描绘，尤其是生动细致的描述…… (3)按照目前最普遍的用法，意象指的是比喻语，尤其指隐喻和明喻的喻矢。"① 应该说艾布拉姆斯的概述对我们理解"意象"这个词是有很大帮助的。

在当代文学理论或文艺美学论著中一般将意象把握为"意中之象"。如夏之放的观点就是较有代表性的论述，他认为："这样我们就有了四种意象：当下审美意象、象征性意象、想象意象和幻想意象。所有这些意象的'象'，都已不是客观事物的物理现象本身，而是主体意识中之象，或称心象，是渗透了主体的理解（意义、意念）、情感（意味）和行动倾向（意志）的'象'。在'意'与'象'的结合中，绝不是二者的简单相加，而是'意'占据着支配地位、主宰地位。正是这一点，使审美意象高于一般认识表象、记忆表象而成为具有新质的东西，成为创造性想象的光辉成果。由此我们才说，一切纯文学艺术作品中所展示的都是一种通过创造性想象而虚拟的天地，是一个虚幻的艺术世界。"② 这个论述值得辨析的地方有两点：第一，意象作为主体意识中的"心象"与所谓"客观事物的物理现象本身"的区别，其实，不管是意象还是现象，都是意识建构出来的心中之象，对人而言，没有纯客观

① ［美］艾布拉姆斯：《文学术语词典》（中英对照），吴松江译，北京大学出版社 2009 年版，第 243 页。

② 夏之放、孙书文主编：《文艺学元问题的多维审视》，齐鲁书社 2005 年版，第 86 页。

的“形象”，关于各种客观存在物的现象，总是意识的事实，是一种意象。“一般认识表象、记忆表象”也是意识建构出来的，它们与作为“创造性想象的光辉成果”的审美意象的根本区别不在于是否由想象而得，而在于建构审美意象与一般表象的不同方式、不同态度。第二，任何意象，都不是分离状态的“意”与“象”的结合，而是一产生“象”，意即在其中、情也在其中了。因为任何“象”都是主体的“意”所建构的，尽管建构出来的“象”有的标明所表达的情感，有的故意淡化情感表现，但总是意象一体的，所以不存在意与象的“简单相加”的问题。我们也可以从这一点出发理解为什么王国维在《人间词话》中用“境界”一词取代“意境”，尽管在他的用法中两词的涵义基本相当。

其实，如果限于意象与主体意识的关系、意与象的关系，一般表象与审美意象都有很多相似、相通之处。心理学、哲学中关于表象、意象的论述揭示了人的意识活动的一种重要能力，艺术鉴赏中审美意象的建构正是这种能力的表现。一般意象与审美意象，它们的区别在于主体如何建构意象，所以，我们现在要思考的问题是，进一步理解审美意象的依据、结构、基本特征，分析审美意象构成的具体过程。

三　艺术审美意象的建构

我们所说的审美意象是审美经验中的意象，是在审美意向性中形成的、以艺术审美意向构成的关于某物的表象，它进而成为审美对象。我们可以这样理解审美意象与审美对象的关系：人在艺术意向性中建构关于某物存在的意象，以之作为审美对象，这样的意象就是审美意象。具体而言，是人以审美态度对待事物，以审美知觉感知它，在与客观存在物的交流中建构与之相关的审美意象。

审美意象的建构首先依赖于审美知觉，艺术作品通过人的接受而真正存在，而人自然以一定的方式让作品存在，审美知觉就是人让作品存在的方式。而不同的理论视野中，对艺术审美知觉的描述是有所不同的，不同的审美知觉的描述，实际上是体现了不同的建构审美意象的方式。以下我们概述纯知觉中的审美意象、形式化的审美意象与诗意化的审美意象三种审美意象的主要特征。

（一）纯知觉中的审美意象

在审美经验中，最典型的是纯知觉建构的审美意象，或者说审美经验要求以纯知觉建构审美意象。纯知觉建构的审美意象主要是西方美学强调的审美感知方式。如叔本华认为理念是直观的，是意志直接的恰如其分的客体性，而艺术的目的就是理念的表出，“使在每种艺术的对象中把自己透露出来的理念，在每一级别上把自己客体化的意志展开和明显化是一切艺术的共同目的。”[①] 而对理念的体会是一种摆脱了为意志服务的“纯粹的认识”[②]。在叔本华看来，只有这种一般人难以达到的“纯粹的认识”才可能把握真理（认识意志本身），艺术的目的是对理念的体会并把它表现出来，所以艺术创作与艺术鉴赏也应追求达到“纯粹的认识”。现象学美学也将达到一种极端性的知觉作为审美知觉。杜夫海纳说：“事实上，审美知觉是极端性的知觉，是那种只愿意作为知觉的知觉，它既不受想象力的诱惑，也不受理解力的诱惑。想象力引人围绕着眼前的对象胡思乱想，理解力则引人将眼前的对象纳入概念的确定性以便掌握它。一般知觉一旦达到表象，就总想进行智力活动，它所寻求的是对象的某种真理，这就可能引起实践，它还围绕对象，在把对象与其他对象联系起来的种种关系中去寻求真理。而审美知觉寻求的是属于对象的真理、在感性中被直接给予的真理。”[③] 在这里杜夫海纳所说的审美知觉与我们一般的鉴赏理论所描述的审美感受有一点不同。一般的鉴赏理论，如中国传统诗论总喜欢强调艺术

① ［德］叔本华：《作为意志和表象的世界》，石冲白译，商务印书馆 1982 年版，第 349 页。

② 同上书，第 440 页。

③ ［法］杜夫海纳：《美学与哲学》，孙非译，中国社会科学出版社 1985 年版，第 53 页。

欣赏过程中的想象活动、体会象外之旨，而杜夫海纳则明确指出审美知觉应是纯粹的知觉，不受想象力的诱惑。中国传统诗论描述的主要是“诗意化的审美意象”，而杜夫海纳这里强调的是审美知觉是力求排除各种先在观念的偏见，从而获得对象的真理。与杜夫海纳的现象学哲学背景有关，他所说的“真理”是审美对象的真切呈现。

这个真理是认识活动的起点，因为我们要判断一个陈述与事物相符，首先要真切知道这个事物之所是。为了知道这个事物之所是，首先要排除各种先在的概念、意见、理论而达到现象学的本质还原，然而，许多论者指出这种现象学的本质还原不可能是彻底的还原，但在杜夫海纳看来，在艺术审美中却可以完成这种现象学的还原。所以他接着又说：“我们敢说，审美经验在它是纯粹的那一瞬间，完成了现象学的还原。对世界的信仰[①]被搁置起来了，同时，任何实践的或智力的兴趣都停止了。说得更确切些，对主体而言，唯一仍然存在的世界并不是围绕对象的或在形相后面的世界，而是——这一点我们还将探讨——属于审美对象的世界。……那个非现实的东西，那个‘使我感受’的东西，正是现象学的还原所想达到的‘现象’，即在呈现中被给予的和被还原为感性的审美对象……审美对象不是别的，只是灿烂的感性。规定审美对象的那种

---

① 世界信仰：“哲学从一开始就把自己理解为总体的认识。……胡塞尔始终把这个总体称为‘世界’。”（克劳斯·黑尔德：《现象学的方法·前言》，《现象学的方法》，胡塞尔著，倪梁康译，上海译文出版社 2005 年版，第 23 页）

“人在自然观点中与对象的关系是一种对对象的自明的观念。这种‘存在的信仰’起初只涉及到个别意向体验的个别对象。在进一步的观察中，这个信仰即包括了所有这类对象的总体，即‘世界’。”（同上，第 24 页）

“通过我们的不确定的前意见向原本的被给予性的过渡，我们不仅达到充实或证实，而且同样也达到‘失实’。但一个基本的信念却并不因此而受到触动，即这样一个信仰：世界是作为一个基地而存在着，我们在某种程度上将所有对象都放置在这个基地上。每个失实都导致这样一个结论：‘不是这样的，而是那样的’，但从未导致一个完全的无。所以世界的存在始终具有‘终极有效性’，即使我们必须在这个或那个对象的存在和如此存在上排除这个世界的存在对我们的有效性。胡塞尔将这个与世界有关的存在信仰称之为自然观点的总命题。”（同上，第 25 页）

形式就表现了感性的圆满性与必然性，同时感性自身带有赋予它以活力的意义，并立即献交出来。"① 杜夫海纳之所以强调审美知觉的纯粹性，达到"现象学的还原"，即获得一个无偏见的感知起点，正是为了让审美对象得以真切、圆满、直接、是其所是地呈现。

杜夫海纳所说的审美知觉，其中一个突出的特点是拒绝理解力和想象力的"诱惑"，是作为知觉的知觉，是一种纯粹的知觉。这也就意味着审美知觉的非功利性、非实用性，在审美经验中对各种伦理观念、政治观念、宗教观念、科学观念的放弃，力求避免各种先在的思想、情感偏见，以达到纯粹的审美知觉。因为在纯粹审美知觉中，审美对象才是真正的、圆满的感性对象，如同杜夫海纳所说"审美对象不是别的，只是灿烂的感性"②。立论的角度与康德关于美的分析相似，康德也是在审美知觉与审美对象的关系中把握美的对象。"凡是那没有概念而普遍令人喜欢的东西就是美的。""美是一个对象的合目的性形式，如果这形式是没有一个目的的表象而在对象身上被知觉到的话。""凡是那没有概念而被认作一个必然愉悦的对象的东西就是美的。"③ 结合杜夫海纳和康德的论述，我们可以看出审美对象与审美知觉是相互联系、相互构成的。

在杜夫海纳的描述中，审美对象"是灿烂的感性"，"同时自身带有赋予它以活力的意义"，它是在审美知觉中得以建构完成的。这个在审美知觉中建构的审美对象可以认为就是审美意象，在审美知觉中呈现的审美对象的特征，可以理解为是审美意象的特征。其中"感性的圆满性与必然性"所表达的就是存在者之所是。切不能将感性仅仅阐释为形象性和情感性，更不能将身体能量等同

---

① ［法］杜夫海纳：《美学与哲学》，孙非译，中国社会科学出版社 1985 年版，第 53～54 页。

② 同上书，第 54 页。

③ ［德］康德：《判断力批判》，邓晓芒译，人民出版社 2002 年版，第 54、72、77 页。

于人的感性欲望。“感性的圆满性与必然性”是指在审美意向性中，审美对象的本真呈现，是存在者的真理的显示。这里所说的真理是对象本来所是的呈现，不是认识与事物的相符或命题与事实的相符。

审美意象就是事物通过艺术语言在主体审美知觉中的本真的呈现，这是审美意象首要的特征。

（二）形式化的审美意象

在审美感知中，对感性的强调也就是在艺术审美经验中对形式因素的强调。在艺术审美经验中建构的审美意象，是在感受各种艺术形式的感性构成中建构起来的。不同的艺术形式，有不同的建构审美意象的方式和要求。在审美意象的建构中，正是艺术作品的形式因素使得艺术的审美意象与其他审美意象的建构具有不同的特征。

听音乐，切切不可越过具体的乐音运动形式而想象各种“画面”和“思想感情”，音乐就是音乐。嵇康主张“声无哀乐论”，汉斯立克说“音乐的内容就是乐音的运动形式”①，他们两人强调的就是在音乐鉴赏中对音乐形式特性本身的感知，只有这样才能真正理解音乐的精神内涵。不然的话，我们完全可以设想一个人，只读音乐作品的标题——比如名为《辽阔的草原》的乐曲——就可以想象出这部音乐作品“描写”了草原上的羊群、泉水、牧场等美丽的风光，而完全不用听这个音乐作品。严格意义上说，听音乐就是全神贯注于音乐本身，而不是借声响去想象各种各样的场景和情感。对中国水墨画的鉴赏，如果不是从宣纸、水墨、毛笔的表现特性入手感知其笔墨形式的意味，就无法建构中国水墨画作品的审美意象，很可能“理解”作品是画了一个人、一座山，可以借此作品获得关于一个人、一座山的意象，但却不是中国水墨画的艺术

---

① ［奥］爱德华·汉斯立克：《论音乐的美：音乐美学的修改刍论》，杨业治译，人民音乐出版社1980年版，第50页。

意象，更无从谈到审美意象了。

文学以语言为形式因素，读者须理解词语、句子、句群的意义，并理解作品的篇章结构，由此建构文学的审美意象。与绘画、音乐、雕塑、戏剧等艺术形式相比，文学审美意象的建构具有间接性，须由词语表达转换为“感性形象”，实际上文学形象的“感性”是比喻的说法，只是在人的意识中词语表达的意思转化为“感性形象”。因此，文学的审美意象在所有艺术意象的建构中具有更多的复杂性。文学意象的建构大致有三种形态。第一，是绘画性意象，它相似于绘画的描绘，通过语言进行细致生动的景物描写和人物刻画，追求近似于绘画或浮雕的效果，期待读者通过阅读“再现”丰满、生动、细致的形象，并以之为审美对象。第二，是象征性意象，以概括的笔法立象，突出其主要特征并具明显的倾向性，虽然也期待读者在阅读中再现形象，但这形象虽然可以是较为复杂的构成，但也只是中介，阅读的旨趣不在形象的审美观照或鉴赏而在于它的象征意义。第三，是概念化意象，以极其简括的语句立象，使人一目了然，其形象寓意也比较明显，这类意象以鲜明的形象性语句概括某类事物的普遍意义和本质特征，相似于辩证逻辑中的“具体概念”而作为意象思维的基本形式。

这三种意象形态是参考阿恩海姆在《视觉思维》中的论述概括出来的。也有的论著往往把文学意象当作局部、个别的现象，如韦勒克、沃伦在《文学理论》中把意象作为文本（主要指诗）的一个层次，它们在文本中转换成“存在于象征和象征系统中的诗的特殊‘世界’”①，这样的话，审美对象就是一个多层次构成的对象，不仅仅限于“意象”层面。当然，无疑的，意象是诗中最核心的部分，或者把诗的特殊世界理解成意象体系或意象群。

艺术审美意象的建构与作品形式的材料特性是密切相关的。制

---

① ［美］韦勒克、沃伦：《文学理论》修订版，刘象愚等译，江苏教育出版社2005年版，第174页。

作各种艺术作品的材料，其特性在作品中得到充分的揭示，在艺术审美经验中，艺术审美意象的建构须以对艺术品材料特性的感受作为基础，一座大理石雕像，大理石的特性在这个雕像中得到充分的揭示，审美意象就是以大理石材料特性为基础的意象。所以，对艺术形式意味的感悟与审美意象的建构实际上是同时进行的，只是为了文字上的论述而不得不分别阐释。在第四章我们将进一步讨论艺术形式意味在审美经验中的作用和意义。

（三）诗意化的审美意象

中国的艺术鉴赏传统并不排除鉴赏中的想象活动和意蕴领会，反而力求启发、激发对言外之意、象外之旨、神韵、气韵的领悟。由此建构的审美意象，可以视为一种诗意化的审美意象。

中国古代最经典的诗集是《诗经》，对《诗经》的解读总结出“风、雅、颂、赋、比、兴”六义。风雅颂是标明诗的体裁。赋比兴是指称诗的写作方式，但也可以理解为诗的鉴赏应遵循的方式，也就是诗歌审美意象建构应循的路径。“赋者，铺陈其事而直言之者也。”（朱熹语）这个解说是最为普遍接受的说法，总结了“赋”的主要形式特征。如果仅限于直观所叙之事，对“赋”的解读以纯知觉为主，建构所描述的各种意象，这倒近于纯知觉审美意象。但一般而言，赋的写作动机是意在讽喻，所以在赋的解读中以明了所喻之义为要，并非重在欣赏所描述的事件、景物。刘勰的《文心雕龙》有《比兴》一篇：“比者，附也；兴者，起也。附理者，切类以指事，起情者，依微以拟议。起情故兴体以立，附理故比例以生。”这里阐明了比兴两种写作方式和鉴赏方式，其基本特征是以物起兴、比拟、象征、暗示事物、景物之外的情理。所以，诗歌的审美意象不是纯知觉的审美意象，反而要求想象力与理解力的参与，从而领悟景物之中所隐含的情理，而且这样建构出来的诗歌意象更为看重其中的意趣、情理、韵味、兴致。这种审美意象的建构方式不仅在诗歌鉴赏中广为运用，而且影响至绘画、书法、戏剧等其他艺术。或许这种审美意象建构方式与中国道家的思维方式有关。

老子、庄子总是强调道的不可言说，但他们的著作就是对“道”的言说，实际上是提醒读者对“道”的领悟不能局限于词语涵义本身。“道不可闻，闻而非也；道不可见，见而非也；道不可言，言而非也。知形形之不形乎？道不当名。”（《庄子·知北游》）“筌者所以在鱼，得鱼而忘筌。蹄者所以在兔，得兔而忘蹄。言者所以在意，得意而忘言。吾安得忘言之人而与之言哉。”（《庄子·外物》）“可以言论者，物之粗也；可以意致者，物之精也；言之所不能论，意之所不能察致者，不期精粗焉。”（《庄子·秋水》）这里体现了一种超越语言表层意义而领悟深层意蕴的感知范式，这个范式深深地影响着中国艺术的审美经验的构成。

《列子》所叙九方皋相马的故事很耐人寻味。伯乐年老，向秦穆公推荐九方皋，三个月后九方皋回报在沙丘为秦穆公寻得千里马。“穆公曰：‘何马也?’对曰：‘牝而黄。’使人往取之，牡而骊。”秦穆公不高兴地说连色相、雌雄都分辨不清楚，怎么可能找到千里马呢?“伯乐喟然太息曰：‘一至于此乎！是乃其所以千万臣而无数者也。若皋之所观，天机也，得其精而忘其粗，在其内而忘其外；见其所见，不见其所不见；视其所视，而遗其所不视。若皋之相者，乃有贵乎马者也。’马至，果天下马也。”（《列子·说符》）这个故事体现了对事物的把握应超出外在形相而观其“天机”的旨趣，也是得鱼忘筌、得意忘言的范式。如果这个感知范式用于艺术鉴赏，势必要求超越直观的艺术意象而领悟更为空灵的意蕴，并以此为完整的审美意象的有机构成。如苏轼的诗句：“论画以形似，见与儿童邻。赋诗必此诗，定非知诗人。”这个著名的论断明确要求诗画创作与鉴赏均不能只限于诗画本身，指明对作品之外的意蕴的领悟更为重要、可贵。甚至一些诗作中也暗示读者追踪无影无形的“真意”，如陶渊明的《饮酒》第五：“结庐在人境，而无车马喧。问君何能尔，心远地自偏。采菊东篱下，悠然见南山。山气日夕佳，飞鸟相与还。此中有真意，欲辨已忘言。”其中那种能感悟而不能言说的“真意”，是这首诗的艺术意象的构成要素，有此“真意”这首诗所表现的审美意象才是完整的。

实际上对画外、诗外韵致的追求，成了中国艺术家的自觉追求。如元代画家倪云林画竹，就声称：“余之竹，聊以写胸中逸气。岂复较其似与非，叶之繁与疏，枝之斜与直哉？他人视为麻为芦，仆亦不能强辨为竹，真没奈览者何。”[①] 虽标明画竹，但只求表现“胸中逸气”，至于所画是竹是麻，已不重要。自宋元以降发展起来的中国文人画，以水墨为主要表现手法，不求形似求神似成为一个重要的创作原则，以致后来将这种画法称为写意画。

以上这些实例，启发人们建构的审美意象是诗意化的意象，不仅是直观的、纯知觉的审美意象，这是中国传统艺术审美经验的重要特征。其实，人的意识是一个整体，纯知觉意象的可能性是可疑的，人的知觉与情感、理性是不可分离的，人的感知总会在形成纯知觉意象的同时展开各种想象和感悟。或许，中国传统诗歌意象建构方式的论述更为切合艺术审美意象建构的实际过程？

（四）丰满的审美意象

人类已积累了丰富的建构审美意象的经验和范式。西方的著作多做一般性、普遍性的理论阐释，如康德的《判断力批判》，席勒的《审美教育书简》，杜夫海纳的《审美经验现象学》，乃至近期韦尔施的《重构美学》等。中国丰富的诗品、画品、诗话、札记则倾向于总结、记载各种各样具体的审美经验，如谢赫的《古画品录》，刘勰的《文心雕龙》，钟嵘的《诗品》，及历代的各种诗话、画论。最为详尽、直接阐释如何建构审美意象的是司空图的《二十四诗品》，“它是描述二十四种诗的韵味或二十四种诗美的诗”[②]，它总结了面对不同的诗作如何建构与之相应的具体生动的

① 王逊：《中国美术史》，上海人民美术出版社 1989 年版，第 366 页。

② 王文生：《中国美学史——情味论的历史发展》，上海文艺出版社 2008 年版，第 40 页。

审美意象的类型。

在各种关于审美经验的论述中，我们可以看出感知、形式、诗化是审美意象建构的基本环节，在具体的审美鉴赏中这三个环节是相互勾连同时展开的，很难做一种阶段性的区分。同时，在审美意象的建构中，审美享受（情感愉快）与诗意向往是各种论述共有的范畴。我们往往说，艺术的本质特征是审美特征，美学也就是艺术哲学，所以艺术的审美特征成为一种先验的范畴，非审美的艺术往往被认为不是真正的艺术。情感愉快，简直就是艺术鉴赏中的一个先验范畴，这个观念导引着人们的审美经验，也制约着人的审美意象的建构。艺术作品，当给人以审美享受，它的意义不是指向宗教、伦理、实用的目的，而是内涵更为丰富、空灵的“诗意”，人们在这样的范式中建构审美意象。

我们应注意到黑格尔、席勒等西方的美学理论家强调美的形象是活的形象，是感性与理性的统一，或如康德所述，审美理念是以感性形象表现丰富的理性意蕴，但在西方的理论背景下，审美与感性通用，所以论述艺术作品的审美特征也更多地强调审美意象的感性特征、感性直观的重要性。而中国的历代关于艺术鉴赏的论述似乎更强调诗意向往的重要性，强调对诗外、画外韵味的感受和领悟。这两种不同的侧重点，预示了当代审美享受与诗意向往的分歧，预示了当代美学发展的不同取向。

历来审美愉快与诗意向往是密不可分的，但当代审美化的倾向表明了审美享受与诗意向往的不同。当代日常生活的审美化倾向，表明在审美经验中感性的全面解放（开放），特别是居住、饮食、服饰、环境的审美化，在感性的方面已更为重视触觉、味觉等感觉的享受，这与传统美学重在视觉、听觉的审美享受不同了。这样的审美化，自然与诗意向往有所区别，同样的情感愉快，彻底感性化的享受与精神的享受是有所不同的。“一箪食，一瓢饮，在陋巷，人不堪其忧，回也不改其乐。”（《论语·雍也》）孔子赞赏的颜回的这种情感愉快（乐），就不可能是当代审美化的情感愉快，更多的是精神性的诗意向往的情感愉快。所以尽管都是情感愉快，既可能是感性化为主的情感愉快也可能是精神性为主的情感愉快，只以审美享受标识审美愉快，有点遮蔽了审美中的精神向度。中国传统诗学，尽管有忽视直观形象的可能性，但强调对形外或形上的意蕴体会是具有重要价值的，它更体现了审美经验中的诗意向往。而这种诗意向往是审美意象的有机构成。

由此我们也可以看到艺术审美经验不是建构一个可以静观的审美对象，然后在静观中得到审美享受，而是在建构审美意象的过程中得到审美享受，审美意象在一个审美经验过程中力求以纯知觉对形式因素进行感知，并以诗意向往为导引建构的、在审美经验中持存的意象。审美意象在不断形成中又不断超越自己，在诗意的引导下展现新的意象，构成审美与诗意统一的境界。以纯知觉建构的审美意象体现着人类认识生存真理的渴望，而诗意向往则体现了完整认识生存真理的睿智，审美与诗意的统一构成丰满的审美意象。

审美经验中的审美意象具有什么意义？这是我们应该继续思考的问题。在一般认识过程中的意象，其感性形式可能是片面的，而且感性形式最终将被理性认识形式所取代。而感性圆满的审美意象，如果它不是认识的初级阶段，也不是某个现实事物的正确写照，那它意味着什么？或许它是关于生存的表象。由审美意象构成的艺术作品，非功利、无目的、非实用地展现一个艺术的世界，以自己独特的方式照亮现实世界。或许如同自然科学建构了关于现实的真理一样，艺术也以自己的方式建构了关于生存的真理？

第二节　艺术与真理

从生存的角度看艺术，讨论艺术与真理的关系问题，主要在于思考艺术对人的生存所具有的重要意义。艺术对人类的生存而言，不仅仅在于消遣，或情感愉悦的享受，艺术具有开创新的生存方式的本源性意义。

一　存在之真理

人类要健康地生存、持续地发展，首先要真切认识人生存于其中的世界，其次要合理地筹划、创想人类的未来。这个世界，人们以自然科学的方式从极宏观与极微观的角度对其进行无所不至的研究和分析，对人本身也有精细的研究和认识，尽管人类尚未完全认识自然，对人本身的许多生理也尚未理解，但我们坚信自然科学（或许可以包括一些社会科学）是严格、精确揭示真理的重要方式。然而自然科学或某些社会科学研究的严格性与精确性是有一个前提的，这个前提是，一种研究必须以某个事先确定的范围为研究对象，在一定的范式中研究才可能是严格和精确的。所以科学研究，它揭示的真理是关于某个特定范围的真理，在这个范围之外的事物则不成为它研究的对象。而人的生存总是关涉整体存在者的，由此自然科学的真理不可能垄断全部真理。但艺术，历来以之为虚构、想象、幻想的表达方式，它的无功利性、无目的性、非实用性似乎使它与真理无缘。然而艺术，却是对人的生存的真切表达与展望，通过人的生存揭示现实各种存在者的真正意义，它不能如科学研究那样将人的生存分割为各种局部来研究。从生存的角度看，与人类相伴而生的艺术，我们只能设定它本质上应该有利于人的生存，不能有害于人的生存，它展现的是一种虽与自然科学不同，但同样是关于现实的真理。在人与万物共存的世界中，人的心理、情感对万物的响应，万物（即使是虚构之物）对人的真实影响，正是艺术不可回避的生存真理。

人的生存，不能只理解为某个人的生存，而只能是人类整体性共在的生存。人类对未来的筹划，某个时代的伟大构想决不能局限为某个人的生存打算，事业的成功。人类历史上，一个新时代的开始，就是一次伟大的艺术创想。所以，各种具体的艺术活动，可以看成是酝酿伟大艺术构想的演练。

海德格尔的论文《艺术作品的本源》论述了真理与艺术的问题，他的看法值得借鉴。但他所论的真理、艺术与一般的概念有极大的不同。按海德格尔的说法，真理不是知识与事实符合的正确性的真理，而是“存在之真理”，是“存在者之为存在者的无蔽状态”。这是一个更为根本的真理观。一般而言，我们把某个陈述与事实相符理解为真理，也就是某个陈述的正确性。而把真理理解为“正确性”还须有一个前提，即除了某个陈述之外，我们首先要知道那显而易见的东西，这个东西的“无蔽状态”是把真理理解为陈述的“正确性”的前提。

在《艺术作品的本源》中，海德格尔分析物、器具、作品三者的关系，指明艺术作品开启存在者的存在。他以凡·高的油画《农鞋》为例，说：“凡·高的油画揭开了这个器具即一双农鞋实际上是什么。这个存在者进入它的存在之无蔽之中。”“艺术作品以自己的方式开启存在者之存在。在作品中发生着这样一种开启，也即解蔽（Entbergen），也就是存在者之真理。”① 凡·高画的是一双被穿破的旧鞋，画作展现着这鞋与人的关系，鞋是在人的穿着中存在，完成其为真正的鞋的本质，这存在者的真理，并以此阐释“存在者之真理已经自行设置入作品中”。接着他又以神庙建筑为例，阐释了在艺术作品中真理生发的方式。从而阐明真理是无蔽状态，是一种生发，是澄明与遮蔽的原始争执，都阐释为“本有”。这个“本有”不是一种固有的状态，而是一种在特定境况中成为真正的自己的意思。

在海德格尔看来，艺术作品的本源是艺术。于是，由作品与真理的关系进而论述艺术与真理的关系，他说：“艺术的本质先行就被规定为真理之自行设置入作品。……设置入作品也意味着：作品存在进入运动和进入发生中。这也就是保存。于是，艺术就是：对作

① ［德］海德格尔：《艺术作品的本源》，《林中路》，孙周兴译，上海译文出版社2004年版，第21、25页。

品中的真理的创作性保存。因此，艺术就是真理的生成和发生。”接着，他指出：“作为存在者之澄明和遮蔽，真理乃是通过诗意创造而发生的。凡艺术都是让存在者本身之真理到达而发生：一切艺术本质上都是诗。”[①] 由诗又导向语言，认为“惟语言才使存在者作为存在者进入敞开领域之中。在没有语言的地方，比如，在石头、植物和动物的存在中，便没有存在者的任何敞开性，因而也没有不存在者和虚空的任何敞开性”[②]。这个意思，他在其他地方表述为语言是存在的家园。在语言的道说中，“一个民族的世界历史性地展开出来……一个历史性民族的本质的概念，亦即它对世界历史的归属性的概念，先行被赋形了。”[③] 由此海德格尔所说的真理具有了深广的内涵。他的“真理”是存在者之为存在者的无蔽状态，如此深广的“真理”已不仅是指个体的存在者的无蔽状态，而是针对一个民族而言的此在的无蔽状态了。“艺术的本质是诗。而诗的本质是真理之创建（Stiftung）。在这里，我们所理解的‘创建’有三重意义，即：作为赠予的创建，作为建基的创建和作为开端的创建。”[④]“艺术作品的本源，同时也就是创作者和保存者的本源，也就是一个民族的历史性此在的本源，乃是艺术。之所以如此，是因为艺术在其本质中就是一个本源：是真理进入存在的突出方式，亦即真理历史性地生成的突出方式。”[⑤] 这些说法，说明艺术的本质是诗，诗的本质是真理之创建，真理的创建是民族生存之本。

如此阐释的艺术，已不是一般美学著作所论的艺术了。海德格尔的艺术，作为一种本源，是人（不仅是个人，同时也是民族、国家、全人类）对本真生存的前所未有的筹划和构想，所以海德

---

① ［德］海德格尔：《艺术作品的本源》，《林中路》，孙周兴译，上海译文出版社 2004 年版，第 59 页。

② 同上书，第 61 页。

③ 同上书，第 62 页。

④ 同上书，第 63 页。

⑤ 同上书，第 66 页。

格尔所说的艺术只能是一个泛艺术的概念，这样的艺术即是艺术作品的本源，“也就是一个民族的历史性此在的本源”。在这样论述的基础上，海德格尔说美是真理在作品中的显现。“真理是存在者之为存在者的无蔽状态。真理是存在之真理。美与真理并非比肩而立的。当真理自行置入作品，它便显现出来。这种显现（Erscheinen）——作为在作品中的真理的这一存在和作为作品——就是美。因此，美属于真理的自行发生（Sichereignen）。”[①] 海德格尔关于艺术的看法确实揭示了艺术在人的生存上的重要意义，往往人类某个重要时期的开始，总出于某种前所未有的伟大创想。这样的创想也总是具有深刻的艺术性。“真理自行置入作品”“美属于真理的自行发生”，这里强调的是艺术所创建的真理是超越人的各种偏见的真理，“是存在者之为存在者的无蔽状态”，这是所有真理之创建最为突出的方式，是其他创建真理的方式的基础。之所以如此，正因为这个真理是“自行发生”的，超越各种偏见的。

人类整体活动的价值追求都是真善美的统一，如果我们在此还想到马克思说的“人也按照美的规律来构造”[②]，我们没有必要将艺术活动从人类重大的历史进程中排除出去，反而艺术作为“真理进入存在的突出方式”，处于一个民族的历史性此在的原初环节，创建最为基础的真理。一个时代或一个民族在某个时期酝酿成熟的、开创新时代的重大选择，“数风流人物，还看今朝”，正来源于对未来真正的人的生存的伟大构想，我们应该在这个意义上理解艺术作为一个民族的历史性此在的本源。

如果我们不把艺术把握为茶余饭后可有可无的小摆设，也不将艺术限定于某种艺术作品制作和欣赏，那我们应该将艺术理解为力求摆脱各种偏见的真理展现，在想象的空间对未来本真生存的预

---

① ［德］海德格尔：《艺术作品的本源》，《林中路》，孙周兴译，上海译文出版社2004年版，第69页。

② 《马克思恩格斯全集》第三卷，人民出版社2002年版，第274页。

演。即使是虚拟之象，却真实地建构着人的精神世界，在这个意义上也就建构着人类生存的可能性。

二　人间境界

艺术在现实世界中往往以其虚拟性掩护对各种宗教、伦理、政治偏见的超越，并争取言说真理的权利。在虚拟世界中，最为真切的是对生存的可能性的展现和探索。艺术意象即使是虚构之象，从自然科学的角度看是假的，但人们与之交往、体验，所产生的情感却是真的。在人的经验中，一般的艺术活动的突出特征也被把握为虚拟性、情感性，在这个向度上推进，则进一步要求艺术作品表现神韵、滋味、兴趣等空灵的韵致。或者强调艺术对人的性情的表现，以致中国有“独抒性灵，不拘格套”的艺术主张。

艺术的虚拟性与情感性，是一个突出的特征，也是艺术实现其价值的方式，但如果将艺术限制于抒情、表情、虚幻，也隐伏着将艺术视为与生存无重大关系的摆设的偏向。人为“五行之秀，天地之心”，可以阐释为人与万物一体，又是万物的灵长，万物存在的意义在人的生存中得到阐发。为承担这个义务，人必须克服自己的情感偏见和思想偏见，才可能真正地为天地代言，所以艺术的本质无论如何不能界定为个人情感的抒发或个性的“独特”表现。人也只有自觉地与天地一体地存在，才是合乎本性的存在方式，才能建构健康的生存模式。艺术的非功利性、无目的性、非实用性，其重要意义正在于它们是克服各种情感、思想偏见的策略与途径。由此，人才可能从根本上揭示人的生存的真理。

从生存的角度研究艺术，意味着不能将艺术作品仅仅看成是一种可有可无的供人把玩的“审美对象”，一种无所事事的消遣对象，而是视艺术为人的不可或缺的生存方式，是比科学更为根本的人的生存开端。所以，对人的此时的生存境遇的真切感知显得尤为重要，因此王国维以能写真景物、真感情为有境界，以之为诗词之本，用意是极为深远的，其视角正出自对人的生存问题的关注。

（一）人间

王国维的词话或诗学理论最突出的是“境界”说，被认为是集中国意境理论之大成，或是中西文论融合的创新。

王国维的词集题为《人间词》，词话集题为《人间词话》，因此，读王国维的《人间词话》应注意到他对“人间”的关注。王国维对“人间”一词，似乎情有独钟，《人间词话》第 27 则引述欧阳修的词时还将“人生”误录为“人间”。一般人们习惯于说“宇宙人生”，但人生既是个人的人生也可以指所有的人生，人间则重在人的实际的生存过程及生存境遇。王国维说：“诗之为道，既以描写人生为事，而人生者，非孤立之生活，而在家族、国家及社会中之生活也。”[①] 于此可证王国维所说的人生，主要意义是人在人间生存。因此，以“人间”一词标志他的词作和词话，表明他思考和描写的主要内容正是人在社会现实中的生存。

他研究哲学、文学是为了解决人生问题。[②] 而真正解决人生问题则必然正视“人间”，真切理解人的实际生存。所以他特别看重哲学、文学对“人间”真理的揭示和表现：“夫哲学与美术之所志者，真理也。真理者，天下万世之真理，而非一时之真理也。”[③]

《人间词话》第 41 则说：“‘生年不满百，常怀千岁忧。昼短苦夜长，何不秉烛游？’‘服食求神仙，多为药所误。不如饮美酒，被服纨与素。’写情如此，方为不隔。”王国维认定这两首古诗“写情”“不隔”，正是肯定这几句诗写出了众人的生存真际。这几句古诗对人生的概括有几个要点，第一是“生年不满百”，人固有一死，点明人的生存的局限性。第二是“常怀千岁忧”，人总是对

① 王国维：《屈子文学之精神》，见姚淦铭、王燕编《王国维文集》上部，中国文史出版社 2007 年版，第 20 页。

② 王国维的《自序（一）》（三十自序）说他 1902 年，二十六岁时：“体素羸弱，性复忧郁，人生之问题，日往复于吾前。自是始决从事于哲学。”（姚淦铭、王燕编：《王国维文集》下部，中国文史出版社 2007 年版，第 283 页）

③ 王国维：《论哲学家与美术家之天职》，见姚淦铭、王燕编：《王国维文集》下部，中国文史出版社 2007 年版，第 3 页。

自己的未来有所筹划、思虑。第三是人的日常生活态度和方式，“昼短苦夜长，何不秉烛游”，以及时行乐回避终有一死的宿命。第四是人的欲望无法完全满足的无奈与人及时行乐的人生态度，“服食求神仙，多为药所误。不如饮美酒，被服纨与素”。

人的生存是存在着的过程，不是一个凝固的、静止的“画面”，因此人总是以自己对未来的筹划来现实地生存着。“常怀千岁忧”，是人的基本存在环节，一方面是对现实的“忧”，另一方面是对永远是可望不可即的理想的追求。王国维的《人间词话》对这两方面都有所论述，一方面，“‘我瞻四方，蹙蹙靡所骋。’诗人之忧生也。‘昨夜西风凋碧树，独上高楼，望尽天涯路’似之。‘终日驰车走，不见所问津。’诗人之忧世也。‘百草千花寒食路，香车系在谁家树。’似之。”（第25则）诗人在诗作中表现的“忧生”“忧世”，正是写出众人之“常怀千岁忧”的生存状态。另一方面，王国维在词话中也高度肯定诗人对理想的追求：“《诗·蒹葭》一篇，最得风人深致。”（第24则）“所谓伊人，在水一方”，美的事物，永远可望不可即。这首诗从“人间”（人的实际生存）的角度看，正是表现了生存困境中的人与理想的关系，美好的理想、理想的境界可望不可得，但又必须有一个美好的理想作为人的生存的引领。对这个理想的描述和想象是诗意的本质，所以王国维说《诗·蒹葭》“最得风人深致”。

“人间”是人生存的现实世界。人实际地生存着，这是真正的思想家思考人、思考人生的起点。因此王国维在《文学小言》反复强调“餔餟的文学，决非文学也”，“文绣的文学之不足为真文学也，与餔餟的文学同”，“模仿之文学，是文绣的文学与餔餟的文学之记号也”。[①] 因为，这里所说的“模仿之文学”其创作起点

① 王国维：《文学小言》，见姚淦铭、王燕编《王国维文集》上部，中国文史出版社2007年版，第16页。需说明的是，王国维在这里所说的模仿，是对别人的作品的模仿，不是对自然人生的“模仿”。

不是作者身处其中的真实的人间，而是模仿别人的作品。“人间”应是思考的起点，真正的哲学是从人的生存实际出发思考生存着的人；真正的文学也应该是描写人间——人的生存真际的文学。

王国维研究哲学、文学的出发点是为了解决人生问题，对文学的基本要求是描写真切的人生。他对文学（诗词）的思考是一种整体性的思考，将它们作为人的重要活动来思考的。他说过诗歌的性质是以直观、顿悟的方式解释“宇宙人生上根本问题”[①]。因此，应在“人间”解读他的《人间词话》，从人的生存实际出发解读他的核心概念“境界”。

（二）境界

在王国维的词话中，境界一词明显是词作的根本依据和最基本的要求。境界，在王国维的词话中具有多层含义。以生存在人间为前提理解“境界”，那“境界”应有以下几种解读。

首先，境界是人在生存中所处的各种实际境遇及对这种境遇的直观。如王国维《〈红楼梦〉评论》中的句子“书中种种境界、种种人物”[②]，其中的“境界”即是人在人间的境遇。《人间词话》第26则所说古今成大事业、大学问的三种境界，其基本涵义也是人所处的境况、境遇，而且这是三个不同级别的境界。在《孔子之美育主义》中，王国维就根据人的不同立场、态度区分三种境界：“审美之境界乃不关利害之境界，故气质之欲灭，而道德之欲得由之以生。故审美之境界乃物质之境界与道德之境界之津梁也。于物质之境界中，人受制于天然之势力；于审美之境界则远离之；于道德之境界则统御之。”[③] 他这段话是根据席勒的《审美书简》

---

① 王国维：《奏定经学科大学文学科大学章程书后》，见姚淦铭、王燕编《王国维文集》下部，中国文史出版社2007年版，第40页。

② 王国维：《〈红楼梦〉评论》，见姚淦铭、王燕编《王国维文集》上部，中国文史出版社2007年版，第13页。

③ 王国维：《孔子之美育主义》，见姚淦铭、王燕编《王国维文集》下部，中国文史出版社2007年版，第94页。

所作的概述。在这里，“境界”一词表示的也是人所处的状态，但是处于何种状态与人的立场和态度密切相关。在《人间词话》中也有这样的用法，第三则说“有我之境”与“无我之境”时，正是由于采取了不同的观物方式而处于不同的感知状态（境界）。

其次，诗词中的“境界”是对人生实际境遇的真切描写。王国维在《〈红楼梦〉评论》《屈子文学之精神》等论述中反复强调文学的目的在于“描写人生”，“描写自然及人生”，[①] 因此，从人间维度解读“境界”，可以推论诗词之有境界，即在于能写真正的人生。这意味着各种艺术，特别是文学中的诗词创作的起点和依据应该是真实的人生境遇，而绝不是对其他诗作的模仿，这是以境界为本的基本意义。王国维指出：“沧浪所谓兴趣，阮亭所谓神韵，犹不过道其面目：不若鄙人拈出‘境界’二字，为探其本也。”（第9则）如果说境界与兴趣、神韵、气质是本与面目、本与末的关系，那么必须将“境界”理解为对真实人生境遇的领悟和描写，这里的“本与末”“本与面目”的关系才可以得到合理的解释。境界不是与格调、神韵同一层次的艺术评价、鉴赏范畴，所以王国维说“词以境界为最上”并非用境界一词取代格调、气韵、兴趣、神韵等范畴，或与之一较高低，而是说词要先有境界（对本真自然人生的描写、领悟），在境界的基础上产生神韵、兴趣。如果不以境界为本，诗词的创作可能重在辞藻的讲究，对他人作品的模仿，重复他人表达过的境界，这也可能写出有某种格调、兴趣、神韵的作品，但这不是一流的文学。对此，也可以从《〈人间词〉乙稿序》得到印证。有意境，由于能观；无意境，则只模拟古人作品。这或许是辨析有无意境最为简便的方法。“文学之工与不工，亦视其意境之有无，与其深浅而已。自夫人不能观古人之所观，而徒学古人之所作，于是始有伪文学。学者便之，相尚以辞，相习以

① 王国维：《〈红楼梦〉评论》，见姚淦铭、王燕编《王国维文集》上部，中国文史出版社2007年版，第3、19页。

模拟，遂不复知意境之为何物，岂不悲哉!”[①] 王国维在《文学小言》中也指出屈原、苏轼之所以是大诗人，正因为他们能感自己之感，言自己之言。以意境与伪文学相对，正说明意境是对人间的真切描写。

再次，“境界”虽然是人对人生境遇的直观所得的意识现象，但不可仅仅理解为情景交融的“意境”。在现实中的人，其生存过程总是情景交融的，总是在一定的境遇中作出情感反应，感知所及总有情感参与，正是这种感情的参与使人对物的感知、理解产生各种偏见。因此，在艺术创作中为了能将真理“以记号表之”，则反而必须排除日常感情对“观物”的干扰。“必吾人之胸中洞然无物，而后其观物也深，而其体物也切；即客观的知识，实与主观的感情为反比例。”[②] 这是脱离物我利害关系的纯粹知识之我对现实所做的审美直观，这只有天才的诗人才能做得到。所以王国维说：“古人为词，写有我之境者为多，然未始不能写无我之境，此在豪杰之士能自树立耳。”（第 3 则）王国维对“无我之境”的推崇，是强调“真景物，真感情”的浑然天成，作品中的景物既是作者写的，但又看不出人为的痕迹，而仿佛是自行生成的。流行看法中的“意境”，往往将它理解为一种审美想象的空间，抒情性文学的情景交融的艺术形象或艺术形象体系，重点已是离开“人间”而进入想象的“审美空间”了。如果在这个意义上理解“境界”（将境界等同于“意境”），它是与神韵、兴趣、格调等处于同一层次的审美范畴，所以它们不能构成互为本末的关系。作为诗词之本的境界，它只能是人的生存境遇及对此境遇的直观所得的“境界”，是诗词描述的“真理”。在这个意义上的境界才可以作为神韵、格调、兴趣等言外之味的

① 樊志厚：《〈人间词〉乙稿序》，见《蕙风词话·人间词话》，人民文学出版社 1960 年版，第 256 页。

② 王国维：《文学小言·四》，见姚淦铭、王燕编《王国维文集》上部，中国文史出版社 2007 年版，第 17 页。

产生依据。

诗词的言外之味、弦外之响、象外之韵，这些说法可谓是“言外之意”。但严格说，这些“言外之意”是作者的预设还是读者的创造，这必须有所辨析。如果认为“言外之意”是作者的预设，只是未明言而已，诗中的典故、曲语、寓意、寓情像谜语一样有待读者猜出其中的意思，或是理解某种预定的“神韵”“兴趣”指向，这些写法虽是“含蓄”但旨意却有所定指，对作者而言是有“言外之意”，对读者而言却是“隔”而不是真正的言外之意，更不可能有什么象外之韵，因为作者已给读者定下“言外之意”的先验内容，读者的任务是通过自己的聪明才智去理解作者在诗作中隐含的先验意味而不是在阅读的基础上产生丰富的想象而创造新的意义。如果认为韵味、神韵等言外之意应该是由读者在“境界”的基础上创造性地产生，则要求词作不应该有太多的暗示或限定，应该给读者留下广阔的联想空间，才可能让读者产生丰富的言外之味、弦外之响。而直观的情、景，却可以让读者从各个角度、各个层面展开联想，觉出言外之味、弦外之音，对读者而言才是真正的言有尽而意无穷。所以王国维可以赞美姜白石格调高绝，但仍认为他的词“故觉无言外之味，弦外之响，终不能与于第一流之作者也”。（第 42 则）指出：“白石《暗香》《疏影》，格调虽高，然无一语道着。”（第 38 则）[①] 由此，我们可以理解王国维主要是从读者的角度要求词作应有“言外之味、弦外之响”的，那就是要求词作提供真切的“境界”，让读者在感受这个真切的境界的基础上产生丰富的联想，而不是由作者代替读者想象各种情景、为读者预设各种“言外之意”。姜夔这两首词是以丰富的想象把读者绕进去，给读者留下自由的想象空间反而不够广阔。读者不可能产生比

① 对姜白石的这两首词，王国维是将它们作为“咏物”词来评价的，所以说它“无一语道着”。这两首词写出了与梅有关的尽可能多、尽可能美的想象的情景和人物，但却未对眼前的梅花着一笔墨，所写之梅是一种非直观的“梅”，难怪王国维说“格调虽高，然无一语道着”。

姜白石更精美、丰富的有关梅花的联想了。当然，在实际阅读中，不可能全由作者定下“言外之意”，也不可能全是读者任意建构的“言外之意”。以境界为本，正是强调言外之味、弦外之响是读者与文本相互交流产生的，并非作者预先制定的。如果将这种“言外之意、弦外之响”全归于作品的构成，创作时模仿某种表达方式，欣赏时则如猜谜语般“领悟”诗作中的“言外之味，弦外之响”，其实，这反而是未给读者留下想象的空间，也正是反而使读者“觉无言外之味，弦外之响”的原因。

最后，“有境界”即为“能写真景物、真感情”。在这个论述中，“有”和“真”是关键词。如果在人间解读境界，那么“有境界”之“有”表明的是这个境界不是一个静止的“审美空间”，而是一个存在着的人生境遇。最能说明这一点的是王国维的这段词话：“‘红杏枝头春意闹’，著一‘闹’字，而境界全出。‘云破月来花弄影’，著一‘弄’字，而境界全出矣。”（第7则）“闹”和“弄”字，一是写出眼前景物与其他景物的关联着的存在，二是写出眼前景物的存在（是一个过程而不是一个静止的片断）。

人总是生存在人间，总是处于一定的“境界”中，面对真实的具体景物，具有真实的具体感情。但王国维仍提出能不能写真景物、真感情的问题，这里正是强调了“真”字的特殊含义。第一，要有适当的观物、言情方式才能写真景物、真感情。当王国维写《〈红楼梦〉评论》以叔本华学说立论时，认为天才能超越物我的利害关系，脱离意志（欲望）的羁绊，所以观物比常人更为真切深入。写《人间词话》的王国维，在论述观物、言情时则有微妙的变化，也许他对叔本华假设的纯粹认识主体已觉不可信，所以他采用另一种说法，对主体的要求是自然：“纳兰容若以自然之眼观物，以自然之舌言情。此由初入中原，未染汉人风气，故能真切如此。北宋以来，一人而已。”（第52则）“词人者，不失其赤子之心者也。”（第16则）从人总是生存在人间的角度思考，人不可能进入纯粹的无欲之我，所能要求的只能是“以自然之眼观物，以自然之舌言情”。而真实生存着的人，为何会不自然、非真？从王国维的论述可看出，是为“风气”所蔽。这个“风气”可能包括各种理性概念、思维习惯、心理定式、情感倾向、创作惯性等。实际上，以概念为依据的思考和写作，可能为理论概念所蒙蔽而产生谬误；模仿别人的作品，可能为既有的创作习气所拘束而落入俗套；陷于物我利害关系或日常感情之中，更易于为一己之偏见所误导，而不能写“真景物、真感情”。既成的“风气”遮蔽了人的“赤子之心”，导致写景、写情的非真。第二，“真”不仅是具体事物的实存，它表达的是事物的理念之真。而对感情之真的强调，则注重意志在客体化之中的自然、真实表现，这样的思想确实仍有叔本华的思想痕迹[①]，但王国维已用中国化的语汇来表达。他说：“尼采谓：‘一切文学，余爱以血书者。’后主之词，真所谓以血书者也。宋道君皇帝《燕山亭》词亦略似之。然道君不过自道身世之戚，后主则俨有释迦、基督担荷人类罪恶之意，其小大固不同矣。”（第 18 则）“道君不过自道身世之戚”，这是诗人所写仍限于个体生存的现象，未能由人间整体写出意志的本质。而后主的词，则超越个体的生命现象而能直观生命现象的整体，所谓真感情的表现是在一己身上表现出全人类的感情，其实质是由个体的生命意志而表现生命意志本身。

在“人间”解读王国维的“境界”，这个境界的基本意义是人的生存境遇及对这个境遇的直观与真切描写，是对人的生存实质的表现；境界的基本特征是一个在作品中展现的过程，不是一个静止的“画面”；须有自然之眼观物，自然之舌言情才能写出真景物、真感情。因此，王国维的境界说可表示为“人间—境界”。

---

① 参见［德］叔本华《作为意志和表象的世界》第 45 节，石冲白译，商务印书馆 1982 年版，第 309～310 页。叔本华认为那种文学是对真实事件的模仿的观念是错误的，他认为艺术是表现理念的。

（三）人间—境界

王国维的《人间词话》既有对叔本华哲学、艺术观念的借鉴，也有自己的思考，“人间—境界”的思考模式已不是形象“直观”所能界定的了。

王国维将叔本华的“直观”理解为非概念的知觉，从人的生存出发，则先有对物的知觉，从而激发人的情感，由此神思飞扬而产生兴趣、神韵。但从更深一层说，人的知觉及知觉所得的“形象”（表象）还不是根本，根本之处还在于人的生存境界，即“人间—境界”。诗中的形象，只是从人的存在到诗词神韵的中间环节。因此能作为兴趣、神韵之本的是“人间—境界”，不是诗词中的形象。诗词中的形象，最终在阅读过程中产生。然而阅读所得的形象绝非等于现实中的具体事物，也不全是文本中的“客观存在”，是读者与文本交流而建构出来的形象，在构建诗词形象时，读者、作者也有可能受各种风气的影响而建构不自然的形象，不一定是真景物、真感情。所以王国维讲境界时特别强调“能写真景物、真感情”，所谓“真景物、真感情”的说法，它强调“境界”须是摆脱各种风气而从人的实际生存中得来，而非从历代诗词中借来的形象，更不是借用别人的“境界”。

王国维的“人间—境界”之说，是从人生存在人间出发论述诗词的境界，这正是王国维诗学的独到之处。叔本华认为文学的宗旨是让读者直观地看到生活的理念，“认识理念又是一切艺术的目的”①。但看到、认识生活的理念又是为了什么呢？所以还应该从人的生存出发思考文学，讨论词作。王国维的“境界”说，正是回归人间的词话，从人的生存出发思考文学，这应该说是在叔本华的理论基础上的推进。

人生存着，人生存在人间，与各种存在者相互关联地存在着。

---

① ［德］叔本华：《作为意志和表象的世界》，石冲白译，商务印书馆1982年版，第336、337页。

人真切地生存着，但各种理性化的观念使人与自然相隔，使各种存在物成为人的对象，反而遗忘了存在本身。这正是由于人仅仅依据某种概念“认识”人生，因而不能真切领悟人的存在。与此相仿，谈论诗词，如果只谈神韵、兴趣，不以境界为本，可能处于对别人的诗词的神韵、兴趣的模仿之中。这一点我们可从王国维的《古雅之在美学上之位置》一文中得到印证。我们可能只是从别人的诗词中学习各种“神韵”“兴趣”的表达，但这样的诗词是没有境界的。境界是人对存在的领悟和展现，写真景物、真感情而构成诗词中的境界，这是诗词中各种韵致、格调、神韵、气质得以产生的根本。由此，我们可以看到王国维“人间—境界”说的重要意义，它强调的是真正的文学创作的根本及根源所在。

有没有境界的问题，应该理解为能不能写真景物、真感情的问题，这实际上是一个对自然人生有没有独特发现和表现的问题。各时代的诗人总有自己的真实的人生，也是以自己的感情作为创作的动力，但王国维对历代诗人的评价仍以有没有境界作为一个重要标准，实际上就一流的作家而言，没有独创性就没有自己的境界。感他人之感，言他人之言，用他人的感受方式表达自己的感受，用他人的言说方式言说自己的境遇，在王国维看来就是无境界。从王国维认可的极少数的有境界的诗词作者来看，王国维所说的“有境界”，所要求的正是诗词描写自然人生的独创性。这一点王国维确实与叔本华有相通之处，叔本华说：“真正的哲学家，他的疑难是从观察世界产生的；冒牌哲学家则相反，他的疑难是从一本书中，从一个现成体系中产生的。”① 王国维的以境界为本，似乎也在说真正的诗人的创作是从人的生存实际产生的，而流俗的诗人是模仿别人而“创作”的。王国维以境界之有无要求诗人，所要求的是在人间有真切感受、在艺术上具有

① ［德］叔本华：《作为意志和表象的世界》，石冲白译，商务印书馆 1982 年版，第 65 页。

独创性的诗人。

“人间一境界”是人的生存的本真呈现，这是王国维词话的重要意义。

我觉得王国维在这里复兴了中国传统诗文中不动声色描写景物的重要传统。魏晋南北朝时期的山水散文和柳宗元的“永州八记”，也是写真景物的散文，是有境界的散文。如吴均的《与宋元思书》：

> 风烟俱净，天山共色，从流飘荡，任意东西。自富阳至桐庐，一百许里，奇山异水，天下独绝。水皆缥碧，千丈见底，游鱼细石，直视无碍。急湍甚箭，猛浪若奔，夹岸高山，皆生寒树。负势竞上，互相轩邈，争高直指，千百成峰。泉水激石，泠泠作响。好鸟相鸣，嘤嘤成韵。蝉则千转不穷，猿则百叫无绝。鸢飞戾天者，望峰息心；经纶世务者，窥谷忘返。横柯上蔽，在昼犹昏；疏条交映，有时见日。

这样的文字实际上建构了中国古山水散文的基本范式，洁净的语言和真切的景物，让人远离尘世、息心忘返，表达了忘情于山水，登临忘我、澄怀观道的境界。

更值得注意的是北朝郦道元的《水经注》，多为不动情的山水描述，这是人走进茫茫自然，打开通透的窗口而让山川神韵呈现出来。写景散文中过多的“移情”于山川景物反而让人如雾里看花，终觉隔了一层。郦道元的写法与陶渊明的“采菊东篱下，悠然见南山”异曲同工：

> 自三峡七百里中，两岸连山。略无阙处。重岩叠嶂，隐天蔽日，自非亭午夜分，不见曦月。……

又如唐代柳宗元的《至小丘西小石潭记》：“潭中鱼可百许头，

皆若空游无所依。日光下澈，影布石上，佁然不动，俶尔远逝，往来翕忽，似与游者相乐。”写景真切，有境界。正是柳宗元走进茫茫自然，那些小丘小潭才得以呈现在世人眼下，是他开启了这清幽的山水风光。大家手笔，往往不动声色地写景，并未以所谓的“主观色彩”同化山水，然而真切的描写反而让人联想更多，体悟更深。看似不表达作者明显的情感，但给读者留下更为广阔的建构言外之意的空间。

三　艺术的世界

每个人都有自己关于世界的表象、看法，每个时代都有自己主导的关于世界的观念，每种学说、学科、宗教都有自己关于世界的阐释。加以辨析的话，是每个人、每个时代、每种学说关于现实的整体存在者都形成了自己的关于现实的表象、观念、阐释，从而以这些表象、观念、阐释建构自己的世界，形成每个人的世界、科学的世界、宗教的世界等，这些世界都是在某种先验范畴、预设范式中建构起来的，即使以客观性标志自己的科学世界，也是在一定的范式中建构的。各种艺术意象体系也建构了自己关于现实的表象，形成了某种艺术的世界。包括艺术世界在内的各种世界，都以自己的方式与现实整体存在者相关涉。因此，何种世界图像为真，不应该是将某种世界作为衡量其他世界的标准，比如以科学的客观世界作为真理的标准。各种世界之真的依据，只能是现实，而不是以其他观念、范式建构出来的某种世界。所以杜夫海纳指出：“和审美对象对照的不应该是科学所竭力建立的那种客观世界，而应该是现实。”① 中国当代有一个“实践是检验真理的唯一标准”的流行观念，也道出了一个基本的理论常识，即一种理论从根本上说不能成为另一种理论或精神创作是否为真理的衡量标准。

---

① ［法］杜夫海纳：《审美经验现象学》，韩树站译，文化艺术出版社1996年版，第570页。

对现实存在者的真切认识、正确把握，是人的生存的迫切需要。审美意象对现实的感知和把握，处于最源始的环节，它力求达到的是无偏见地对现实的直观，让存在者自行呈现，是其所是。这是艺术之真，是艺术世界的真理性的基础。

然而，艺术世界也不停留于审美直观。它以各种艺术范式建构作品，同时也就包含了某一作者对现实的阐释。艺术往往创造一个虚拟性的世界，由此对现实进行阐释。艺术阐释现实的范式以其无限的丰富性为基本特征，因此，从总体上看，艺术范式的丰富性所体现的正是人类力求突破各种观念、范式的局限从而真切把握存在者整体的尝试。

艺术世界的建构，同样有一个理想的尺度。我们往往用诗意一词指称艺术世界的理想向度。艺术世界中的诗意，是对现实的超越，是人的本真生存的建构。因此，可以说艺术世界是人的生存的理想化世界，是对人的本真生存的可能性的探索，是按美的规律构造的世界的草图。对个体而言，某种艺术世界往往是其追求的人生境界，是立足于人间的理想境界。

审美意象，是建构艺术世界的材料，与审美意象的建构相似，感知、形式、诗意也是建构艺术世界的基本环节。所以当我们说艺术世界时，作为一种境界，它自然包括对现实的审美感知，对生存可能性的形式化与诗意化的建构。艺术世界应是审美感受与诗意向往的统一。

作为审美对象的艺术世界，是人的本真生存的展开。是比其他世界更为源始的本真世界。

思考题：

1. 反思审美意象的意义何在。

2. 什么是海德格尔所说的真理？

参考书目：

1. ［德］海德格尔：《林中路》，孙周兴译，上海译文出版社 2004 年版。

（重点阅读：《艺术作品的本源》《世界图像的时代》《诗人何为》）

2. ［美］鲁道夫·安海姆：《视觉思维——审美直觉心理学》，滕守尧译，光明日报出版社 1986 年版。

3. ［德］叔本华：《作为意志和表象的世界》，石冲白译，商务印书馆 1982 年版。

第四章　艺术形式的审美价值

在艺术审美经验中，审美主体构建的审美意象，是感性圆满的审美意象。依据一部艺术作品建构的审美意象，能够体现非功利、无目的、非实用的审美价值的只能是作品的艺术形式。因为作品所叙述的情感、思想、事件也能引起接受主体的情感活动，甚至产生强烈的情感共鸣，但严格说，这样的情感不是纯粹的审美情感愉快。如第二章所述，能引起非功利的审美愉悦的只能是作品的形式，或进一步说，是作品形式的韵味、气韵。所以，对审美意象的理解则是对它的形式的分析，分析这个艺术形式是否具有令人产生审美愉快的意味。

如果以审美为艺术基本特征、强调艺术作品的审美价值，往往归结为强调艺术作品形式的审美价值。在这里我们对艺术形式的分析是从审美意象的具体构成入手，进而从整体上感知作品的审美价值。

第一节　艺术形式及其意味

一　艺术形式概念

形式的概念是多义的，几乎所有论述艺术形式的著作都注意到了这个现象。波兰的符·塔达基维奇指出：“美学史上至少有五种不同含义的形式，这五种含义对恰当地理解艺术都是十分重要的。”[①] 他所说的五种形式的含义是：(1)形式是各部分的排列，与之对立的或相关的是形式使之联结或融为一体的成分、元素或各部分。(2)形式用于表示那种被直接给予感觉的东西，其对立面或相关物是内容，如诗中语词的声音便是形式，而语词的含义则是内容。(3)形式表示对象的范围或轮廓，其对立面或相关物是质料与材料。以上三种形式概念是美学本身的创造。(4)亚里士多德的概念，形式是表示对象的概念本质。(5)形式是心灵对感性对象的作用，这是康德的概念，指的是先验的形式。除了上面五种主要的形式含义外，还有四种“不甚重要”的形式含义：(1)用来表示生产形式的工具。(2)表示文学艺术家所必须遵守的那种习惯或公认的形式。(3)用于表示艺术的体裁或种类。(4)唯心论的美学家用形式表示艺术作品的精神因素。[②]

以上第 1～3 种的含义在美学理论中普遍使用，三者紧密相关，往往融合使用。

形式这个概念，在不同的上下文中具有不同的意义，总起来说，一方面，我们可以理解为对象的各部分构成的关系、原则及其表现；另一方面，我们也可以从主体的角度将形式看成是由主体赋予对象的，特别是人工制品更多地体现为由人赋予质料以合目的性的形式。当我们讨论的形式主要是指艺术品的形式时，则倾向于认为形式是由创作者赋予作品的。

凡物皆有形式，艺术作品也都有自己的形式，但不是所有的艺术品形式都具有审美价值。在审美经验中，能引起审美情感愉快的是有意味的形式。对形式意味的辨析，也就区分了不同价值的艺术作品。文艺美学所要分析的正是在作品的经验中那些引起审美情感愉快的形式，这样的形式具有审美意味。克莱夫·贝尔说：

---

① ［波］符·塔达基维奇：《西方美学概念史》，褚朔维译，学苑出版社 1990 年版，第 297 页。

② 同上书，第 296～330 页。

在各个不同的作品中，线条、色彩以某种特殊方式组成某种形式或形式间的关系，激起我们的审美感情。这种线、色的关系和组合，这些审美的感人的形式，我称之为有意味的形式。“有意味的形式”，就是一切视觉艺术的共同性质。

在讨论审美问题时，人们只需承认，按照某种不为人知的神秘规律排列和组合的形式，会以某种特殊的方式感动我们，而艺术家的工作就是按这种规律去排列、组合出能够感动我们的形式。为了方便起见，也为了本书后面要谈到的某种原因，我称这些动人的组合、排列为“有意味的形式”。①

这里所说的“有意味的形式”就不是一种天生自然的形式，而是艺术家创造出来的。强调艺术品形式的重要性和首要性，“形式”就成了艺术作品的本质特征了，这样的理论往往被称为“形式主义”。尽管我们不会完全赞同克莱夫·贝尔的观点，但“有意味的形式”这个术语似乎已被广泛接受。我们不提倡形式主义，但任何从事文学艺术研究和批评的人，都必须过“形式”解读这一关，即要具有敏锐的形式感，理解各种形式的艺术语言。欣赏绘画时能感受色彩、线条、造型、构图、节奏的意味，感受形象的气韵；阅读文学作品时能领悟言语的节奏、音韵、意象的意蕴，理解叙述方式产生的效果，把握作品的结构；聆听音乐时能品味旋律、和声、节奏、音色的韵味。

提出艺术作品的艺术性、文学的文学性、艺术品的自律性、文学的本体性等问题，所关注的重点总在于艺术形式。在中国文学史上，文学的自觉也是以对文学形式的关注作为标志。中国古代也有与形式意味相似的论述，如曹丕论文指出文有不同体裁且各有特点，又说“文以气为主，气之清浊有体，不可力强而致”（《典

---

① ［英］克莱夫·贝尔：《艺术》，周金环、马钟元译，中国文联出版公司1984年版，第4、6页。

论·论文》)，这个气就是一种不可言传只可意会的形式意味。萧统主编《文选》提出的标准也主要是形式方面的要求："事出于沉思，义归乎翰藻。"(《文选·序》) 谢赫《古画品录》提出图绘六法："一、气韵，生动是也；二、骨法，用笔是也；三、应物，象形是也；四、随类，赋彩是也；五、经营，位置是也；六、传移，模写是也。"[①] 六法所论以用笔、象形、赋彩、位置（构图）的形式创造为主，"气韵，生动是也"则是对作品的整体要求，也是作品整体形式体现出来的"气韵"，或者说是形式的意味。

艺术作品的构成总是有机整体的，不可能有独立于内容、质料的形式，但真正的艺术作品总让人感受到在思想意义、情感内涵之外具有某种吸引人的东西，这东西不能以明确的语言表达，所以只能称之为"文气""意味""韵味""神韵""格调""滋味"等，往往是"此中有真意，欲辩已忘言"。如同文学作品，可能以某种焦点事件、热门话题、传奇故事吸引读者，当这些事件、话题、故事不再是焦点、热门、传奇时，这些作品如果还能让人着迷、产生阅读兴趣，其中的原因只能是作品形式的意味，即作品的审美价值。

在严格的意义上说，各种形式的意味是不可转译的。音乐的形式韵味不能以绘画的方式重现，绘画的形式意味不能用语言转述，即使文学作品，其神韵也难以用语言表达。然而在审美经验中，我们又确实感受到了这种难以言传的韵味、气韵、神韵等。即使不同的人对形式意味的感受有所不同，但仍不可否认艺术形式意味的存在。

二　艺术形式的意味

艺术形式是由媒介、材料、形式因素按一定的规则传达和表现

① 谢赫的这段话依钱锺书的点读，见《管锥编》第四册，三联书店 2007 年版，第 2109 页。

出来的。如绘画中的颜料、画纸、画布、画笔，由这些材料形成的点线画等形式因素，不同绘画种类的形式因素又具有不同的特点，与此相应还形成了不同的构图方式以及最合适的表现题材等。艺术作品的各个因素构成形式整体，而隐含“意味”。对艺术形式意味的领悟，不是根据概念作出判断，不是根据规则推理所得，因此，在艺术创作与欣赏中往往更为强调“悟性”，一个人对艺术形式意味的领会能力往往被理解为所谓的艺术天赋，它很大程度上是指一个人所具有的针对某种艺术的形式感，也就是能否理解艺术作品的形式，或者说能否体会艺术形式的意味。

对艺术形式意味的领悟确实有些神秘性，它要排除作品具体内容（如悲欢离合、生老病死之类）所引起的心理感受，因此主体情感活动与形式的因果关系是“非理性”（应该理解为无法通过逻辑推理证明）的、无法言明的，这就造成了神秘感。也是这种神秘性吸引了很多理论家不懈地探寻其中的奥秘。主要问题一是主体以什么方式领悟艺术形式的意味，一是艺术形式的意味来自何处？

一般认为主体是以直觉方式感受、领悟艺术形式的意味。直觉（intuition）在心理学中是指“一种不经过分析、推理的认识过程而直接快速地进行判断的认识能力。比如在几种方案面前可以凭直觉判断优劣，观看一部作品后可以凭直觉判断它可能产生的社会影响等。格式塔心理学认为直觉是对整体情境的把握。近代认知心理学则把直觉看成一种再认过程，是在过去经验的基础上，从长时记忆中提取具有问题解决意义的答案过程。直觉能力是人的心理能力高度发展的表现。由于人们的知识、经历、性格等各不相同，各人直觉判断的可靠性、准确性也有较大的差别。直觉实际上是一个人的全部心理能力如观察力、思维力、记忆力以及已有知识、经历、环境影响、个性特征等在短时间内的整体显示”[①]。不同的心理学

① 《中国大百科全书·心理学卷》，光盘版，中国大百科全书出版社出版，北京东方鼎电子有限公司开发制作，1999 年。

派都是把直觉当作一种心理能力，但对直觉的解释各不相同。现代各心理学派利用实验的、科学的手段对直觉进行研究，如格式塔心理学家顿悟学习的试验，现代认知心理学利用电子计算机进行直觉研究。在心理学家眼里，直觉似乎不太神秘，是可以研究的；但在许多哲学家眼里，直觉则是神秘的，不可言说的。但也不是绝对的不可言说。禅宗的顿悟与格式塔心理学派的“顿悟学习”有点相似，禅宗的顿悟也“不是任何语言所能表达、所能交流的”。袁宾编的《中国禅宗语录大观》所引过的唐代以来的禅宗著作达54种，以“菩提本无树”偈语闻名天下的禅宗六祖慧能也说了很多话，后由弟子编为《法宝坛经》一书。哲学家说直觉往往是指对某种实体、本体、实事的直接把握，比心理学所说的直觉要更基本一些。胡塞尔的哲学中直觉与直观的概念同义，在他的哲学中，直观是一种能够把握原本的意识行为，一种对事物的直接把握方式，这个表述包含“无前设性”“无成见性”“面对事实本身”（亦即无间隔性）等等意义。直观分感性直观与本质直观，一个本质直观必须以感性直观为出发点，因此本质直观奠基于感性直观之中，但本质直观可以超越出感性领域而提供本质性的认识。从总体上说，本质直观的可能性是作为本质科学的现象得以成立的前提。而空泛意义上的“直观”是一种由“感知”与想象“共同构成的意识行为”①。尽管对直觉或直观的理解有所不同，但对艺术形式意味这种非概念性、非规则性的意蕴的领悟，不得不依赖于人的直观或直觉能力。同时对艺术形式意味的进一步阐释也有赖于对人的直觉能力研究的新成果。

“有意味的形式”其中的意味到底是什么？虽可感而不可言，但在现代理论著作中还是不乏对之作出理性阐释的努力。

如前文所引，克莱夫·贝尔以能引起审美感情的形式为有意味

① 参见倪梁康《胡塞尔现象学概念通释》，三联书店1999年版，第38页。

的形式，在这里“审美情感”与“有意味的形式”不得不相互印证，然而贝尔有更深一层的阐释，力图摆脱这个循环。他又说：“所谓‘有意味的形式’就是我们可以得到某种‘终极实在’之感受的形式。”① 从他的书中的阐释可知，他所说的“终极实在”是用来代替“物自体”的概念，似可理解为如其所是的物。如此看来，有意味的形式是一种让人感受到此物非如此存在不可的形式，是一种能揭示事物本质特征的形式。同时，又可以理解为是一种概括某类事物根本结构的形式——终极实在。因此，贝尔从其主要论述对象——视觉艺术——出发，认为有意味的形式的主要特征是简化与构图。

谢赫所论绘事六法之首“气韵，生动是也”，气韵即是形式所要体现的意味。参照钱锺书的阐释，气韵就是生动的意思。神、韵指的是由人的形体表现出来的超越于形体之上的风度气质。中国古代绘画之初，所绘主要是人物、动物，所以绘画最终应经由各种形式，如用笔（线条）、构图、色彩等表现出生命的活力，故称“气韵，生动是也”，并以之作为绘画的首要之法。《世说新语》记载几则顾恺之画人物的故事，一是画完之后在颊上添三毛而“如有神明”，一是画完数年不点睛，自称：“四体妍蚩，本无关于妙处，传神写照，正在阿堵中。”这些故事生动表明作画追求的重点在于表现作品中的人物的神韵、气韵，同时也体现艺术创作中形式的关键细微之处对传神的重要作用。中国绘画种类的成熟由人物、动物扩展至山水、草木，对气韵的体验也由人物画以至于山水画。由此，绘画作品中的气韵即是由绘画形式体现出来的生命活力，当然，在现代视野中又特别强调是艺术形式本身所体现出来的生命形式。从中国画的发展看，绘画也是力求在最简括的形式中体现具有抽象意味的生命形式，如中国画以水墨为主要形式因素，有“水

① ［英］克莱夫·贝尔：《艺术》，周金环、马钟元译，中国文联出版公司1984年版，第36页。

墨为上”的观念，将各种色彩简括为黑白两色。又有大写意花鸟画为典型表现形式，以最为简略的用笔表现物象的基本特征，一些较为极端的大写意绘画已近于现代抽象绘画等。中国画（和现代抽象绘画）形式的简括应该看成是绘画形式向最原始的生命形式的回归。由此看来，绘画形式的意味是对普遍生命形式的表现，体现了抽象化的生命气韵。

美国的理论家苏珊·朗格在其名作《情感与形式》中认为是艺术形式与人类的情感形式在逻辑上有着惊人的一致，“艺术形式具有一种非常特殊的内容，即它的意义。在逻辑上，它是表达性的或具有意味的形式。它是明确表达情感的符号，并传达难以捉摸却又为人熟悉的感觉”。并由此提出她的艺术定义：“艺术，是人类情感的符号形式的创造。”① 当然，她所说的人类情感不是个体的具体的情感内容，而是一种普遍的情感。根据朗格的看法，正因为艺术是人类情感的符号形式，所以艺术形式具有“意味”。

中国学者李泽厚则提出，艺术形式中的意味是社会历史文化的积淀。这是一种历史唯物主义的解释。所以他认为：“仰韶、马家窑的某些几何纹样已比较清晰地表明，它们是由动物形象的写实而逐渐变为抽象化、符号化的。由再现（模拟）到表现（抽象化），由写实到符号化，这正是一个由内容到形式的积淀过程，也正是美作为‘有意味的形式’的原始形成过程。”② 尽管这种说法看似很有道理，但却是以艺术是对自然形象的描摹这样的观念为前提的。原始绘画中的几何图形也不一定是对自然形象的模仿，所以李泽厚的说法只是一种猜测而已，不可视为定论。原始艺术的简单的线条的运行方式，也可能是对生命形式最为直接的表现，它们不是在写实的基础上逐步简化而得，而是生命的原始形式直接就是“抽象”

---

① ［美］苏珊·朗格：《情感与形式》，刘大基等译，中国社会科学出版社 1986 年版，第 63、51 页。同时参见该书第三章、第四章等。

② 李泽厚：《美的历程》，文物出版社 1989 年版，第 18 页。

的、有意味的线条与图形。倒是后来，写实绘画发展之后出现的写意、抽象绘画才是在复杂形象基础上逐步简化的结果。

各种最为基本、简单的艺术图形，其形式意味也可能来自某种心理冲动、本能，或集体潜意识原型。而且，这些本能和冲动是天生自然的，不需要理由的。如沃林格的《抽象与移情》就认为人除了有移情的本能，即在客观有机形式中玩味自身的生命价值，人还有一种也是本能的抽象冲动。“抽象冲动则是人由外在世界引起的巨大内心不安的产物。”“这些民族困于混沌的关联以及变幻不定的外在世界，便萌发出了一种巨大的安定需要，他们在艺术中所觅求的获取幸福的可能，并不在于将自身沉潜到外物中，也不在于从外物中玩味自身，而在于将外在世界的单个事物从其变化无常的虚假的偶然性中抽取出来，并用近乎抽象的形式使之永恒，通过这种方式，他们便在现象的流逝中寻得了安息之所。……在他们成功地这样做的地方，他们就感受到了那种幸福和有机形式的美而得到满足。”① 确实，各种线条、图形很可能是心理幻象的直接描述。如圆形，道家静坐修炼内丹时据说可以见到闪闪发光的圆形幻象。至于各种运动趋向的线条，往往也是生命运动轨迹的再现，而不是自然形象的模仿，如中国的书法艺术。所以，各种基本图形、色彩，更可能是人类对内心经验的直接描述，因此也获得纯粹的形式意味。倒是后世写实技巧的成熟，人们更着迷于对实物的模仿而掩盖了形式意味的表现。

当然也有不少学派力求以科学的态度分析艺术形式的意味，从形式本身进行分析，寻找艺术形式的奥秘，如新批评派，将文本分为层次结构进行细读式分析，结构主义则分析不同文本中的深层结构等。这些方法都值得我们借鉴。

尽管对艺术形式为什么具有意味、韵味、神韵有不同的解释，

---

① ［德］W. 沃林格：《抽象与移情》，王才勇译，辽宁人民出版社 1987 年版，第 16 ~ 18 页。

也许无法达到最终的解释，但艺术形式可以也应该具有某种难以言传的韵味或意味是不争的事实，因此从实际出发，则应研究如何更好地阐释艺术形式及其意味。

第二节　规范形式与形式规范

艺术形式的构成是真正自律的，所以探讨艺术形式意味的理论往往针对性很强，一种理论的提出就是为了说明某一种艺术形式的特性的。如克莱夫·贝尔的艺术是“有意味的形式”的说法是针对后印象主义的艺术；康定斯基的“论艺术的精神”理论是为了说明抽象表现主义艺术的；沃林格论“抽象与移情”是为了说明具有几何特征的抽象形式的意味的；司空图的“韵味说”是针对唐代诗歌而提出的。

各种艺术都有它自己的历史，在自己的历史中形成了它的规范形式。这些规范形式经历代论者的阐释，层层积累了公认的意味或体会意味的方式。浩如烟海的既成作品，在历史的淘洗中留下了大量的“经典”，在这些经典中就隐藏着各种艺术种类的“规范形式”。艺术的规范形式是历史地形成的，它隐含在传统的艺术作品之中，如“七律”这一诗歌规范形式便是隐含于难以计数的称之为“七律诗”的文学作品之中，这规范形式不仅标明了写作的外在规范，而且隐含着每一首诗应该使用的写法。另外，这种规范形式是无形的，需要有人去领会它才得以现身，艺术的规范形式是存在于特定艺术主体意识中的图形或图式，这个图式是艺术主体在特定艺术传统的熏陶下形成的，能够领会这些规范形式及其在不同作品中的体现的人就是懂得这种艺术的人。就个体而言，在自己的审美经验中，往往是通过对各种艺术规范形式的接触、理解而养成或提高自己对艺术形式意味的感受能力。

对艺术规范形式的领悟，在透彻、细微处总是指向纯粹的形式因素及其关系。绘画到最后要透过各种形象分析点、线、面的关系，音乐归结为乐音的运动，文学是语词、篇章的关系（或所谓能指的游戏）。这些是最纯粹的形式关系，各种具体作品是这些纯粹形式关系所构成的。各种形式的构成总是多层次的，于是对艺术规范形式的领悟，就必须把握艺术形式从深层直到表层的体现。古今中外都有不少文艺论著解释剖析某种艺术的规范形式。如康定斯基的《论艺术的精神》，谢赫的《古画品录》，嵇康的《声无哀乐论》，及中国历代的各种诗话等等。

某种艺术的规范形式是一种自律性的理性结构。它不是以公式、定理的方式存在，也不以可见的形体构成，它隐藏于各种作品之中，在创作者和接受者的意识中隐隐约约地呈现着。比如一提起小说，知道小说的人总会自觉不自觉地认为小说应该是什么样的，总会以其理解的“小说”范式为依据进行创作和阅读。当然，隐含于艺术作品的规范形式，积淀、包含了艺术传统，存在于艺术主体意识中的关于规范形式的图式是艺术传统的产物，因而艺术的规范形式的规范作用主要是艺术传统观念对艺术实践的规范和制约，是某一理性结构对艺术具体形式的创造和欣赏的制约与规范。艺术的规范形式作为一种理性结构限定艺术对象的范围，确定艺术品的归属，它像一个深沉而固执的检验员验证某一客观事物是否艺术及属于何种艺术。同时也在艺术鉴赏过程中规范引导审美对象的形成。艺术规范形式的这些作用可以理解为艺术的形式规范。

规范形式是名称，形式规范则是制约。比如中国水墨画，这是指称一种绘画的规范形式，而当一个人创作中国水墨画时，他必须按创作中国水墨画的理念、知觉方式、工具材料、形式因素进行创作，也就是形式本身所具有的规则对创作的制约作用，这就是形式规范。具体而言，同样追求写实的绘画，中国绘画与以达·芬奇为代表的古典绘画，它们的视觉依据就不相同，中国画侧重以视觉连贯性为依据，西方古典绘画侧重以视网膜映像为依据，由于不同的“看法”导致使用不同的工具材料，形成不同的形式因素（绘画语言），从而形成不同的艺术规范形式，在这不同的规范形式中也就有着不同的形式规范。[①] 文学的各种规范形式如律诗、绝句、词曲、言情小说、武侠小说、写景散文、抒情散文等，各有不同的形式规范。就艺术审美的角度而言，各种形式规范制约作者按一定的范式写作，也要求读者以一定的范式解读文本，无视这些形式规范的解读，可能是政治解读、宗教解读、文化解读等，但就不是审美解读或审美鉴赏了。

然而在艺术实践中艺术的规范形式不是具有绝对权威的至高无上的君王，与之相对抗的是艺术审美意向性。艺术审美意向性指的是在一般的主客体之间建立艺术审美关系，相互确立艺术审美主体与艺术审美客体的地位，通常是主体主动地以艺术审美知觉在主客体之间建立起来的艺术联系，是主体自觉地以艺术主体自居而使客观事物显现为艺术客体。是人类艺术实践主体以一定的方式将客观事物（包括一般意义上的所谓艺术品）确立为艺术审美对象。因而艺术审美意向性作为主客体之间的艺术联系，它的建构既有符合规范形式的一方面，也有灵活性和创造性。这种灵活性和创造性表现为艺术主体力图突破形式规范，扩大艺术对象的范围，在规范形式中增加新的因素或糅合不同的规范形式，甚至创造新的规范形式。正是艺术审美意向使得各个艺术品既遵从一定的形式规范又具有独特的具体形式。

在人类的艺术实践中艺术形式规范是深沉的制约因素，艺术审美意向是活泼的自由因素，二者构成一对矛盾，正是这对矛盾的运动使得艺术作品的形式千姿百态，独具异彩。如果我们特别钟情于艺术的形式，确实可以把艺术当成有意味的形式或表现性的形式，艺术家如同造物主一般把这“形式”造出来，在某种意义上说这形式是艺术形式规范与艺术审美意向抗争而产生的结果。一是凭借艺术传统中的规范形式赋予某种客观现象或情绪或意念以艺术形式，一是不安分的艺术审美意向总要给这艺术形式加点超出规范形

① 参见本书附录《艺术自律性新探》相关部分。

齐白石：《虾》

式的东西，于是这艺术形式既合乎规范形式又不至于千篇一律，有时甚至是大大突破规范形式。高明的艺术家善于把握分寸，天才的艺术家则善于创造新的形式。因此，当我们专注于从艺术品来研究艺术形式问题时似乎也应该认真研究一下艺术规范形式与艺术审美意向对形式创造及审美鉴赏的影响。

就具体的艺术作品而言，艺术形式意味应该是具体作品的形式意味，有意味的形式也只能是具体作品所具有的形式。艺术规范形式作为历史形成的形式，形式本身已蕴含一定的共通的意味，如白居易所写的“转轴拨弦三两声，未成曲调先有情”，正是某种艺术形式本身所具有的普遍意味的表现。各种乐器的音色、声音的抑扬均能引起人们情感的相关反应，在历史的演变中积淀了各种普遍的意味，成为创作具体作品的有意味的形式的元素。又如中国古代文学中的词，其词牌、用事、写景各有通行的意蕴，作者将这些因素建构于独特的关系之中，从而产生具体的有独特意味的形式。在中国的水墨绘画中，线条的轻重缓急、墨色的浓淡变化、构图的虚实远近都呈现出不同的意味，这些意味往往具有普遍性和共通性，画家正是使用这些含有普遍意味的形式因素构成具体绘画作品的有意味的形式。

所以，艺术的规范形式隐含于经典作品之中，艺术鉴赏主体与经典作品的接近中建构了自己的关于某种艺术种类的“图式”（即存在于主体意识中的规范形式），由此理解各种形式因素的普遍意味，在这个基础上可以更为便捷地领悟各个具体作品那有意味的形式，品出作品的韵味。所以，艺术训练或艺术学习的目的，往往就是达到对艺术规范形式及形式规范的领悟和理解。

第三节　形式意味的感悟

说艺术是有意味的形式，这就强调艺术形式本身所具有的审美价值。艺术形式不是一种单纯的符号或象征物，因为如果艺术形式只是单纯的符号或象征物，它本身就不具备相对独立的审美价值，它总是一种过渡，在主体感知之后马上指向其所表征的事物并抛弃这个表征物。而艺术形式并非如此，因为艺术形式本身具有“意味”，所以它本身就具有审美价值。

郑板桥画竹

中国的传统艺术非常看重艺术形式本身的审美价值。中国画有所谓的四君子画，千百年来不断地画竹子、梅花、兰草、菊花，不同时代不同画家都在画这四样东西，画到最后，我们不是要在画中看什么是梅兰竹菊，而是看画家的用笔用墨，也就是看其表现形式了。如郑板桥与吴昌硕同样画竹子，他们所画的线条、构图、

吴昌硕画竹

用笔大异其趣，欣赏者鉴赏的重点就不在“竹子”而在于画竹子的形式，在这个形式所体现出来的韵味（意味）。不同的歌唱家唱同一首歌，我们更多的是欣赏唱的形式。中国的戏曲，传统的观赏方式叫“听戏”，老练的观众可以闭着眼睛听戏，欣赏演员唱腔的韵味，不在乎戏的故事（内容）。又如京剧以男性饰演青年女性，这也引导观众更多地关注演技的形式意味而不是演员自身形象。艺术形式具有独特的审美意义、审美价值。但从另一方面说，艺术的种类是复杂多样的，有些艺术作品（特别是叙事、抒情文学）的内容在作品接受中占有极为重要的地位，但文学作品也尽可能以其特有的方式引导读者对文学形式的注意。在中国传统的文论中对文学语言形式的审美价值（尽管以前没用这个术语）是十分关注的，讲词章、格律、炼字、文眼、诗眼，这些都是对形式本身的讲究。现代形式主义的形式观，是把形式本身作为审美的对象，对文学作品则是关注最基础的形式因素——文字/言语方式。因此文学的审美分析，须敏锐感受文本语言质地，理解叙述策略及其效果，在复杂的文本构成中领会文字/言语的审美价值。

与其他艺术形式比较，文学形式的意味更为隐蔽。所以，对文

学形式的分析不宜简单套用“有意味的形式”的方式，毕竟语言艺术与绘画等视觉艺术有着不同的形式特点。文学的形式是多层次的构成，语言、意象、情节、意境等，可以在某种关系中视为形式因素，同时又可以在另一种关系中视为内容因素。所以，在文学的审美分析中，应注意文学的形式是多层次的形式构成，同时内容与形式又包含多层的转换关系。文学形式本身也复杂多样，小说、诗歌、散文、戏剧的形式差异极大，人们用不同的概念和方式描述、分析不同文学形式的特征及其意味，如中国诗话之于诗歌、西方叙事学之于小说，陌生化、隐喻性等。同时文学给人的感动往往是所述的内容更为强烈，往往掩盖了文学形式本身的审美价值。

因此，语言的艺术形式的审美价值更有待细致辨析，也值得讨论。因此以下着重讨论对文学形式的审美感受。

一　陌生化

陌生化一词在中国的流行与俄苏形式主义文论在中国的介绍有关，但更重要的可能是“陌生化”（或译奇特化、反常化、陌生性）这个词在文学的审美批评中具有较强的统摄性，贴切地描述了文学审美鉴赏中一个突出的感受，也为领悟文学形式意味提供了一个有效的切入点。

日常话语，为了提高使用效率，尽可能地让话语方式透明、便捷，从而越过话语方式而直达语义。对事物也以识别为主，只要知道它的名称就行，不一定对事物进行直接细致的感知。对事物的把握也重在概括、分类。而在艺术审美过程中，则必须让读者充分地关注叙述形式本身，以此直观对象、直接细致地感知对象，由此构成审美鉴赏，感受由形式本身引起的审美情感愉快。为了引起读者对作品本身的关注，陌生化是最为有效的艺术手法。

陌生化是一个相对的概念，应在各种相对关系中理解、把握陌生化。

第一，相对日常话语，文学话语的奇特性是陌生化的主要特征。如诗歌语言的平仄、协韵、节奏、句式、用典、比兴这些具体方式的运用使得诗歌语言与日常话语产生距离，阅读时的吟诵、体味、联想则强化诗歌话语与日常话语的差异，由此造成诗歌语言的陌生化。从而使读者更为注意地直观作品本身，而不是习惯化地“理解”各个词语的意义。相对于日常生活的平庸、模糊、冷漠的表象，诗歌意象力求变形、夸张、新奇、荒诞，以此冲击读者的感受，产生奇异感。小说则力求情节的离奇、曲折、巧合、偶发，使故事比日常生活事件更具刺激性。这些手法都使人产生陌生化的感觉。

如纳兰性德的《如梦令》：

> 万帐穹庐人醉，星影摇摇欲坠。归梦隔狼河，又被河声搅碎。还睡，还睡，解道醒来无味。①

其中“梦”被狼河所隔、被河声搅碎，与平常对梦的叙述有极大不同。对戍边感到“无味”，在此诗特定情境中却韵味无穷，能喝酒，醒来“无味”无事可做，意味着边境无战事，这无论如何总不是坏事，因此，“解道醒来无味”不可按寻常思路理解，更不可一旦与军旅相关即解读为描写战争的残酷，此诗中欣慰、无聊、寂寞、空旷、宁静、无奈各种况味似有似无，“无味”却意蕴绵绵。又如舒婷《致橡树》的句子：“你有你的铜枝铁干/像刀，像剑，/也像戟/我有我的红硕花朵/像沉重的叹息/又像英勇的火炬。”说“红硕花朵像沉重的叹息”，颇为奇特，有些朦胧，但如果人们见过木棉花朵落地的情景，则会感到极为神似地描写了木棉的特征。

第二，针对日常感知的习惯化、无意识化，诗歌、散文对感

---

① “穹庐”，毡制的帐篷，此指军队营帐。“解道”，知道。“狼河”，河名，即白狼河，今辽宁省大凌河。

情、景物的真切描写，让人重新感受生活、直接感知事物，而不只是知道或认识事物。知道河边有一棵树，并不一定直接见过这棵树，这跟直接真切地感受这棵树是大为不同的。正如王国维所说："词以境界为最上。"而有境界则是"能写真景物，真感情"。[①] 对情感、景物的真切描写是为了让人保持对生活的新鲜感觉，这是陌生化的目的，也是艺术审美活动的根本旨趣。"为了恢复对生活的感觉，为了感觉到事物，为了使石头成为石头，存在着一种名为艺术的东西。艺术的目的是提供作为视觉而不是作为识别事物的感觉；艺术的手法就是使事物奇特化的手法，是使形式变得模糊，增加感觉的困难和时间的手法，因为艺术中的感觉行为本身就是目的，应该延长；艺术是一种体验事物的制作的方法，而'制作'成功的东西对艺术来说是无关重要的。"[②] 所谓"使石头成为石头"正是强调对"石头"的感性形式的真切感知。陌生化的目的是为了使人对生活有更真切感觉，这是我们应加以注意的地方。从什克洛夫斯基的论文及文中的举例看，他所说的陌生化手法有以下三个层次的意思：一是真景物、真感情的描写；二是形象的隐喻性表达；三是诗歌语言的奇异性。

相对于日常生活中的习惯化、无意识化，陌生化反而是真实、真切地描写，而不是一味地"反常"。它要求的是读者、作者仿佛是第一次看见这个世界一样地感知这个"陌生"的世界。如"采菊东篱下，悠然见南山""寒波淡淡起，白鸟悠悠下""西风残照，汉家陵阙""池塘生春草""空梁落燕泥"等诗句，均为真切描写，仿佛第一次见到这些极为常见之物而写下它们。谁不知道池塘边会长出春草，空梁上的燕泥会掉落，人们对这些现象早已熟视无睹，而在诗中这么一写，让人特别注意这个平常熟视无睹的事物，也给

---

① 王国维：《人间词话》，《蕙风词话·人间词话》，人民文学出版社 1960 年版，第 191、193 页。

② ［俄］什克洛夫斯基：《艺术作为手法》，见《俄苏形式主义文论选》，［法］茨维坦·托多罗夫编选，蔡鸿滨译，中国社会科学出版社 1989 年版，第 65 页。

人以“陌生”的感觉。从真切感知事物出发，也要求读者认真解读作品本身，而不是先入为主（也就是习惯化）地“知道”作品。

第三，陌生化的另一种表现是相对于传统而言的原创性。从根本上说，一部作品当它既全面继承传统的艺术成就又超越艺术传统成就时，才给人以真正的陌生感。所以在哈罗德·布鲁姆的理论中，陌生性（strangeness）是真正的原创性，表现为对传统的在审美意义上的继承与超越，是一部作品成为经典的原因。“直接战胜传统并使之屈从于己。这是检验经典性的最高标准。”“只有审美的力量才能透入经典，而这力量又主要是一种混合力：娴熟的形象语言、原创性、认识能力、知识以及丰富的词汇。”[①] 相对于传统检验作品的原创性，为我们领悟文学作品的形式意味提供了一个广阔的视野。我们在经典的培育中理解什么是文学形式，学会领悟文学形式的意味，这又为我们领悟新的原创性文学形式意味提供可靠的基础。

二 文学的思维形式

文学由于与语言的密切关系，语言与思维密不可分，在这个意义上说，文学是一种思维的艺术。中国传统诗学将《诗经》的形式特征概括为赋、比、兴，其中比、兴严格说是诗歌的思维形式特征。刘勰指出：“比者，附也；兴者，起也。附理者，切类以指事；起情者，依微以拟议。”（《文心雕龙·比兴》）这说明了比、兴的思维特点。文学与其他艺术形式相比，更像是一种思维艺术。萧统确立的选文标准是“事出于沉思，义归乎翰藻”（《文选序》），标明文学的形式一是文笔辞藻，一是思维形式。思考文学的形式，不能不考察文学的思维形式。

隐喻性是文学思维的形式特征，因它早为人们认识，至今文学思维形式的隐喻性已是文学读者的基本常识。如何凭借奇妙的想

---

① ［美］布鲁姆：《西方正典》，江宁康译，译林出版社2005年版，第20页。

象、丰富的知识、深远的联想、精确的词汇建立此物与彼物（或意蕴）的隐喻关系，成了文学思维的艺术形式，其中透出超越所言具体内容的形式意味。如果以比兴作为文学思维的形式特征，人们在感受文学形式时就应注意到话语及文学意象的隐喻性。

1. 文学话语的隐喻性

文学话语真正所指往往不是词语直指的对象，而是间接指涉或含蕴的意义，这是其隐喻性。隐喻性思维是文学话语的基本特征，由此我们对文学话语的解读重在玩味语言形式本身，进而领悟语言形式之外的“含义”，重在阅读的感性，重在象外之意的建构。

文学语言（话语）的隐喻性并不意味着语义的含混。多义也是可以清晰、明确的，但其相对明确的涵义则须在特定的语境中确定。文本本身的结构可以引导读者对意义的领悟，在一些传统的范式中有些结构规范化了，以致人们以为某些意义、意蕴是文本自身的结构层次。

鉴于文学话语的隐喻性，一个文本就具有产生丰富含义的可能性。只要真正回到作品本身，文本可以在不同的阅读情境中产生新的意义。至于产生什么意义或许与读者的主动性和创造性有关，但如何产生意义却不得不受具体作品中的形式结构的制约，并在这种制约中领会文本形式的意味。如“枯藤老树昏鸦”“杨柳岸晓风残月”一类诗句，一个读者尽可以在这些景物身上展开丰富的联想，产生无数的涵义，但不可超越的是作者将这些景物并置的构思，这个构思制约读者展开联想的方式，也正是这个构思本身透出超于言语之上的意味，这意味已不仅是枯藤、残月等的比喻义，也不是它们的比喻义的相加。

2. 文学意象的隐喻性

文学意象与语言相对时是内容，与寓意相对时却是形式。在文学作品中我们往往期待文学意象能表达感情、思想，在这样的关系中，文学意象就转化为文学的思维形式了，而且它们往往用陌生化的意象隐喻性地表达思想情感、描述各种事物。

如鲁迅的《野草》，一般都认为是散文诗，据章衣萍回忆："鲁迅先生自己却明白地告诉过我，他的哲学都包括在《野草》里面。"[①]《野草》中就有大量奇特的意象，以此隐喻各种思想：

狗的驳诘

我梦见自己在隘巷中行走，衣履破碎，像乞食者。

一条狗在背后叫起来了。

我傲慢地回顾，叱咤说：

"呔！住口！你这势利的狗！"

"嘻嘻！"他笑了，还接着说，"不敢，愧不如人呢。"

"什么!?"我气愤了，觉得这是一个极端的侮辱。

"我惭愧：我终于还不知道分别铜和银；还不知道分别布和绸；还不知道分别官和民；还不知道分别主和奴；还不知道……"

我逃走了。

"且慢！我们再谈谈……"他在后面大声挽留。

我一径逃走，尽力地走，直到逃出梦境，躺在自己的床上。[②]

这里，以人狗对话的奇特意象，隐喻地颠覆人不如狗或狗不如人、人类文明与不文明等传统价值观念，提出什么是真正的人格的追问。如果把《野草》当作哲学著作来读肯定是不对的，但可以认为鲁迅是以文学的方式展现了他的人生哲学。哲学不是提供现成的答案，人生哲学更为本质的是不断地提出问题，对人生的意义进

① 章衣萍：《古庙杂谈》，《永在的温情——文化名人忆鲁迅》，河北教育出版社2000年版，第2页。

② 鲁迅：《鲁迅全集》第2卷，人民文学出版社2005年版，第203页。

行不断的追问。《野草》的追问方式，构成了文学的隐含深义的形式。

《过客》《死火》《颓败线的颤动》《复仇（其二）》等写出了鲁迅对人生实际生存状况的清醒认识。人是终有一死的，在现实生活中为善者往往遭恶报。这是一种强者的悲观主义，敢于清醒地认识人生的真相。同时，鲁迅在这些文章中描述了奇特的意象，以此提出了极其严峻的人生问题：人终有一死，人生的路该怎样走，人应该拥有怎样的人生？“母亲”“耶稣”付出了全部的爱之后遭弃绝，为善者遭恶报，后继的“母亲”“人之子”是否继续为善，为民众战斗、奉献、牺牲？在《野草》中这些问题是没有明确答案的，但在鲁迅的杂文写作中鲁迅作了明确的回答。他采取了“复仇”的行动。鲁迅在《野草》中写了两篇“复仇”，鲁迅在其他地方谈了“复仇”的意思：“我在《野草》中，曾记一男一女，持刀对立旷野中，无聊人竞随而往，以为必有事件，慰其无聊，而二人从此毫无运动，以致无聊人仍然无聊，至于老死，题曰《复仇》亦是此意。”[①]《复仇（其二）》的“复仇”的意思是，后继的人之子对杀害“人之子”的血污的民众的复仇，唤醒他们，使他们意识到自己的罪恶，使他们清醒而痛苦，使他们在痛苦中获得新生，这就是鲁迅所谓的“复仇”，他的大量的杂文就是这种复仇的实践。

像鲁迅的《野草》这样的文本，其奇特的意象不容人们以习惯化的读法解读，我们须直观文本描述的意象，领悟其独特的寓意。《野草》是中国现代文学中的经典之作，其建构的奇特意象及引导读者领悟独特寓意的思维方式，正是其原创性的体现，也是其形式意味所在。

① 鲁迅：《1934年5月16日致郑振铎信》，《鲁迅全集》第十三卷，人民文学出版社2005年版，第105页。

三　叙事形式对内容的超越

文学作品除了抒情性作品外，大量的是叙事类作品，小说等虚构性叙事作品，自然而然地突出了叙事形式本身，而叙事方式也造成了对内容（本事）的超越。

1. 虚构性叙事突出叙事本身

在小说这种叙事性的文学作品中，虚构性是其突出的特征。虚构不等于虚假。王国维："虽如何虚构之境，其材料必求之于自然，而其构造，亦必从自然之法则。故虽理想家，亦写实家也。"①福勒特："故事中的每一件事都是真实的，而整个故事却不真实。"莫尔："许多想象的花园，园中有真实的癞蛤蟆，以供人观赏。"②这些说法形象地说明虚构的基本特征。也正是叙事性文学的虚构性，引导读者更为关注文学叙事形式本身的价值。

虚构性叙事不是对现实事件的指涉，所叙述的对象是纯粹意向性的客体。小说的叙事不涉及真假的领域，它既非真实，也非虚假。既然是虚构，文本的价值就不在于叙述内容与现实或实际事件的相符，而在于文本的叙述方式。因此叙事学就重在研究文本的"叙事"本身，文学文本的审美价值在于叙事的方式本身。因此我们可以开展对叙事本身的研究，研究叙事的本质、形式、功能和价值，同时也应研究叙事对意向性客体的建构，特别是叙事结构与作品意义的关系，叙事方式对原始事件涵义的转化和改变。在这些研究的基础上，形成了"叙事学"等文学研究方法。当然，叙事方式不仅用于文学，在历史文本的建构中也同样使用带有文学性的叙事方式，因此对历史文本的解读不能不考虑叙事方式对历史真相的歪曲，对这个问题的关注是新历史主义的做法。

---

① 王国维：《人间词话》，《蕙风词话·人间词话》，人民文学出版社 1960 年版，第 192 页。

② 转引自［美］勒内·韦勒克、奥斯汀·沃伦《文学理论》，刘象禹等译，江苏教育出版社 2005 年版，第 248 页。

2. 叙述方式表现的意韵

虽是虚构，但叙事性作品中的“故事”其本事与现实中的事件总有相似之处，对现实中的事件，人们有倾向性、习惯性的情感反应，而叙事往往以其独特的方式改变人们对本事的习惯性反应。

对同一本事的不同叙述，可能改变人们对事件的感受，改造事件蕴含的意义。这是文学形式本身具有独立价值的表现。如苏联的维果茨基在他的著作《艺术心理学》中分析过的布宁的小说《轻轻的呼吸》，小说对一件凶杀事件采取平缓、宁静的叙事方式，迫使读者小口小口地呼吸，在不慌不忙的反应中形成一个哀而不露的情绪背景，成功消解了凶杀事件的可怖、紧张，而使人“感到的几乎是一种病态的轻松”。对于形式的作用，维果茨基说是“形式消灭内容”。他说：“千百年来，美学家们一直在强调形式和内容的和谐一致，强调形式图解、补充和配合内容；而我们忽然发现，这是一个莫大的谬误，形式是在同内容作战，同它斗争，形式克服内容，形式和内容的这一辩证矛盾似乎正是我们的审美反应的真正心理学涵义。”① 维果茨基对《轻轻的呼吸》的分析正说明了文学叙事形式的功能。

相同的情形我们在阅读《水浒传》时也有同样的感受，许多凶残的行为通过将“忠义”绝对化的叙述方式，使人感受为豪放、神勇之举，这都是形式消灭内容的例子。由此，读者可能淡化血腥的具体内容而关注叙事形式本身，这个叙事形式引导读者去领悟超越具体内容的勇敢、豪迈、坚毅等生命形式特征，叙事形式本身也由此获得艺术价值。法律、历史文本的叙述方式也对文本的解读造成影响，但它们叙事方式的目的是为了突出或改变具体事件的意义，让读者产生不同的印象和看法，如“屡战屡败”变换为“屡败屡战”之类，这样的叙事策略实际上是一种权术行为。但文学

① ［苏］维果茨基：《艺术心理学》，周新译，上海文艺出版社 1985 年版，第 212、213 页。

的叙事方式，却是为了超越具体事件的意义，而表现超越具体事件的情感范畴（或生命形式），如母爱、爱情、忠义、真诚、仁慈、勇敢、坚韧等。尽管在表现这些永恒的情感范畴时离不开具体的事件，但文学的叙事形式的主要功能不是突出这些具体事件的实际意义，而是超越这些具体事件而表现普遍的情感范畴。对这些普遍情感范畴的领悟，使得人们可能培养高贵的情感，或时时反思现实情感的偏向与完善的可能性，这或许是文学叙事形式的意味所在。

第四节　言意之外的形式韵味

感知艺术形式不是艺术审美的最终目的。“筌者所以在鱼，得鱼而忘筌。蹄者所以在兔，得兔而忘蹄。言者所以在意，得意而忘言。吾安得忘言之人而与之言哉。”（《庄子·外物》）这是就一般的言意关系而论，指明言语活动重在“得意”。在一般的话语实践中，人们不必过于关注话语形式本身。对于艺术，形式是不可忽视的审美对象，但艺术形式也不能仅止于艺术形式。正是对艺术形式的特别关注，人们得以超越具体事物的局限，超越现实事件的制约，摆脱日常的思维定式和情感偏向，从而获得对事物的无偏见的直观。艺术正是为了让人从日常生活的习惯中解脱出来，进入审美的境界，从而更真切地感知存在者的存在。正如什克洛夫斯基所说，是“为了恢复对生活的感觉，为了感觉到事物，为了使石头成为石头”①，人们需要艺术，需要以陌生化为基本方法的艺术。

所以，对形式的讲究、关注，不能止于形式，而是要领悟形式传达的意味。“得鱼而忘筌”，“得意而忘言”，点明了艺术鉴赏的基本结构，指出艺术鉴赏的旨归在于领悟艺术形式的意蕴。“得意而忘言”的“忘”字，透露了“得意”对言说的摆脱，也暗示了

① ［俄］什克洛夫斯基：《艺术作为手法》，见《俄苏形式主义文论选》，［法］茨维坦·托多罗夫编选，蔡鸿滨译，中国社会科学出版社 1989 年版，第 65 页。

"意"具有不可言说的特性，此说更适用于讨论艺术形式及其意味。西方的哲人同样强调追踪形式的意蕴。黑格尔说："遇到一件艺术作品，我们首先见到的是它直接呈现给我们的东西，然后再追究它的意蕴或内容。前一个因素——即外在的因素——对于我们之所以有价值，并非由于它所直接呈现的；我们假定它里面还有一种内在的东西，即一种意蕴，一种灌注于外在形状的意蕴。""艺术作品应该具有意蕴，也是如此，它不只是用了某种线条，曲线，面，齿纹，石头浮雕，颜色，音调，文字乃至于其他媒介，就算尽了它的能事，而是要显现出一种内在的生气，情感，灵魂，风骨和精神，这就是我们所说的艺术作品的意蕴。"①各种艺术活动肯定不会终止于形式鉴赏。当然，古今中外的哲学家、思想家在艺术品中所期待的"气韵""韵味""意蕴""意味"是各不相同的，但他们的一个共同点则是辩证地看待艺术作品的形式，看到艺术形式之外的意蕴。

艺术形式的意味是不可言说的，甚至在于言意之外。庄子在《秋水》篇中描述河伯与北海若的对话，北海若说："可以言论者，物之粗也；可以意致者，物之精也；言之所不能论，意之所不能察致者，不期精粗焉。"（《庄子·秋水》）对这一段话，王先谦注："不期于精粗者，在意言之表，即道妙也。"②这一段话肯定不是谈论艺术形式，但我们理解艺术形式的意味可由此得到启发。按王先谦的说法，在言意之外尚有道妙，道妙是不能言说、无法定义的，艺术形式的意味与此相似。我们或许可以说，正是有一种不能明言、定义的意思存在，我们才需要艺术，以其超越各种具体内容的艺术形式揭示这种"不期精粗"的"道妙"。苏珊·朗格有一段与此相似的论述："纯粹的视觉形式（即脱离了实际意义的形式）和

① ［德］黑格尔：《美学》第一卷，朱光潜译，商务印书馆1979年版，第24、25页。

② （清）王先谦注：《庄子集解》，上海书店1987年影印版，第93页。

音乐形式所传达的各种意义是无名称的，因为它们与语言结构在逻辑上是格格不入的，而且大概永远也不能用字眼加以称呼。”①

那么，如何理解这个不可言说的艺术形式意味（韵味）？是艺术形式引导我们感受绝对理念、终极实在、先验情感、大道、存在、集体无意识……从而艺术形式成为有意味的形式，我们也感受到不可言说的韵味，艺术形式也由此获得具有客观性的审美价值？

对此，我们不可能做一个最终的解答。

对作品的审美感知，是将作品当作一个独立的世界来建构，由此直观这一独特世界的敞开。而对形式意味的感悟，是引导我们进入这个独特世界的通道。

思考题：

1. 什么是艺术形式？

2. 如何理解艺术形式的意味？

3. 如何理解艺术形式的审美价值与“得意忘言”的关系？

参考书目：

1.《庄子》（可选用陈鼓应注译的《庄子今注今译》，中华书局 1983 年版）。

2. ［英］克莱夫·贝尔：《艺术》，周金环、马钟元译，中国文联出版公司 1984 年版。

3. ［苏］维果茨基：《艺术心理学》，周新译，上海文艺出版社 1985 年版。

4.《俄苏形式主义文论选》，［法］茨维坦·托多罗夫编选，蔡鸿滨译，中国社会科学出版社 1989 年版。

5. ［唐］司空图：《与李生论诗书》（见郭绍虞主编：《中国历代文论选》第一册）。

6. 王国维：《人间词话》，人民文学出版社 1960 年版。（或其他版本）

---

① ［美］苏珊·朗格：《艺术问题》，滕守尧、朱疆源译，中国社会科学出版社 1983 年版，第 102 页。

7. ［瑞士］荣格：《心理学与文学》，冯川、苏克译，三联书店 1987 年版。

8. ［美］苏珊·朗格：《情感与形式》，刘大基等译，中国社会科学出版社 1986 年版。

第五章　艺术美感范畴

我们在生活中鉴赏艺术作品，展开我们的艺术审美经验。艺术审美经验的展开首先是选择作为鉴赏对象的艺术品，在艺术品的鉴赏中自然而然地建构着艺术审美意象，与建构艺术审美意象不可须臾间隔的是对艺术形式的感悟，只有真正感悟艺术形式的意味才可能获得圆满的审美艺术意象，在实际的审美经验中这些环节是一个不能分割的整体，每一次的审美经验整体往往又具有不同的特性，用来描述一个审美经验整体及其特性的是艺术美感范畴。

在审美经验中，审美范畴的运用是必要的。在艺术审美经验中，我们有愉快、不愉快、震撼、悲伤等各种各样的感受，审美对象也有小巧、宏大、秀美、粗犷等各种各样的特征，审美范畴可以用来描述我们的审美经验的基本特征，统摄艺术审美经验中的主体感受和客体特征。因此，了解各种审美范畴在实际审美经验中的涵义和功能，有助于审美经验的完善与深入。

第一节　美感范畴的特征

范畴，“今天它一般是指思想、语言或实在的基本的和一般的概念”，而美感是非概念性的，所以用范畴来指称、描述某种美感的类型只能是借用其某些意义和用法，我们主要是在康德的意义上借用范畴这个术语。对康德而言，范畴“是我们必须借以构造和整理经验对象以使经验自身成为可能的纯粹非经验的知性概念”。[1] 因此，所谓的美感范畴，指的是这样一些概念，它可以统摄创作、作品、接受过程的某种美感特征或类型，我们借以构造审美意象，使潜在的情感倾向得以现实化，从而使审美经验得以展开和完成，并使我们的美感更丰富、细致、敏感。

一　情感范畴的先验性

在人的生存过程中，对某些事物感到情感愉快，对某些事物感到不愉快。人须先天具有能感受愉快或不愉快的情感能力，才可能感受到某些事物所引起的愉快或不愉快。杜夫海纳指出：“为了深入理解审美经验是在读解表现的感觉中达到顶点的这一事实，现在我们想指出，审美经验运用的是真正的情感先验，这种先验与康德所说的感性先验和知性先验的意义相同。康德的先验是一个对象被给予、被思维的条件。同样，情感先验是一个世界能被感觉的条件。”[2] 人确实存在着先天的情感倾向，或具有原始的感情能力，正因为有这些先天的情感倾向，我们才可能具有感情。如孟子所说：“人皆有不忍人之心……今人乍见孺子入于井，皆有怵惕恻隐之心——非所以内交于孺子之父母也，非所以要誉于乡党朋友也，非恶其声而然也。由是观之，无恻隐之心，非人也；无羞恶之心，非人也；无辞让之心，非人也；无是非之心，非人也。恻隐之心，仁之端也；羞恶之心，义之端也；辞让之心，礼之端也；是非之心，智之端也。人之有是四端也，犹其有四体也。”（《孟子·公孙丑上》）这段话指出恻隐之心、羞恶之心、辞让之心、是非之心为仁义礼智之端，即是其原始意识。又如其所述，这四种原始的意识能力是“人皆有……”的，这显示了这四端的先天性。在这四端中，怵惕恻隐之心、羞恶之心属于情感范畴，既有怵惕恻隐（惊

---

① 布宁、余纪元：《西方哲学英汉对照辞典》，人民出版社 2001 年版，第 143 页。

② ［法］米·杜夫海纳：《审美经验现象学》，韩树站译，文化艺术出版社 1996 年版，第 477 页。

悸哀痛）之心也就应有喜悦爱乐之心，所以这段话在某种程度上也可以说明，能感受愉快或不愉快的能力与能辨别是非的能力一样，都是与生俱来的。其实，甚至可以说情感的先天能力是更为原始的，因为好恶的情感表现是人的生存所必不可少的。人最基本的情感倾向和情感能力是先天的，所以，情感范畴与知性范畴一样也是先验的范畴。

当然，人们对最基本的先验情感范畴的描述并非一开始就是清晰、自觉的。因为，情感先验只是一种情感表现的倾向，人们只能在实际的情感表现中才能知道“情感”、感受到情感，也才能合理地推论先天情感范畴的存在。在我们中国传统思想中似乎是将喜怒哀乐作为先验的情感范畴，如《中庸》这样描述人的情感活动：“喜怒哀乐之未发，谓之中。发而皆中节，谓之和。中也者，天下之大本也。和也者，天下之达道也。致中和，天地位焉，万物肖焉。”（《中庸·第一章》）在这里，极有意义地区分了情感的“未发”与“发”。未发的“喜怒哀乐”就是一种潜在的情感倾向和情感能力，人要有先天的情感倾向才可能有各种实际的“喜怒哀乐”的情感表现，所以这种未发的情感倾向是一种先验的情感范畴。朱熹注释《中庸》时说道：“喜怒哀乐，情也，其未发，则性也。”[①]这个解说也表明了未发的“喜怒哀乐”是一种先天的“性”[②]。在中国的古典著作中，我们可以看到喜、乐、好、哀、怒、恶、敬、畏、怕、怵惕、恻隐等描述情感的词语，但它们描述的往往是实际的情感表现，而不是先验的情感范畴，但其中隐含着先验的情感范

---

① 《中庸》，《四书五经》（宋元人注），中国书店1985年版，第1页。

② “性情”是中国哲学史上的一对范畴，如《荀子·正名》：“性者天之就也，情者性之质也，欲者情之应也。”韩愈《原性》：“性也者，与生俱生也；情也者，接于物而生也。”关于性情的论述，经宋儒直至清代王夫之，渐将性情纳入体用的框架中阐释，以性为体，情为用。王夫之：“性情相需者也，始终相成者也，体用相函者也。性以情发，情以充性，始以肇终，终以集始，体以致用，用以备体。”［（清）王夫之：《周易外传》第十一章，中华书局1977年版，第198页］这些说法，表明中国古代哲学思想，是将“性”作为先天的范畴来把握的。

畴，或者说是借助先验的情感范畴描述具体的情感表现。我们实际上也就通过人们表现出来的情感“知道”先天的情感范畴。

“未发”的情感倾向（先验情感范畴）受现实事物的刺激而“发”为实际的情感表现。以“喜怒哀乐”作为先验的情感范畴是合理的，然而具体的情感表现则更为丰富多样，但由于我们能感知的是情感表现的类型，我们只能通过情感表现而知道先天情感范畴，所以，当我们使用情感范畴这个名词时，我们往往是指称情感表现的类型，用某个概念指称、统摄某类情感过程。于是在实际的使用中，各种情感范畴被用于描述实际的情感表现，人们并不在意“未发”与“发”之分，即不在意于先验与经验之分。

各种情感表现总是因现实事物而起，某些事物与某种情感密切相关，甚至形成固定关系，久而久之，在人们的意识中将情感特性赋予外界事物，以至人们用情感范畴来描述事物的属性，于是情感范畴的使用方面，又产生了第二层的模糊，即将情感特征赋予了各种事物。如“美的事物”“典雅的事物”“丑陋的事物”等，严格说来，是指这些事物引起了人的某种情感表现。人们将愉快的感受称为优美感，将不愉快的感受称为厌恶感，这是人们在其生存中运用这样一些范畴统摄人与事物的某种情感关系，因此，我们不能将优美感和厌恶感当作这些事物的属性，相反倒应当将这些情感范畴视为对人的不同情感反应的描述。

随着人类经验类型的丰富和进一步区分，当某些对象引起的愉快感受含有非功利的属性，于是用“美”统摄人的愉快的感受与引起这种感受的事物的特征。同理，人们用“丑”统摄不愉快的感受与引起这种感受的事物的特征。人也就有了美与丑的美感范畴。一个审美经验的完成，是主体与审美客体相互交流的过程。在审美经验中，人凭借美或丑的情感范畴，得以感受美的事物或丑的事物，构成美的对象或丑的对象，从而完成了一个审美经验。尽管“美”或“丑”的概念晚出，但人的愉快或不愉快的情感反应却是与人俱生的，这种情感反应也融于日常经验之中，当人们意识到某些导致愉快或不愉快的原因超出实用的物质享受，具有非功利的“雅趣”“雅兴”时，这种情感愉快就被阐释为审美性质。对这种审美性质的强调、突出，就有了较为纯粹的审美活动，于是描述非功利情感特征的美感范畴如“美”“丑”“崇高”等也就日渐明确地提出来了。

由于在情感活动中有意识地采取审美态度，情感范畴由于审美态度的介入而演变为美感范畴。在艺术审美活动中，创作主体、作品、接受主体三者相互勾连、交流、制约，由此发生各具特色的情感，于是我们可以用不同的美感范畴，如优美、崇高、丑等，建构各具特色的审美经验。比如，当我们说某一作品是优美的作品，从审美经验的角度说，是这个作品依据优美范畴建构作品，同时也要求接受者借助优美范畴重构审美对象，也就是说，在这样的审美经验中，优美范畴规范着创作与接受的审美经验地展开。当我们说这作品表现了丑，也就意味着我们就此展开的是另一种审美经验类型。

二　美感范畴的具体化

如果说“未发”的情感倾向是先验也是潜在的情感倾向，那它的“发”就是它的外化，而它的外化总是在具体的境遇中产生的，所以作为情感范畴的喜、怒、哀、乐，在外化时就表现为各种各样的具有具体意义的情感表现，而情感外化总是因某种事物而起，在具体的情境中使先验的情感范畴得到充实和表现，因此，不同人的喜、怒、哀、乐也就显示了某种不同的具体内涵。

美感范畴也是如此。比如具有非功利性的直接的情感愉快，在后来被称为美，或优美，但在美或优美中，各人的感受还是大不一样的，不同的艺术作品的呈现也各具形态。茂密的树林、青青的草地、艳丽的花朵、清幽的竹林、潺潺的小溪、清澈的石潭、林间的阳光、朦胧的月夜等等，都给人美感，可以用优美感来总述这类美感。但我们可以发现，同样是情感愉快，但其中细微的感觉还是有所不同的。至于艺术作品，我们笼统地称为美的作品实际上它们的构成各有其自律性，对它们的感受也是各有分别的。王维的诗与李白的诗不同，王维与孟浩然的诗虽比较接近，但也是不同的，同是王维的诗，不同作品其美感也是不同的。同样画竹子，吴昌硕与郑板桥也不同。美的艺术作品的创作与欣赏绝没有一个统一的标准。所以尽管我们可以将美、丑、崇高等几个范畴作为基本的审美范畴，但具体的审美经验必定是借这些审美范畴而形成更为具体、细微的美感，只感到这作品属于某种审美范畴而没有更具体的感受，这还不是一个真正的艺术审美经验，真正的艺术审美经验必须感受这个作品那种独特的与众不同的美感。比如，在同是优美的作品中读出冲淡、或典雅、或绮丽、或飘逸等具体的美感，这可能都可归于优美，但却是不同特征的优美。这各个不同特征的美，就是先验的美感范畴的具体化的表现。

因此，在具体的审美经验中，往往是具体化的美感范畴规约、引导着审美经验的展开与完成。一个具体化的审美范畴凝聚着一件艺术作品创作时所形成的法则，而这个法则又要求欣赏者以此为依据接受作品，让作品实现真正的作品存在。经典作品的审美经验，在众多欣赏者的交流、阐释过程中，又形成了一些共通、普遍的艺术感受，在这个基础上形成一些较为流行、通用的具体化的艺术审美范畴。某种艺术类型，某个民族艺术传统往往形成了一批通用的艺术审美范畴，这些审美范畴构成了一个民族、某种艺术类型的审美传统。在具体审美经验中，美感范畴总是以各种具体化的形态呈现，并引导着创作与欣赏。所以不乏理论家、美学家力求列出具体化的美感范畴系列，但这永远是不可能最后完成的，波兰的符·塔达基维奇在他的《西方美学概念史》中介绍历代美学家对美的范畴进行分类的努力，但大多倾向于认为这个任务不可能完成。因为美的具体化的范畴永远是独特的、不断创新的、无比丰富的。[①] 但

① 参见［波］符·塔达基维奇：《西方美学概念史》第五章“美的范畴的历史”，褚朔维译，学苑出版社 1990 年版。

对美感范畴的具体化做一些总结和介绍，对完善人的审美经验是有帮助的，问题在于如何确定一些相对恰当的具体化美感范畴的数目。在这方面，中国的司空图对诗歌美感范畴的概括显得最有分寸，他的《二十四诗品》确立了比较恰当的范畴数目，让人可以在这样的基础上引申各自的具体化美感范畴。每一“品”可以说是一个描述较为具体的诗歌审美经验的美感范畴，司空图以四言诗的形式做进一步的描述，对该范畴类型在创作的取材、构思、表现，作品的构成特征及读者鉴赏思路的展开等方面的特征都进行了阐释，为某一类型诗歌的创作、欣赏提供了适当的、可供参照的范式。当然，审美范畴在其具体化时，在艺术作品中形成了自立的法则，而这个具体化的审美范畴便是这个艺术作品自律性的标志，当读者领悟这个自律性之后可能更细致入微地解读这个作品。

这些具体化的审美范畴，实际上积累了一个民族、一个时代、一种艺术类型的审美经验，它们在实际审美经验过程中诱发、引导、制约着创作与欣赏的进行与展开。具体化的审美范畴是历史地形成的，保留了人类有史以来的审美倾向，隐含着最为根本的审美原型，因而参照具体化的审美范畴展开的审美经验也自然具有深厚的审美意味。同样在一个人的审美经验史上，对具体化的美感范畴的领会与把握，实际上是一个人的审美感受的丰富性和独特性的体现。

对具体化的审美范畴的领会，不以理论性的界定为据，因为具体化的审美范畴以经典作品的创作、欣赏作为范例，由此蕴含着无穷的丰富性和可阐释性。

第二节　美感的基本范畴

但在人类的审美历史中，还是形成了一些审美的基本范畴，如美（优美）、崇高、丑、荒诞等范畴，这些范畴不宜笼统地说是美学范畴，在审美经验的讨论中，它们应该作为基本的美感范畴来讨论。

人为什么具有先天的美感倾向，也许这问题的解决有待心理学、人类学的研究，不是文艺美学可能探讨的问题。但文艺美学应该了解历代学者、艺术家关于这些审美范畴的阐释，了解这些审美范畴积累的审美经验，以此作为我们进一步展开审美经验的借鉴。尽管审美感受以直觉为主，是一种当下的审美体验，但是否以具体化的审美范畴作为凭借，显示了审美感觉的不同层次。深入体会各种具体化的审美范畴，将使得我们的审美经验更为深入、细致、丰富、完整。因为各种具体化的审美范畴，往往标志着某种具体的艺术范式，它以自立的法则制约着作者的创作，同时也要求欣赏者尊重它的自律性，从而让作品真正的呈现。

以下简介几个美感的基本范畴及重要的美感范畴的相互关系，着重评介至今仍有影响力的理论家对这些美感范畴的阐释。

一 美（优美）

这个范畴一方面用于对审美对象的特征描述，一方面也是用于

任伯年：《花鸟册页》
安格尔：《莫蒂希尔夫人像》→

描述美感的一种。在日常生活和艺术活动中，凡是好看、好听，让人直接感受到心情、情感、精神愉悦的东西，我们不自觉地称之为美，如美人、美景、美食等，有时也扩大至思想美、心灵美、行为

美、环境美等，甚至对一些并不直接给人愉悦之感的东西也称之为美，如什么残缺美、崇高美、悲剧美等。这些现象表明我们在使用“美”这个词时，是比较含糊的。在理性思维中必须进行必要的辨析，所以这里讲的“美”是狭义的美，也可称为优美。它指称的是形体结构和谐完整能直接给人以精神愉快悦的事物，或指称人的愉悦的精神感受。如任伯年的花鸟，安格尔画的贵夫人像、康斯太布尔的风景，或陶渊明、王维的山水田园诗等，这些作品给人以直接的情感愉快，人们毫不犹豫地感觉为美。

康斯太布尔：《干草车》

对美的把握，有一些理论家将它看成是某些事物所具有的客观属性。如果把美看成是事物的某种性质，“美”就是事物表现出来的一些客观特征，如博克[①]就描述了美的几种性质：“就大体说，美的性质，因为只是些通过感官来接受的性质，有下列几种：第一，比较小；第二，光滑；第三，各部分见出变化；但是第四，这些部分不露棱角，彼此像熔成一片；第五，身材娇弱，不是突出地现出孔武有力的样子；第六，颜色鲜明，但不强烈刺眼；第七，如果有刺眼的颜色，也要配上其他颜色，使它在变化中得到冲淡。这

① 博克（E. Burke，1729—1797），英国18世纪著名政治家和政论家，其美学著作为《论崇高与美两种观念的根源》，1756年。

些就是美所依存的特质，这些特质起作用是自然而然的，比起任何其他特质，都较不易由主观任性而改变，也不易由趣味分歧而混乱。”①

从主体的角度讲，“美”大多指的是一种和谐、愉悦的感受和情感。“当一种美感经验给我们带来的是纯粹的、无所不在的、没有混杂的喜悦和没有任何冲突、不和谐或痛苦的痕迹时，我们就有权称这为美的经验。”② 李斯托威尔在他的书中还列举了一些理论家对美的论述：“美这一词，就其严格而又狭义的意义来讲，被谷鲁斯说成是任何以审美的外观给我们带来直接的感性快感，即给眼和耳带来快感的东西。照科恩看来，美是那种完全消失了矛盾的特殊的审美形态。把主要兴趣放在这一现象的主观方面的缪勒—弗莱恩费尔斯，则把美界说成为差不多或完全没有杂质的一种快感经验。德苏瓦尔写道，美的特殊性，是在没有任何障碍或不快的阴影下自我的欣赏。对伏尔盖特来说，美等于纯粹的快感，常常来自对象的完满的有机整一性。”③

曾繁仁主编的《文艺美学教程》对“优美”这个范畴的解释是：“优美通常亦称为美，是美学和文艺美学的一个基本范畴。优美指以和谐为基本特征，内容与形式高度统一，可亲可爱的审美对象和审美类型。”④ 这个说法是从主客观统一的角度讲“优美”的特征。李斯托威尔从美感的角度讲美之后，也进一步探讨“欣赏美的客观的和外界的条件”，他认为：“就艺术作品或自然事物的内容而论，在生命或无机物的领域中，美表现为种类上的完满性，表现为理想的典型。”⑤ 从主体与客体的统一关系理解美的范畴是

---

① 《西方美学家论美和美感》，北京大学哲学系美学教研室编，商务印书馆 1982 年版，第 122 页。

② ［英］李斯托威尔：《近代美学史评述》，蒋孔阳译，上海译文出版社 1982 年版，第 228 页。

③ 同上。

④ 曾繁仁主编：《文艺美学教程》，高等教育出版社 2005 年版，第 40 页。

⑤ ［英］李斯托威尔：《近代美学史评述》，蒋孔阳译，上海译文出版社 1982 年版，第 229 页。

现在较为普遍的思路。

在一般的审美经验中，自然景物、艺术作品、社会生活中各种和谐、灵巧、圆润、婉转、柔和、幽雅、宁静、均衡的对象总是直接引起人的情感愉快，因此对这些对象及对这些现象的感受往往被归入优美的范畴。但在实际审美经验中优美这一范畴又可以根据审美经验的差异分别称为秀美、柔美、典雅、轻逸等较为具体的审美感受类型。在文学艺术评论中，一个有经验的理论家、美学家也可以根据其理论或思考对象的细微差别概括出不同的优美形态，如司空图的《二十四诗品》中的“冲淡”“纤秾”“典雅”“绮丽”“含蓄”“飘逸”等，这些范畴可以认为是优美这一范畴的变体，也可以理解为具体的属于优美类型的更细致的美感范畴。

当然，对美的本质特征的界定，康德的说法至今依然是最为中肯的论述：“美就是那在单纯的评判中（因而不是借助于感官感觉按照某种知性概念）令人喜欢的东西。由此自然推出，它必须是没有任何利害而令人喜欢的。”① 我们可以在康德论述的基础上形成我们自己关于“美”（优美）的看法，康德的这个说法概括了他自己关于美的几个方面的分析，即单纯、直接、非功利、无目的地令人喜欢的对象。这是对比较单纯的优美对象而言，但在现实中，更多的审美对象并不太单纯，往往有各种伦理、历史、宗教因素掺杂其中，在审美鉴赏过程也会有各种丰富的文化感受产生。另外，作为审美对象的事物和艺术作品也不仅仅只有优美的特质，这就引出其他的审美范畴。如当我们欣赏《米洛斯岛的阿芙罗蒂特》时，当我们想到（自然会产生的想法）这座雕像创作于两千多年前，埋在地下一千多年才被发现，双臂已无法再续以及表面被岁月侵蚀的斑斑痕迹时，在优美的感受中也难免产生历史的沧桑感。它不仅是艺术鉴赏的对象，也是重要的历史文物，它的身份、资历都让人

① ［德］康德：《判断力批判》，邓晓芒译，人民出版社 2002 年版，第 107 页。

在优美感之余不禁产生各种历史、文化、哲学的意蕴，更令人赞叹先民伟大的艺术创造能力而产生些许的崇高感。

《米洛斯岛的阿芙罗蒂特》

希腊化时期大理石雕像，高204厘米，公元前2世纪或前1世纪作。巴黎卢浮宫藏。1820年发现于米洛斯岛。当时，一个农民挖地时挖到了雕像的上半身，后又在附近发掘出下半身。据雕像右脚底座上的铭文，确定此像为亚历山人德罗斯所作。

又如达·芬奇《抱银鼠的女子》，这一幅优美的女子肖像，如果联想到画家的立意、当时的文化背景及人的生存状况，这幅画显示出一种严厉的道德要求，要求女子以生命维护自己的贞节，显示了一种超越感性愉快的理性意味。面对这样的作品我们会有一种精神上的震撼和思考。这种经验不仅是优美，往往引向崇高感。

达·芬奇：**《抱银鼠的女子》**，木板油画 54×39cm 波兰札托里斯基博物馆藏。

画中，白貂（银鼠）是贞节的象征。冬天，白貂的白色皮毛象征纯洁无瑕，因为据说它的皮毛若被弄脏就离死不远了。

二　崇高

人的生存环境，不仅有风和日丽、花前月下，还有黑夜星空、月黑风高；不仅有鸟语花香、小桥流水，还有悬崖峭壁、险滩激流，甚至火山、海啸……人的生存过程，不可避免地还要面对各种令人痛苦的伤病死亡离别牺牲等等。这些事物和现象不能给人直接的情感愉快，不可直接称之为美，相反，它们给人的感受是恐惧、痛苦、悲伤等感受，但人们并不是简单地回避这些事物和现象，而是勇敢地面对它们。在各种艺术作品中反复描述各种宏伟、神秘、恐怖、敬畏的自然景象，表现各种人生的痛苦、牺牲、悲剧，将它们作为“欣赏”的对象，人们甚至还喜欢观看、欣赏这类艺术作品。这种类型的审美经验一般用“崇高”的美感范畴来描述。

石鲁：《转战陕北》

讲崇高一般都会提到朗吉努斯的《论崇高》，这是一部在公元十世纪发现的古罗马著作，被认为是朗吉努斯的著作，“此书将崇高的概念带到美学中来，并且使崇高的美学带了一种修辞学的味道。”[①] 其中所论的崇高是一种文辞的风格，是一种具有澎湃的激情、高尚的思想、自然雄浑的结构，从而产生尊严和高雅的、令人惊愕的效果的文辞的风格。书中有一个重要的句子“崇高是高尚心灵的回声”[②]，这显示着崇高的基本内涵，标明崇高更多的是一种主体的心灵感受，不是某种客观事物的外在特征。如后来康德所说，崇高这个概

① ［波］符·塔达基维奇：《西方美学概念史》，褚朔维译，学苑出版社1990年版，第232页。

② 参见［古罗马］朗吉努斯：《论崇高》，《美学三论》，马文婷译，光明日报出版社2009年版，第15页。

念不能用于描述事物，而是表示主体的崇高感。

另一著名的论述来自博克。“在他看来，与美的感情相对比，崇高的感情是来自于‘自我保护的冲动’，并存在于一种恐惧的感情之中。因此，在某种程度上，也存在于不安和痛苦的感情之中。当它们并不真正威胁到生命或身体的安全的时刻，崇高感产生了。能够唤起这种特殊的感情的事物，都具有如象巨大的力量、广袤的体积或者无限等等性质。”① 李斯托威尔自己的看法是：“崇高存在于精神上或物质上令人震撼的宏伟里面，它是确定的，而不是捉摸不定的。它既包括我们赋之以崇高感的外界事物的庄严宏伟，也包括灵魂的高尚伟大。没有灵魂的高尚伟大，最高贵的艺术作品和自然都必定会永远黯淡无光。”②

有一些描写伟大景象、高尚品德、超自然力量的作品被认为其主要审美特征是崇高，如石鲁的《转战陕北》、古罗马雕塑《拉奥孔》、罗丹的《加莱义民》、李白的《梦游天姥吟留别》、《圣经》中的《诗篇104》（黑格尔所说）等。我们也可以通过对这些作品的鉴赏理解崇高的审美特质。

古希腊雕塑《拉奥孔》

康德分析崇高感的思维方式影响更为深广。康德论崇高感“却是一种仅仅间接产生的愉快，因而它是通过对生命力的瞬间阻碍、及紧跟而来的生命力的更为强烈的涌现之感而产生的，所以它作为激动并不显得像是游戏，而是想象力的工作中的严肃态

① ［英］李斯托威尔：《近代美学史评述》，蒋孔阳译，上海译文出版社1982年版，第214页。

② 同上书，第217～218页。

度"[①]。而且崇高感的产生与理念（或译观念）有关。"当我们把任何一个自然对象称之为崇高的时候，我们的表达是根本不对的，尽管我们可以完全正确地把许多这类对象称之为美；因为一个自身被领会成违反目的的东西怎么能用一个赞许的词来称呼呢？我们能说的仅仅是，对象适合于表现一个可以在内心中发现的崇高；因为真正的崇高不能包含在任何感性的形式中，而只针对理性的理念：这些理念虽然不可能有与之相适合的任何表现，却正是通过这种可以在感性上表现出来的不适合性而被激发起来、并召唤到内心中来的。所以辽阔的、被风暴所激怒的海洋不能称之为崇高，它的景象是令人恐怖的；如果我们的内心通过这样一个直观而配以某种本身是崇高的情感，我们必须已经用好些理念充满了内心，这时内心被鼓动着离开感性而专注于那些包含有更高的合目的性的理念。"[②]康德论述崇高的思路是："崇高就是那通过自己对感官利害的抵抗而直接令人喜欢的东西。"[③] 康德论崇高有一种是数学的崇高，这是指人面对巨大的、人的感官无法把握的对象，人不是感到直接的愉快，但也由此激发了人的理性力量，从而将想象力与人的理性联系起来，而感到愉快，所以说是一种间接产生的愉快。康德所论的另一种是自然界的力学的崇高，这是指"自然界只有当它被看作是恐惧的对象时，才被认为是强力，因而是力学的崇高"[④]，这种现象之所以被称为崇高，是因为它唤起我们内心的力量，因而超越自然力对人的强制。基于以上两种崇高的分析，康德指出崇高只包含在我们内心里，实际上应该理解为崇高感。就人的情感和行为而言，那种超越感性愉快的道德的善、对内心原则的坚持、英勇性质的激情等也是崇高的。

---

① ［德］康德：《判断力批判》，邓晓芒译，人民出版社 2002 年版，第 83 页。

② 同上书，第 83～84 页。

③ 同上书，第 107 页。

④ 同上书，第 99 页。

关于崇高的理解，黑格尔将崇高作为美的理念发展过程的象征型阶段中的一个环节，其基本特征是“当作全体宇宙的真正意义来理解的唯一实体”[①] 既与现象界对立又在现象世界得到反映，整个现象世界作为被创造物显得只是从属的或次要的，它们只是显示造物主才是有能力的。以这种造物主与被创造事物的关系作为构建艺术内容与形式的基础，这样的艺术类型才具有真正崇高的性格。也就是说在这样的艺术类型里，至高无上的神（实体、绝对精神）既内在于现象又超越一切现象的意义得到清晰地表现。所以黑格尔认为真正的崇高是对至高无上的神的威力的描述与赞颂，《旧约》的《诗篇》是真正的崇高的经典范例。“神是宇宙的创造者。这就是崇高本身的最纯粹的表现。”[②] 这里有一点应该注意的就是黑格尔所说的崇高不是指称任何一种感性的事物，即使是无比巨大、宽阔的事物，因为它们只是有限的、受局限的，只能是为显示神的光荣而存在的。而人也只有在感觉人的有限性与神的高不可攀时才具有崇高感。

诗篇 104（节选）

我的心哪，你要称颂耶和华！
耶和华我的　神啊，你为至大。
你以尊荣威严为衣服，
披上亮光，如披外袍，
铺张穹苍，如铺幔子，
在水中立楼阁的栋梁，
用云彩为车辇，
藉着风的翅膀而行，

---

① ［德］黑格尔：《美学》第 2 卷，朱光潜译，商务印书馆 1979 年版，第 90 页。

② 同上书，第 92 页。

以风为使者，
以火焰为仆役，
将地立在根基上，
使地永不动摇。
你用深水遮盖地面，犹如衣裳，
诸水高过山岭。
你的斥责一发，水便奔逃；
你的雷声一发，水便奔流。
诸山升上，诸谷沉下，
归你为它所安之地。
你定了界限，使水不能过去，
不再转回遮盖地面。

司空图所述“雄浑”一词与崇高有一些相似之处。“大用外腓，真体内充。返虚入浑，积健为雄。具备万物，横绝太空。荒荒油云，寥寥长空。超以象外，得其环中。持之非强，来之无穷。”①诗中描写的是一种至大、至刚、浑全自然的对象，对此，欣赏者应“超以象外，得其环中”，这就不仅仅是一种直接的情感愉快，这样的审美经验要求理性、悟性的介入，从而“得其环中”。在《诗品》中近于崇高类型的范畴还有“高古”“劲健”“豪放”“悲慨”“旷达”等，这是中国古代诗歌鉴赏经验的特点，有具体的美感经验，但不提出一般化的抽象范畴。

在中国近代美学理论中，有一个与崇高概念密切相关的概念是王国维所说的“壮美”。他所论的壮美几近于崇高：“而美之为物有二种：一曰优美，一曰壮美。苟一物焉，与吾人无利害之关系，而吾人之观之也，不观其关系，而但观其物；或吾人之心中，无丝毫生活之欲存，而观其物也，不视为与我有关系之物，而但视为外

① 郭绍虞：《诗品集解》，人民文学出版社1963年版，第3页。

物，则今之所观者，非昔之所观者也。此时吾心宁静之状态，名之曰优美之情，而谓此物曰优美。若此物大不利于吾人，而吾人生活之意志为之破裂，因之意志遁去，而知力得为独立之作用，以深观其物，吾人谓此物曰壮美，而谓其感情曰壮美之情。”① 他的这个论述来源于叔本华，对壮美的解释是以叔本华的理论为基础的。与黑格尔将绝对精神作为唯一的实体不同，叔本华认为“唯有意志是自在之物”②。所以叔本华从主体的意志、知识、对象、理念等的关系中界说美感。优美是客体对意志无害，因而轻易地使主体的意识成为认识的纯粹主体而直观客体所体现的理念。壮美则是客体对意志构成危害，主体的意识必须强力摆脱客体对意志的不利关系，才可能进入纯粹的认识状态，从而把握对象中的理念。

现行的理论著作中对崇高的把握，或对崇高的论述大多出自以上这些观点。当我们面对挟裹一切的狂潮、深邃无垠的星空等景象时，无穷的力量和时空使我们感受到人的渺小，从而激发人的精神力量，在理性、精神的层面超越这些对象；或者，面对人间的苦难，英雄的卓越功勋我们并非产生优美的感受，而是从中感受到人格的伟大、道德的至高无上。崇高，作为美感范畴它描述的是这种让人痛苦、恐惧、崇拜的直接感受但激起人自身更强生命力量，从而在理性、精神的层面感到愉快的审美经验。更简单地描述是间接的愉快，这是崇高感的明显特点。从上面引述的一些观点看，有些论述往往是将崇高与崇高感混起来说的。一些朴素唯物主义的理论认为美、崇高等是事物固有的特征，所以行文中多用美、崇高等概念。其实当我们说某物美或崇高时，是根据我们的感受做出的对某物的审美价值判断，与优美感或崇高感是分不开的。

---

① 王国维：《红楼梦评论》第一章，《王国维文集》，吴无忌编，燕山出版社 1997 年版，第 205 ~ 206 页。

② ［德］叔本华：《作为意志和表象的世界》，石冲白译，商务印书馆 1982 年版，第 165 页。

三　优美感与崇高感

人们往往将优美与崇高放在一起论述，将优美感与崇高感联系起来，在辨析二者的联系与异同中加深对优美感和崇高感的理解。

博克关于崇高与美的区别的论述经常为人引用。“崇高的对象在它们的体积方面是巨大的，而美的对象则比较小；美必须是平滑光亮的，而伟大的东西则是凹凸不平和奔放不羁的；美必须避开直线条，然而又必须缓慢地偏离直线，而伟大的东西则在许多情况下喜欢采用直线条，而当它偏离直线时也往往作强烈的偏离；美必须不是朦胧模糊的，而伟大的东西则必须是阴暗朦胧的；美必须是轻巧而娇柔的，而伟大的东西则必须是坚实的，甚至是笨重的。它们确实是性质十分不同的观念，后者以痛感为基础，而前者则以快感为基础。”① 这里所论关于崇高与优美的区别，主要还是着眼于客体的特征论述美与崇高的不同。但严格说，这些所谓“对象”的特征不仅是对象的特征，更是人们对这些对象的感受，所以博克也以痛感或快感作为崇高或优美的基础。

直接从心灵感受的角度论述崇高的是康德。朱光潜说：“康德还指出，美感始终是单纯的快感，所以观赏者的心灵处在平静安息状态；崇高感却由压抑转到振奋，所以观赏者的心灵处在动荡状态。”② 这个说法比较简洁地概括了康德所论美感和崇高感的特点。康德早期写过一篇长文《论优美感和崇高感》，尽管这篇集中论述人的优美感和崇高感的文章不如后期的著作那么严密，但其中有些观点是值得注意的，特别是其中关于人的品性与优美感或崇高感的论述，似乎这篇文章的论述比较通俗、容易理解。“崇高使人感动，优美使人迷恋。”“崇高必定总是伟大的，而优美却也可以是

① 北京大学哲学系美学教研室编：《西方美学家论美和美感》，商务印书馆 1982 年版，第 123 页。

② 朱光潜：《西方美学史》，人民文学出版社 1982 年版，第 377 页。

渺小的。崇高必定是纯朴的，而优美则可以是着意打扮和装饰的。”“悟性是崇高的，机智是优美的。勇敢是崇高而伟大的，巧妙是渺小的但却是优美的。”“真诚和正直是纯朴和高贵的，玩笑和开心的恭维是精妙和优美的。彬彬有礼是道德的优美。无私的奉献是高贵的，风度和谦恭是优美的。崇高的性质激发人们的尊敬，而优美的性质则激发人们的爱慕。”① 这使人意识到，崇高感不仅是面对自然而产生的感受，人的行为也能令人产生崇高感。

东汉说书俑

康德认为这两种感觉不是相互排斥而应该是相互补充的："崇高的情操要比优美的情操更为强而有力，只不过没有优美情操来替换和伴随，崇高的情操就会使人厌倦而不能长久地感到满足。"② 由此译者何兆武先生引申说："一切真正的美，必须是既崇高而又优美，二者兼而有之，二者相颉颃而光辉。世界上是不会有独美的，它必须是'兼美'。"③ 这个观点有合理的地方，但有点过于笼统。因为作为理论上的"真正的美"，它必须是纯粹的，理论思考总要进行纯粹化处理，总是从某种理论思考所确定的"原点"作为起点。而纯粹优美与纯粹崇高的例子是很少的，大多数的例子往往是"兼美"。所以，"世界上是不会有独美的，它必须是'兼美'"，应该指的是作为审美对象的"真正的美"。特别是在人物的表现方面，艺术作品中描写的人，不可能纯粹优美也不可能纯粹崇高，这与人的情操不可能单纯一样，往往是二者兼而有

① ［德］康德：《论优美感和崇高感》，何兆武译，商务印书馆2001年版，第3、4、6页。

② 同上书，第7页。

③ 同上书，第9页。

之，才使得人物形象丰富、生动，真实可信，才使得人物形象真正的可爱。

四　丑与荒诞

（一）丑

对丑这个范畴，有的把它看成是美的反面，或是不和谐的形式，或是对生命无价值或否定的东西，或是对于恶或病态的有意识的描绘，或是对恐怖的表现，等等。李斯托威尔认为："这种丑的对象，经常表现出奇特、怪异、缺陷和任性，这些都是个性的明确无讹的标志；经常表现出生理上的畸形、道德上的败坏、精神上的怪癖，这些都是使得一个人判然地不同于另一个人的地方。总之，丑所表现的不是理想的种类典型，而是特征。"①

生活中的丑与艺术中的丑在审美价值上是绝对不同的现象。艺术所描绘的对象可能与现实生活中丑的事物相似，也可以理解成是对生活中丑的事物的反映或再现。而在艺术批评中用"丑"这个词时，往往是指艺术上的不成功，即使是描写一个美丽的景物或人物，也可能由于艺术上的不成功而被认为是丑的。

"丑"这个词语的使用有时也是奇特的表现，如丑石、盆景之类；有时对一些可笑的事物和人物也以丑相称，如喜剧中的小丑；有时是指一些残缺、衰老、病态的形象，如罗丹雕塑《老妓女》、鲁迅的《阿 Q 正传》等。

在许多艺术作品中我们看到是艺术作品描写丑的事物，使之具有审美价值。丑的事物在艺术中的表现为什么具有审美价值？这是我们不能回避的问题。当前有一种流行"审丑"的说法，并有一些论著称"审丑"已成为当代艺术主流。确实有大量艺术作品表现残缺、畸形、怪诞的形象，不少影视作品表现暴力、色情、犯罪

① ［英］李斯托威尔：《近代美学史评述》，蒋孔阳译，上海译文出版社 1982 年版，第 233 页。

的内容，也有大量读者、观众对这类作品感兴趣，或许这就是“审丑”之说的根据？

但我不赞成“审丑”这个说法。首先，或许这个说法是仿造“审美”而来，但这是将审美理解为存在一些外在的“美的事物”让人们去“审”，因此既然可以在动宾结构的意义上有“审美”的说法，也就可以有“审丑”的说法。在本书的前面我们拒绝了将“审美”作为动宾词组来理解，而是将它作为形容词来描述人类的非功利性的情感经验，在用法上往往是审美活动或审美经验的简称，指称的是以非功利的态度直观对象的活动或经验，而我们所面对的对象可能引发愉快的情感，也可能是引发不愉快的情感，那些引发不愉快情感的对象一般被称为丑的事物。所以，在审美活动中，丑的事物自然而然可以是一种审美对象，因此，没必要另立一个审丑的名词。

其次，将丑的事物作为审美对象，并非欣赏丑的事物，而是为了更真切地认识这些对象。而“审丑”这个说法，如果作为动宾词组来理解，似乎有将暴力、罪行、色情、残缺、畸形、怪诞等丑的现象作为欣赏对象的意思。其实，艺术作品对这些丑的现象的描述，并非作为欣赏对象让人获得情感愉悦，而是让人更真切地直观这些现象，更清晰地认知这些现象，从而思考这些现象，最终的目的是在现实生活中更准确地清除危害人类安全、人类幸福的事物。

因此，为何所谓丑的现象（或说事物）可能具有审美价值，我们做如下简单阐释。

第一，是人的精神的成熟、宽容，对现实生活中多样性的接受。这里有一个美与丑的相对性，在艺术史上被认为丑的东西很可能在另外的文化背景或语境中被认为是美的。而一些所谓丑的事物往往是太奇特的事物，对奇特事物的接纳正是人类精神成熟、自信的表现。在日常生活中，个性独特的事物、人物往往超越流行的“美”的标准，有时也被人当作“丑”的东西，但在现代尊重每一个人的生命价值和个性的时代，人们也能以宽阔的心怀接受独特性突出的事物，也可能欣赏其中的美好之处。所以艺术中对丑的表现是扩大人们审美经验的重要途径。

第二，对丑的描绘可以显示艺术的功能，显示艺术创作具有化丑为美的功能。艺术才能、艺术性得到更为充分的表现，这是所谓生活丑化为艺术美的说法。对此，我们也应认识到，所谓的化丑为美，实际上是突出作品的形式美，要求欣赏者超越作品描述的内容而只欣赏作品的形式美，这正是“唯美”的要义。如波德莱尔的诗《腐尸》：

亲爱的，想想我们见过的东西，
夏日的清晨多温和：
小路拐弯处一具丑恶的腐尸，
在碎石的床上横卧，
……
她懒洋洋地，恬不知耻地敞开
那臭气熏天的肚子
……
那时，我的美人啊，告诉那些蛆，
接吻似的把您啃噬：
你的爱虽已解体，但我却记住
其形式和神圣本质！①

同时，所谓的“化丑为美”也与艺术家的艺术观念有关。如罗丹一个著名的说法“自然中公认为丑的事物在艺术中以成为至美”，这个说法要与他的另一个说法结合起来理解：“艺术所认为美的，只是有特性的事物。”“既然只有性格的力量能成

---

① 选自郑克鲁编：《外国文学作品选》上，高等教育出版社2005年版，第76页。本诗为郭宏安译。

就艺术之美。故我们常见愈是在自然中丑的东西，在艺术上愈是美。"① 我们也应从这个角度理解罗丹的雕塑《老妓女》，它所追求是最富有特征的事件，以真实的性格表现为美。

第三，将丑作为审美观照的对象，与崇高的审美过程相似，它也是唤起人的理性思维，在超越感性的层面上把握对象、超越对象，在否定性的观照中激发人的情操的高贵和理性的优越。在现代艺术中对丑的描绘更是为了引起人们的思考，主要是表现人们勇于正视生活中的丑陋事物。所以，面对现代主义艺术最好不要轻易说某个作品"给人以美的享受"，许多现代主义作品的目的是要引起人们的思考、对现实的批判，而不是给人审美享受。甚至有时是反审美的，纯以理性概念作为艺术作品的表现对象，即所谓的观念艺术。

第四，如果我们将生命形态的完美、健康、强壮、灵巧称为美的话，那与之相对的"丑"则是生命过程中那些病弱、笨拙的形态，艺术作品对这类对象的描述，往往体现了艺术家的人道精神及对弱者同情。所以，更不能以欣赏的态度对待这些弱者的表现了。

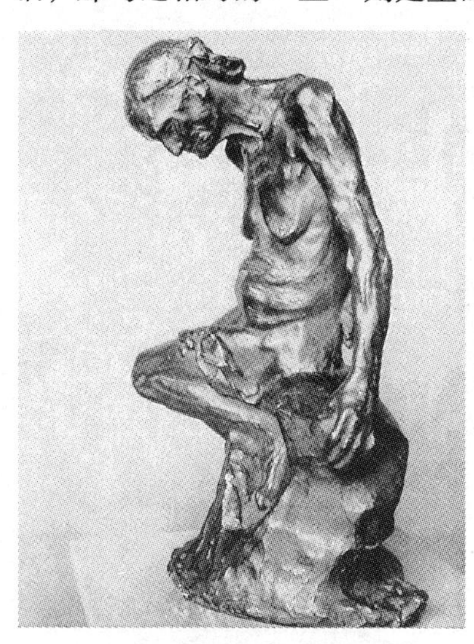

罗丹：《老妓女》

对艺术表现的"丑"的感受更多的是以理性的把握超越感性的直观，让已存在者的特性得以真正展示，而不是由于感性的厌恶而遮蔽存在者的本质。如罗丹的作品《老妓女》，标题表明老人曾是出卖色相的人，如今其形象"丑不忍睹"，这里显示的不仅仅是道德批判的意义，同时也让人深思（而不仅是感受）人

① ［法］葛赛尔：《罗丹艺术论》，傅雷译，傅敏编，中国社会科学出版社 1999 年版，第 48、50、51 页。

的生存历程、生命的衰败、美丑的转化，由此希冀对生命意义有更为深刻的理解。这个作品在这个意义上获得艺术审美价值，绝不是眼前的形象给人以“审美享受”。当然硬要说“审美享受”的话，只能唯美地、纯形式地欣赏罗丹高超的雕塑技艺了。

对丑的事物的表现，依据的是艺术家敢于正视现实生活中的各种苦难、贫困、暴力。如挪威画家蒙克有一个很好的说法：“表现主义者对于人类的苦难、贫困、暴力和激情深有所感，所以他们倾向于认为固执于艺术的和谐与美只是由于不肯老老实实而已。在他们看来，古典名家的艺术，拉斐尔或科雷乔的作品，显得虚假、伪善。他们想正视我们生活中的明显事实，表现他们对被剥夺掉权力的和丑陋的人们的同情。”① 在这个意义上表现丑的艺术作品往往更为关注下等人、受伤害者的命运，表现出明显的人道主义色彩。也是这个原因，尽管在当代的现实生活中，人们的生活环境、生活用品无不追求精致美丽，对人自己的身体也极尽可能修饰、美化，但一些严肃的、真正的艺术作品里面却大量描写丑的形象，并获得大量的读者。

对丑的事物的审美经验，因此也成为当代文艺美学重要的研究内容。

（二）荒诞

残缺、怪异、奇特、畸形等艺术形象，本是丑的一些类型，但现代主义艺术将奇特性、怪异性强调到极端，将各种离奇的现象作为艺术品表现的主要内容，作品给以强烈的荒诞感。自古至今，各个时代的文学艺术作品不乏荒诞的形象，但并未成为理论关注的重点，在现代主义艺术中这种现象更为突出。所以，从历史的角度看，荒诞，是现代主义和后现代主义艺术的艺术范畴。它本质上是对非理性状态、非逻辑意义的表现。但在这个意义上，荒诞也是相

① ［英］贡布里希：《艺术发展史》，范景中译，天津人民美术出版社 1991 年版，第 317 页。

对的，往往是针对某种理论体系、文化传统而言而被认为是荒诞的，事实上，荒诞往往是对某一理论体系或权威观念的颠覆和解构。所以，是相对于某种理论体系、某种权威而言的“荒诞”。

在当代艺术中，特别强调独特性、原创性的艺术作品往往以荒诞感让人震撼。一方面，当代艺术极端强调原创性、独特创意，荒诞是最能表现个性的领域。另一方面，荒诞作为理性的反面，但往往更能激发人们的理性思考，这是人的思维特点所致。

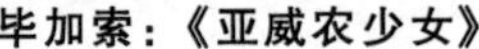

毕加索：《亚威农少女》

达利：《战争的预感》

荒诞往往是对现实中极不合理现象的深刻揭露，如卡夫卡的小说《变形记》、贝克特的《等待戈多》等。德国的沃尔夫冈·凯泽尔的著作《美人和野兽》专门对艺术中的荒诞（怪诞）进行研究，他对怪诞做如下的解说：“潜藏和埋伏在我们的世界里的黑暗势力使世界异化，给人们带来绝望和恐怖。尽管如此，真正的艺术描绘暗中产生了解放的效果。黑幕揭开了，凶恶的魔鬼暴露了，不可理解的势力受到了挑战。就这样，我们完成了对怪诞的最后解释：一种唤出并克服世界中凶恶性质的尝试。”① 这是对荒诞一种很好的阐释，值得我们认真借鉴。

---

① ［德］沃尔夫冈·凯泽尔：《美人和野兽——文学艺术中的怪诞》，曾忠禄、钟翔高译，华岳文艺出版社 1987 年版，第 199 页。

五　审美范畴小结

我们以上所讲的是最基本的几个审美范畴，在这些基本的范畴之上还有一个最基本的范畴“美”，所以研究、阐释这些基本范畴的学说称“美学”。在这些基本范畴之下还有一些更具体的艺术审美范畴（或称基本范畴的具体化）如在丑之下的滑稽、幽默、喜剧性；在优美之下有典雅、秀美、飘逸等。

各个层次的美感范畴描述各种类型审美经验的主要特征，但不是对我们的审美经验的规范，只能是对我们审美经验的开启，我们借助这些美感范畴是为了使我们的艺术审美更合理、充分地展开，不是让我们的审美经验去“符合”这些美感范畴。

在艺术审美活动中，我们追求的是真正的美，这时讲的美是最根本的审美范畴，它指的是人的本真的存在，自由的境界。这里需要说明的是，自由是人之真正为人的存在，人的本质的充分实现。所以对美的本质的把握就与对人的理解联系在一起了，美就是对人的异化、非本真生存的克服。而美，作为对人的自由生存的显现，使人对人的真正本质的体验先于其他各领域中人的自由的实现，由此审美对人而言具有了重要的生存意义。

思考题：

1. 美感范畴的在审美经验中的作用？

2. 如何理解崇高感的特点。

3. 对丑的审美经验有什么特点？

参考书目：

1. ［英］贡布里希：《艺术发展史》，范景中译，天津人民美术出版社1991年版。

2. ［法］葛赛尔：《罗丹艺术论》，傅雷译，傅敏编，中国社会科学出版社1999年版。

3. ［英］李斯托威尔：《近代美学史评述》，蒋孔阳译，上海译文出版社

1982 年版。

4. ［意大利］翁贝托·艾柯编著：《丑的历史》，彭淮栋译，中央编译出版社 2010 年版。

5. 朱立元编著：《西方美学范畴史》，山西教育出版社 2006 年版。

后　记

读硕士研究生时，专业为文艺学，研究方向为文艺美学。毕业时有一个想法，就是以简明的思路分析艺术审美经验，写一本15万字以内的文学美学专著。时隔二十多年，才因教学的需要写出此书。之所以要限定15万字以内，是鉴于各种美学著作及文艺美学著作的写法稍一放开动辄数十万字，因此为读者着想，我的文艺美学应该尽可能短一些，读者才可能有耐心读完。还好，本书若扣除附录，正文不超过15万字。

随着年龄的增长，更加意识到人的文化——自我塑造的重要性，因此，这本文艺美学的论著主要从文学艺术对人的塑造的角度展开论述，故名为“文化中的文艺美学”。

身在高校，须承担教学任务，所以自己的著作，其读者首先考虑的是本专业的本科生、研究生，因此本书力求切合实际地分析审美经验，让读者在反思审美经验的过程中得以丰富、拓展自己的审美经验。所以本书的结构也是以个体审美经验各个环节的展开为线索安排各章节的内容。

随着各个环节的展开，同时介绍经典理论家对审美经验的相关论述。一方面是让读者了解经典理论家的观点；另一方面也是引导学生进一步阅读相关的经典著作。

我以为，文艺美学的研究和教学，一方面要深入分析审美经验，一方面重在经典理论著作的学习，希望本书能为读者的学习起一个桥梁作用，因此，每章之后也列出思考问题和参考书目。

这里所呈现的是未完成的思考，敬请读者指正。

沈金耀
2016年1月6日